Manuel de survie
à l'usage des incapables

*Pour Isabelle
partie à Londre...*

AU DIABLE VAUVERT

[signature manuscrite]

Thomas Gunzig

Manuel de survie à l'usage des incapables

Du même auteur chez le même éditeur

MORT D'UN PARFAIT BILINGUE, roman, Prix Victor Rossel
LE PLUS PETIT ZOO DU MONDE, nouvelles, Prix des Éditeurs 2003
KURU, roman
10 000 LITRES D'HORREUR PURE, roman, Prix Masterton 2008
ASSORTIMENT POUR UNE VIE MEILLEURE, nouvelles

L'auteur a bénéficié, pour la rédaction de cet ouvrage,
du soutien du Centre national du livre.

ISBN : 978-2-84626-414-3

© Éditions Au diable vauvert, 2013

Au diable vauvert
www.audiable.com
La Laune 30600 Vauvert

Catalogue sur demande
contact@audiable.com

Pour Sylvie, toujours grande et belle

« *Pendant que tu te lamentes, les autres s'entraînent.* »

Arnold Schwarzenegger, *Pumping Iron*

Première partie

Wolf regardait l'eau sombre chargée de morceaux de glace.

Il ne pensait à rien d'autre qu'au vent froid qui lui attaquait le visage. Il n'avait pas vraiment mal et ce n'était pas bon signe : ça voulait dire que les parties supérieures de son épiderme étaient gelées, ça voulait dire que c'était comme des brûlures et que la douleur ne viendrait que plus tard, ce soir, quand il serait en train de s'endormir, et que tout ce qu'il pourrait faire, ça serait mendier des aspirines au Norvégien qui dormait sur la couchette d'à côté.

Sur ce bateau, Wolf était le moins expérimenté de tous. Les autres employés avaient déjà fait ça plusieurs fois : embarquer en Irlande sur un gros baleinier industriel et puis remonter vers le nord-est, en direction de l'Islande, passer l'île Jan Mayen pour remonter vers le Spitzberg. À partir de là, en pleine mer polaire, le seul endroit où en vertu des accords passés entre la Commission baleinière internationale, l'Organisation mondiale du commerce et les juristes de l'Organisation mondiale de la propriété intellectuelle, on pouvait attendre de tomber sur une baleine et on pouvait la harponner.

Évidemment, l'ennui c'était qu'on n'avait plus vu de baleines dans ce coin depuis plus de cinquante ans. Alors, les propriétaires des baleiniers pêchaient des crabes des neiges. C'était moins lucratif, mais c'était autorisé. Le crabe, ça partait bien. Chacun d'eux, arraché aux profondeurs sombres et silencieuses de la mer, allait se retrouver vendu dans les restaurants chics d'Europe, d'Asie et d'Amérique, mangé avec les doigts par des hommes d'affaires, des femmes d'affaires, des chefs de gouvernements, des acteurs et des escort-girls slovaques... Le crabe, ça marchait bien, mais une baleine... Ça, ça aurait été la fortune pour celui qui la capturerait. Pour une vraie baleine, les fonds de pension comme le Texas Pacifique Groupe ou le Kohlberg Kravis Roberts & Co offraient des sommes astronomiques. Cela n'était écrit nulle part, personne n'avait fait paraître de petite annonce, mais cela faisait partie des choses que tout le monde savait, cela faisait partie des grandes évidences, comme le fait qu'avant de monter sur le pont d'un bateau de pêche où le vent souffle à plus de trente kilomètres à l'heure, on se passe la peau à la vaseline sous peine d'avoir les pommettes gelées à la fin de la première heure de la première journée de travail.

Wolf regardait trois types en train de briser à grands coups de batte de base-ball la glace qui s'était accumulée sur les câbles pendant la nuit. Sa montre indiquait 8h20, il avait encore dix minutes devant lui avant de devoir prendre le relais. Il leva les yeux, derrière les épaisses fenêtres en plexiglas du poste de pilotage, il devinait la silhouette du capitaine. Il ne comprenait pas comment ce type pouvait faire ce métier depuis aussi longtemps. La plupart des gens qui s'engageaient sur des bateaux le faisaient pendant un an ou deux. Après ça, ils étaient trop usés, ou trop dégoûtés par les conditions de travail, ou bien ils avaient perdu un doigt, ou bien une main dans un treuil. Mais le capitaine, lui, ça faisait vingt ans qu'il était en mer.

Vingt ans et pas une seule baleine.

Pourtant, une baleine, ça aurait été son ticket de sortie. Une baleine, ça aurait été une petite maison confortable, une bonne retraite dans un endroit chaud.

Une baleine, ça aurait été le bonheur.

Sur ce bateau, il y avait du bruit en permanence : le bruit rauque des moteurs, les bruits métalliques des câbles contre la coque, le bruit cristallin des morceaux de glace venant frapper la proue et le bruit mouillé de l'écume qui retombait de part et d'autre du bateau. Une vraie cacophonie qui obligeait tout le monde à parler fort et parler fort, ça ajoutait encore au bruit. Pour éviter de devenir dingues, certains travaillaient avec des bouchons dans les oreilles, d'autres écoutaient de la musique avec des lecteurs MP3 chinois qui n'avaient aucun bridage du volume. Wolf, lui, se contentait de se mettre les paumes contre les oreilles en poussant fort. Il faisait alors presque calme et ce calme, ça lui permettait de se détendre un peu et de penser à autre chose qu'à son travail.

Par temps clair, il laissait partir son regard au-dessus des eaux bleu sombre de l'océan Arctique, jusqu'à l'horizon. Il essayait de fondre son esprit dans la lumière spectrale du jour polaire, il avait l'impression de se dissoudre dans un verre de lait glacé. C'était agréable. Il oubliait un moment tout ce qui l'avait poussé à monter sur ce bateau, il ne pensait plus à Cathy, à son visage endormi qu'il pouvait regarder pendant des heures, à sa peau aussi douce que du coton génétiquement modifié et tissé avec soin dans une usine du Kerala. Il savait que ces souvenirs, ce n'était qu'un paquet de clichés. Il aurait pu essayer de se souvenir de leurs discussions politiques, il aurait pu essayer de se souvenir de leurs soirées passées à ne rien faire d'autre que regarder des concours de chansons à la télévision, il aurait pu essayer de se souvenir du système complexe qu'ils avaient mis au point pour savoir qui allait faire la vaisselle. En cinq ans, il avait amassé un million de souvenirs, mais ceux qu'il préférait c'était le visage de Cathy quand elle dormait et la douceur de sa peau. Des souvenirs tellement formatés qu'il se demandait parfois s'ils ne lui avaient pas été livrés par une boîte de communication. Peu importait de toute façon, ces souvenirs-là lui permettaient de planer quelques minutes en regardant l'air givré et surtout, ces souvenirs-là chassaient tous les autres.

Surtout les mauvais.

Sa montre indiquait maintenant 8h29. Il vit que les trois types achevaient de cogner contre la glace et le regardaient du coin de l'œil. Ça allait être à lui et à la deuxième équipe de prendre le relais : remonter la dizaine de casiers pleins d'un mètre cube de crabes, décharger le tout sur le pont pour faire le tri et surtout faire attention à ne pas perdre un doigt ou un œil dans l'opération. Il soupira, il n'avait pas l'habitude et les muscles de ses bras étaient encore endoloris des quelques jours de travail qui venaient de s'écouler. Mais le pire, c'étaient ses mains dont les paumes étaient presque à vif. Sous ses épais gants de travail, il les avait emballés dans des bandes de tissu qu'il avait découpées dans un tee-shirt. Il espérait que ça allait lui servir de protection et lui permettre de tenir toute la journée.

Il se dirigeait vers la zone de déchargement quand un coup de sifflet traversa comme une balle tous les bruits parasites. Les deux types qui allaient redescendre dans leur cabine levèrent les yeux vers le poste de pilotage. Le capitaine était sorti et se tenait debout, le regard rivé à tribord. Les quelques personnes présentes sur le pont tournèrent la tête.

D'abord, personne ne vit rien. L'eau, la glace, le reflet blanchâtre d'un ciel blanchâtre. Puis, à deux ou trois cents mètres, il y eut comme un remous sombre à la surface de l'eau, suivi d'un jet écumant.

La voix amplifiée du capitaine résonna sur le pont. Il hurlait de toutes ses forces dans le micro du poste de commandement qu'il tenait à deux mains :

— Une baleine ! À tribord !

Il y eut un moment de stupeur où personne ne fit rien. Quelques employés des heures de la nuit déboulèrent des cabines, le visage bouffi de sommeil. Puis, comme si l'exercice avait été répété, tout le monde se mit en place. Et ceux qui, comme Wolf, n'avaient rien à faire restèrent sur le pont pour voir comment ça allait se passer.

Un des employés les plus anciens, un Allemand trapu qui semblait être aussi indifférent au vent et au froid qu'une canette de Pepsi, courut vers l'avant du bateau et ôta la bâche qui recouvrait le canon à harpon. Il le manœuvra dans tous les sens et fit un geste au capitaine. Le bateau vira brutalement, brisant la houle en un choc sourd, manquant de faire tomber tous les hommes qui étaient maintenant rassemblés sur le pont.

Sans que cela soit vraiment nécessaire, mais inspirés par une sorte de mouvement solidaire avec leur collègue allemand qui allait être confronté à ce qui serait certainement le point culminant de sa carrière, deux autres anciens employés vinrent se poster à ses côtés. Ils se regardèrent un moment, comme s'ils s'assuraient qu'il ne s'agissait pas d'un rêve, puis comme le reste de l'équipage ils se tournèrent vers la proue.

Le capitaine avait mis les gaz, les quinze mille chevaux des moteurs faisaient un bruit infernal en poussant les tonnes d'acier que pesait le bateau. Ils prirent de la vitesse et firent une pointe autour des dix nœuds. Des embruns chargés de cristaux de glace aussi coupants que des éclats de verre giflaient les visages. Mais personne ne prêtait attention ni aux embruns ni à la glace, tout au plus Wolf rentra son menton dans le col montant de sa veste. Tout le monde retenait sa respiration et gardait les yeux rivés vers l'avant du bateau à l'endroit approximatif où la baleine avait disparu. Le temps parut ralentir. Trente secondes passèrent comme une heure puis, à quelques dizaines de mètres, la baleine sortit une échine bien visible, impeccablement lisse. Sous la luminosité blafarde, son épiderme brillait comme un pneu neuf. Elle souffla bruyamment et sembla attendre. L'équipage put voir un œil rond et noir, rêveur, puis elle plongea à nouveau. Le bateau ralentit et sous le double effet de l'inertie et de son sillage qui l'avait rattrapé, il piqua du nez dans une vague dont le sommet écumant inonda un instant le pont. Le capitaine mit le moteur au ralenti. Une désagréable odeur de gaz d'échappement vint irriter les gorges de l'équipage. Personne ne pouvait le voir, mais on l'imaginait facilement cramponné à la barre, scrutant l'eau ou sondant toutes les chances de son avenir.

Alors, dans le presque silence qui s'était soudain abattu sur cette infime partie de l'océan, dans un grand bruit de dépressurisation, la baleine remonta encore à la surface.

— C'est un rorqual, dit un Français dont Wolf avait oublié le nom.

Wolf accepta l'information. Il n'en connaissait pas plus sur les baleines que sur la culture des araucarias. En tout cas, maintenant qu'ils s'étaient rapprochés, la taille de l'animal était vraiment impressionnante : entre vingt et trente mètres. Ça lui faisait une sensation incroyable d'être à côté d'un être vivant qui devait bien peser ses cent tonnes, le poids de vingt-cinq éléphants, le poids de plus de mille hommes. Une appréciable quantité d'adrénaline se mit à circuler dans ses veines, le réchauffant mieux qu'un chauffage central.

L'Allemand semblait garder son calme. Il pivota avec soin le canon à harpon, ajusta la visée et déclencha le tir. La détonation claqua comme un coup de tonnerre, immédiatement suivie d'un son aigu et déchirant, pareil à celui d'un synthétiseur programmé par un cinglé en pleine montée d'acide.

— C'est la baleine. Elle est touchée, dit encore le Français.

À côté du bateau, les mille hommes que pesait le rorqual s'ébrouaient dans une eau couverte de sang. Il cracha une haute fontaine écarlate dont les grains gelés tombèrent en rebondissant tout autour de l'équipage. Le capitaine hurla un ordre incompréhensible pour tout le monde sauf pour l'Allemand, qui actionna le treuil. La baleine résistait, le harpon se perdait quelque part dans les profondeurs grais-seuses de son échine. Un nouveau coup de tonnerre retentit. Wolf vit que le capitaine avait quitté le poste de commandement et les avait rejoints sur le pont, à l'avant, qu'il tenait un fusil à pompe et qu'il tirait des coups de feu dans la direction approximative de la tête de l'animal.

De rage et de désespoir, la baleine envoyait de grands coups de queue au-dessus de la ligne de flottaison du bateau qui résonnait comme un tambour. Le capitaine lâcha son fusil et saisit l'extrémité d'un câble soigneusement enroulé au pied du canon. Wolf remarqua le nœud coulant formant une boucle aussi large que le capitaine lui-même et il comprit ce qui allait se passer. Le capitaine se pencha, se fichant éperdument du sang et du sel qu'il avait dans les yeux ou des coups de boutoir qui faisaient trembler son bateau, complètement absorbé par son opération. Après quelques essais, il parvint à faire passer la queue dans la boucle, il lâcha un cri de victoire, dans les aigus, comme une petite fille qui reçoit la maison Barbie pour son anniversaire. Il passa l'extrémité dans le tour d'un treuil et actionna le moteur. Lentement, toute la partie arrière de la baleine sortit de l'eau. Ainsi maintenue par deux câbles d'acier de plusieurs centimètres de diamètre, criblée par le harpon et les balles, la baleine ne bougeait presque plus. Son gros œil noir regardait l'équipage d'un air résigné et ses nageoires ventrales claquaient lentement contre ses flancs.

Le capitaine poussa un cri et arrêta le treuil d'un coup sec. Son expression avait changé. De profondes rides barraient son front.

— Putain de merde ! dit-il en regardant la baleine.

Tout le monde regarda.

— Putain de merde ! répéta-t-il.

— Quoi ? Qu'est-ce qu'il se passe ? demanda Wolf au Français.

Le Français se pencha un peu plus.

— Je ne sais pas.

Puis le capitaine se tourna vers ses hommes. Il avait l'air au bord des larmes.

— On ne peut pas la pêcher. Il y a un numéro de série !

Wolf se pencha, essayant d'apercevoir où il avait pu voir un numéro de série. Il était bien là, près de l'aileron, en chiffres gris clair surmonté d'un code-barres.

— C'est quelle marque ? demanda l'Allemand trempé de sueur par l'effort qu'il venait de fournir.

— Nike ! dit le Français en indiquant le « swoosh », la très reconnaissable virgule inversée sur le flanc du rorqual.

— Merde ! Ce sont des eaux de pêche ici ! Qu'est-ce qu'elle fout là ? gémit le capitaine.

Ce que cette baleine Nike faisait là, personne n'en savait rien. La réponse la plus probable était qu'elle avait dû foutre le camp de là où elle devait se trouver normalement. Ce qui était certain par contre, c'est qu'elle n'avait aucune valeur marchande. Son code génétique était déjà sous copyright et personne n'allait donner d'argent pour ça.

Plus tard, les yeux fermés sur sa couchette après ses cinq heures de travail, Wolf revoyait sans cesse l'image du regard de la baleine.

Le regard le plus doux et le plus triste qu'il ait vu, bien plus triste et bien plus doux que celui que Cathy lui avait lancé quand elle lui avait dit qu'elle ne voulait plus continuer à vivre avec lui.

Wolf pleura longuement mais en silence.

Il ne voulait pas déranger.

Deuxième partie

1

Au début, il n'y avait rien.

Ni espace, ni lumière, ni temps qui passe. Pas d'hier, pas de demain, pas d'aujourd'hui.

Pire qu'un jour de grève.

Pire qu'une rupture de stock.

Rien d'autre que le rien, mais bon, le rien, c'était déjà pas mal.

Le rien, ça laisse quand même des perspectives.

C'est d'ailleurs, seulement, quand il y eut quelque chose qu'on aurait pu se dire que ça faisait longtemps qu'il n'y avait rien et que quelque chose, c'était finalement pas mal non plus.

Mais le quelque chose qu'il y eut à ce moment, entre la fin du rien et le début du reste, c'était quelque chose qui ne ressemblait pas à grand-chose.

Un frémissement de particules sans nom. Un frétillement quantique, un hoquet d'atome…

En fait, ce quelque chose-là ne ressemblait à rien.

Mais entre le rien et le quelque chose qui ne ressemblait à rien, il y avait une marge et une marge, ça, c'est déjà beaucoup.

N'importe quel adjoint de manager de site le sait.

Mais pour se dire ça, encore eût-il fallut qu'il y ait eu quelqu'un.

Et à ce moment-là, il n'y avait personne.

Et puis, à travers le quelque chose qui ne ressemblait à rien, venues d'on ne sait pas vraiment où et arrivées on ne sait pas trop comment, les choses qui ressemblaient à quelque chose sont apparues. Mais elles flottaient dans l'univers jeune, dense et brûlant et elles semblaient n'avoir aucun dessein.

C'est alors seulement qu'apparut le business plan.

Et les choses comprirent la raison de leur existence.

Et on put enfin commencer à s'organiser.

Il fallut des milliards d'années pour que l'univers prît forme. Il fallut des milliards d'années pour qu'une appréciable quantité d'énergie soit dépensée pour créer puis refroidir une sphère de cinq cent dix millions de kilomètres carrés et il fallut des millions d'années pour que l'atmosphère saturée de méthane et de dioxyde de carbone se condense et forme un gros paquet d'eau salée. C'étaient les travaux de fondations, ça faisait pas mal de bruit et de poussière, mais il fallait en passer par là, le permis de bâtir avait été accordé et les voisins avaient été prévenus.

À ce moment-là, le plus difficile avait été fait, mais il restait à attendre le retour sur investissement. Après le gros œuvre, on allait faire les finitions : du côté du protérozoïque, il y eut les eucaryotes. Puis à la fin du précambrien, les premières anémones. Elles étaient jolies, elles bougeaient mollement dans des océans presque vides, c'était une des premières formes du bonheur, éclore, se laisser aller, émettre des gamètes... On aurait pu en rester là, mais ça aurait fait gueuler les investisseurs. Du coup, ce ne fut qu'une étape. On continua droit dans le paléozoïque, avec des algues, puis des fougères, puis des insectes, puis des petits reptiles, ça bossait bien, ça sentait le neuf, on allait bientôt pouvoir ouvrir mais il restait encore deux trois détails au niveau de la décoration : à la fin du crétacé, on vira les dinosaures, qui avaient pas mal d'allure mais qui fichaient en l'air toute idée d'une gestion rationnelle de l'espace. On chercha une taille plus pratique, du genre un mètre cinquante à la verticale, avec une marge de trente ou quarante centimètres et avec une moyenne de quarante centimètres de large : on avait les notions de base du rangement avec cette règle d'or voulant qu'on ne mette pas plus de six acteurs au mètre carré.

Puis, juste avant l'ouverture, du côté du pléistocène, on régla le thermostat : pas trop chaud, pas trop froid, juste bien, pour qu'on sédentarise, qu'on n'ait plus envie de faire des dizaines de kilomètres pour s'acheter de quoi manger. Le service « recherche et développement » peaufina le projet : les voitures auraient dans les cinq mètres de long et un mètre quatre-vingts de large, les parkings seraient dessinés en conséquence. Les plafonds auraient entre trois mètres et trois mètres cinquante, selon la surface. Les linéaires auraient une hauteur comprise entre un mètre soixante et un mètre quatre-vingts et la largeur entre eux serait de deux bons mètres pour que des charrettes de soixante centimètres de large et un mètre de haut puissent se croiser à l'aise.

Aux yeux de certains, cela put apparaître comme des détails, mais une simple simulation de parking trop petit, de charrettes trop larges ou de linéaires trop élevés suffit à leur faire comprendre que la clé du succès résidait précisément dans ces détails.

Avant de mettre tout le système en route, on effectua quelques réglages de haute précision : on mit au point un système bancaire solide et un système de cartes de crédit lié à ce système par des voies informatiques hautement performantes. On mit aussi au point un système de normalisation généré par le Groupement d'études de normalisation et de codification et un système de reconnaissance optique s'inspirant à la fois du morse mis au point par Samuel Morse et du système de sonorisation des films mis au point par Lee Forest dans les années vingt.

Le Gencode et les codes-barres étaient là.

À ce moment, à quelques détails près, on y était.

Tout était prêt.

Et ça avait fini par ouvrir.

2

C'était à ça que pensait Jean-Jean, coincé dans la camionnette.

La pluie tombait en petites gouttes serrées et verticales depuis 4 heures du matin après une nuit plutôt froide. Du coup, l'eau ne s'évaporait pas. Des flaques sombres s'élargissaient sur le parking des livraisons et le ballet sévèrement minuté des semi-remorques s'était accompagné de grandes éclaboussures sur la façade arrière du magasin.

Et Jean-Jean, cette saleté boueuse étalée sur une façade de quinze mètres de long sur huit de haut, ça lui apparaissait comme une bonne conclusion à toute l'histoire de la civilisation.

Sa montre indiquait sept heures et quart. Il soupira. L'image d'un « petit déjeuner continental » dans un hôtel chic lui traversa l'esprit comme une comète et il se remit au travail. Devant lui, sur les trois écrans, il recevait l'image en plongée grand-angle du rayon primeurs, l'image de la caisse n° 21 (plan sur le scanner et le minicoffre) et l'image du conteneur à ordures de l'entrepôt. Avec deux autres types de la sécurité, il avait passé la nuit à installer les trois minicaméras haute fréquence pinhole et à les cacher le mieux possible soit dans le faux plafond pour la caméra des primeurs et la caméra de la caisse, soit derrière une gaine électrique apparente pour la caméra de la réserve.

C'était le directeur des ressources humaines qui avait monté toute cette organisation. C'était lui qui avait choisi les modèles de caméras et qui les avait achetées en ligne. Jean-Jean trouvait qu'il avait bien choisi, la direction générale avait dû lui donner un budget confortable et comble du luxe, les caméras, qui fonctionnaient sur des batteries au lithium, permettaient une vision nocturne grâce à une LED infrarouge. Jean-Jean avait un seul regret : il n'y avait pas le son. Cela étant, pour le travail qu'il avait à faire, le son ne servirait pas à grand-chose, mais ça aurait été un plus.

Dehors, les premiers employés arrivaient. Soit par le bus crachotant qui les avait pêchés au bord de la nationale qui longeait la cité, soit dans des petites voitures minables qui faisaient peine à voir : des épaves rongées par la corrosion et qu'on se passait de main en main, pour quelques euros. Il jeta un œil à l'angle sud du parking : sa vieille Renault 5 Campus bordeaux ne valait pas mieux. Elle avait l'air d'un eczéma. De l'eau dégoulinait à l'intérieur à travers les trous qu'avait creusés la rouille dans la carrosserie, les tapis de sol étaient marécageux, les sièges sentaient le moisi et Jean-Jean ne parvenait pas à se débarrasser des poils du chien de l'ancienne propriétaire. Il soupira.

En réglant les trois enregistreurs à disque dur sur les bons canaux, il conclut qu'il était exactement comme ceux qu'il s'apprêtait à coincer : il habitait au même endroit, il mangeait la même chose, il gagnait le même salaire et, en gros, il avait la même vie. En fait, le centre commercial, l'hypermarché, la cité à huit cents mètres où vivaient les vendeurs, les vendeuses, les serveurs, les serveuses, les caissiers, les caissières, les chefs de rayon, les sous-chefs de rayon, les assistants, les assistantes, les directeurs, les nettoyeurs, les inspecteurs, les contrôleurs, c'était comme un écosystème : il n'y avait ni bien ni mal, les actions se posaient selon des vecteurs complexes résultant des contraintes environnementales et répondaient aux impératifs simples de la survie et de la reproduction. Sous cet angle, Jean-Jean ne se sentait pas vraiment dans la peau d'un salaud. Évidemment, sous beaucoup d'autres angles, il en était un. À ce stade de sa réflexion, il finissait par se dire qu'on est toujours le salaud d'un autre, que tout est toujours relatif, que c'était bien ça qui était casse-pieds avec la morale et, qu'en fin de compte, il valait mieux réfléchir en termes d'écosystème.

Une voix résonna dans le talkie-walkie de Jean-Jean, la voix d'Akim, un autre agent de la sécurité, plus jeune que lui, presque encore un ado et qui prenait son travail avec tout le sérieux d'un ado qui croit qu'un premier emploi, c'est une chance qu'on lui donne.

— Elle arrive ! Akim avait la voix de quelqu'un qui veut prouver qu'il a un avenir.

Une silhouette envahit l'écran où était retransmise l'image de la caisse n° 21 : Martine Laverdure, une Cap-Verdienne en CDD pour un temps plein de quarante heures. Une brave grosse dame d'une cinquantaine d'années dont la peau sombre et molle dépassait par vaguelettes du col serré de son uniforme. Dix ans de maison, pas un jour de maladie, pas un retard, pas chiante pour un sou.

Mais qui pointait les articles un poil lentement.

Le chef de caisse lui avait fait des remarques, plusieurs fois. Chaque fois, elle avait hoché la tête, elle avait dit qu'elle allait aller plus vite mais qu'elle avait mal aux mains à cause de rhumatismes « exactement comme sa mère ». Le chef de caisse lui avait fait remarquer que 52 ans, c'est un peu jeune pour souffrir d'une maladie de vieux et il l'avait fait examiner par un médecin du travail. Le médecin du travail, Jean-Jean le connaissait bien, tout le monde le connaissait bien. Il travaillait pour un cabinet spécialisé dans la grande distribution. Il avait beau être diplômé et assermenté, tout le monde, dans son dos, l'appelait « Mengele ». Et comme une bonne partie des revenus de « Mengele » dépendait de ses résultats et comme de ses résultats dépendait le contrat qui liait son cabinet à la chaîne de magasins, il était sans pitié. En fait, il était comme tout le monde : dans le biotope jusqu'au cou. Il vivait dans le même genre d'appartement, dans le même genre de cité et il flippait comme un malade à l'idée de devoir annoncer à sa femme qu'il avait perdu son travail.

Du coup, pour « Mengele », entre la mort et la bonne santé, il n'y avait qu'un nombre très limité de stades et il était clair que des rhumatismes dans les doigts n'en faisaient pas partie. Alors, le chef de caisse avait convoqué Martine Laverdure dans son bureau et il lui avait dit que si elle n'arrivait pas à accélérer la cadence, il allait lui donner son ticket pour l'ANPE. Le chef de caisse non plus, ce n'était pas un salaud. Il s'en donnait juste des airs parce que lui aussi, il y était dans ce fichu biotope. Il s'était fait chier deux ans à étudier les aspects les plus emmerdants du commerce dans une école peuplée de profs désespérés, il en était sorti avec un bac+2 pompeusement qualifié de « maîtrise en techniques de vente » qui lui donnait le droit, en fin de mois, à une centaine d'euros de plus que les caissières et à un brin d'autorité sur une centaine de femmes. Le chef de caisse, comme Mengele, comme les caissières, comme tout le monde dans le biotope, vivait avec la frousse que son nom soit un jour souligné en rouge sur une liste et qu'il doive annoncer à sa petite amie qu'il ne serait pas possible de partir en vacances cette année et à ses parents que leur investissement de cinq mille euros pour deux ans n'avait servi qu'à produire un chômeur de plus.

La peur était, sans nul doute, l'enzyme la plus efficace de tout le biotope.

Le résultat de cette longue chaîne de pauvres vies terrorisées, c'était que Martine Laverdure avait dit qu'on ne pouvait pas la renvoyer sous le simple prétexte qu'elle n'allait pas assez vite en caisse. Le chef de caisse avait essayé d'utiliser le même ton ultra désagréable dont s'étaient servis, sur lui, les professeurs désespérés de son école quand il essayait de comprendre les principes élémentaires de la comptabilité d'entreprise et Martine Laverdure, qui n'avait plus su quoi faire, avait abattu son joker : elle avait dit que « le syndicat ne laisserait pas faire une chose pareille sans que ça pose de gros problèmes à l'entreprise ».

Martine Laverdure était syndiquée ! Le chef de caisse, d'apprendre ça, ça lui avait fait le même effet que si elle lui avait annoncé son appartenance à une secte adorant Satan et sacrifiant des petits bébés les nuits de pleine lune. On aurait même pu dire que, d'apprendre ça, ça aurait été moins grave : au moins les sectes sataniques ne remettent pas en cause la sacro-sainte « culture d'entreprise ».

Du coup, le chef de caisse avait été parler de son « problème » au chef du personnel, qui avait tenu conseil dans la semaine avec le directeur des ressources humaines. Eux aussi deux types en plein biotope et encore plus terrorisés que les caissières, le chef de caisse et les médecins du travail parce qu'ils avaient encore plus à perdre : quatre années d'études, un costume de cadre et trois cent cinquante euros de plus que le chef de caisse.

C'est comme ça que tout ce petit monde de chefs de caisse et de cadres terrorisés en était venu à monter « l'opération ».

3

Les années cinquante du vingtième siècle avaient été décisives pour dessiner les contours de ce qui allait être le troisième millénaire. Tout d'abord, les personnages de James Dean et de Marilyn Monroe y avaient défini une bonne fois ce que seraient les caractères sexuels secondaires idéaux de l'homme et de la femme occidentale : un sex-appeal assumé, une certaine forme de rupture avec les conventions en faisant de parfaits relais pour les services marketing de la mode et du loisir et surtout, pour l'un comme pour l'autre, une disparition précoce sous-entendant que la moindre des politesses que l'on pouvait faire au marché, c'était d'éviter de vieillir.

Mais les années cinquante furent aussi les années où les dernières frontières semblèrent s'effacer devant la glorieuse énergie du génie humain : le 31 octobre 1952, Ivy Mike, la première bombe à hydrogène, explosa sur l'atoll d'Eniwetok en renvoyant les bombes atomiques de type Trinity ou Little Boy au rang de gadgets pour mamies s'ennuyant le dimanche après-midi. En 1953, James Watson, âgé de tout juste 25 ans, un jeune bleu de la biologie tripotant les acides nucléiques depuis un âge où ses copains avaient du mal à déchiffrer le mode d'emploi de leur poste à galène, découvrit la structure en double hélice de l'ADN. En 1959, alors que Bill Gates et Steve Jobs, tous les deux âgés de 4 ans, faisaient encore des boulettes avec leurs crottes de nez, au Pentagone et sous l'impulsion d'un certain Charles Phillips, le « Common Business Oriented Language », immédiatement connu sous le nom de Cobol, fut le premier véritable langage de programmation informatique.

Enfin, c'est dans les années cinquante que Bernardo Trujillo, un mystérieux Colombien installé aux États-Unis, à l'âme aussi éclairée par le souffle du commerce que celle d'un mystique pouvait l'être par le souffle de Dieu, se mit à former des milliers d'entrepreneurs aux règles de la grande distribution : « no parking, no business », « empilez haut, vendez bas », « créez des îlots de pertes dans des océans de profit », « les riches aiment les prix bas, les pauvres en ont besoin », « one stop shopping ». Tous les pionniers français de la distribution vous parleraient de lui avec autant de respect qu'un croisé pour le saint Graal : Bernard Darty de chez Darty, Jacques Defforey de chez Carrefour, Max Théret de chez Fnac, Antoine

Guichard de chez Casino, Francis Mulliez de chez Auchan et Édouard Leclerc de chez Leclerc.

Bien entendu, avec les années, le fonctionnement des hypermarchés avait connu des ajustements, des mises à niveau et des adaptations mais en gros, on suivait toujours les préceptes du gourou colombien du profit. Pareils à une tradition orale, on se les échangeait dans les grandes écoles, les académies commerciales internationales, les écoles de gestion et de commerce, les écoles supérieures de techniques de gestion ou dans les écoles de commerce postbac+2 spécialisées en vente et management de rayon.

La plupart des nombreuses nuances et adaptations aux mœurs et aux cultures locales se traduisaient de manière plus ou moins explicite dans les « règlements d'ordre intérieur » portant sur l'organisation du bas de l'organigramme, sur les principes des jours de récupération, sur la définition du choix vestimentaire ou sur les mesures d'hygiène.

Comme tous les employés, Jean-Jean connaissait le règlement d'ordre intérieur sur le bout des doigts, surtout les points mentionnés en gras, signe de leur importance aux yeux de la direction et signe que leur non-respect était une faute grave pouvant entraîner le renvoi immédiat. Par exemple, il était formellement interdit au personnel de se servir dans les marges arrière, c'est-à-dire le matériel cassé, endommagé, pourri ou invendable pour quelque raison que ce soit. Ce matériel-là, que ce soit un paquet de fromage ou un écran plasma, devait être rigoureusement déstocké et balancé dans un des grands conteneurs prévus à cet effet. Autre exemple, il était formellement interdit aux membres du personnel de se servir des locaux à d'autres fins que celles pour lesquelles ils avaient été prévus. Autrement dit, la boulangerie, le monte-charge, la chambre froide, le local technique où s'alignaient les panneaux électriques, les douches du personnel ou les toilettes ne pouvaient pas servir à se griller une cigarette, lire un magazine durant sa pause, écouter de la musique sur son MP3.

Et encore moins à s'envoyer en l'air.

Et malgré ça, cela arrivait.

Jean-Jean avait toujours été surpris par l'énergie incroyable qui se mettait à circuler une fois qu'une série sexuellement mixte d'individus étaient amenés à se retrouver ensemble. Qu'il s'agisse de jeunes adolescents chargés du réassort ou de pères de famille *category manager*, de la caissière de 18 ans ou de celle de 55, après quelques heures les faisceaux de la tension sexuelle se mettaient à grandir, à se connecter un peu partout, sur les uns et sur les autres, à déterminer les comportements, la communication infraverbale, les niveaux de concentration, le choix d'un moment de pause plutôt qu'un autre. De cette façon, la plus sotte des idylles pouvait créer les pires problèmes au sein d'une équipe. Le moindre ragot pouvait déboucher sur un règlement de comptes dans les réserves. Le moindre flirt pouvait, indirectement, à cause de la distraction ou des bavardages, entraîner pour la précieuse clientèle des temps d'attente exagérément longs au moment de passer à la caisse.

C'est pourquoi il était non seulement interdit de s'envoyer en l'air dans l'espace du magasin, mais il était également interdit de nouer ou d'essayer de nouer avec ses collègues des relations autres que professionnelles.

Et c'était précisément comme ça qu'on allait faire tomber cette Cap-Verdienne syndiquée de Martine Laverdure. On ne pouvait pas la coincer pour une vitesse de pointage légèrement sous la moyenne, mais on pouvait la coincer pour cette histoire qui la liait à Jacques Chirac Oussoumo, assistant chef de rayon primeurs depuis vingt ans.

Jacques Chirac Oussoumo.

Jacques Chirac Oussoumo... Jean-Jean sourit en pensant à lui.

Il l'aimait bien.

Jacques Chirac Oussoumo : un colosse sombre qui était arrivé en France à l'âge de 8 ans, suivant des parents fuyant les interminables massacres opérés dans leur village par des milices privées cherchant à contrôler un gisement de coltan, un minerai indispensable à la production de condensateurs électroniques et dont le prix flambait, à cette époque lointaine, à cause du succès de la Playstation 2.

Après un bac STG spécialisé en action et communication commerciale, il avait intégré le magasin. Tout en bas de l'échelle. Technicien de surface. Avec des horaires tellement épouvantables qu'ils seraient venus à bout d'un cheval de trait. À manipuler du trichloréthylène pour faire briller les montants des linéaires. À conduire la grande cireuse. À mettre des blocs javellisés dans les WC. À décoller les chewing-gums collés sur les roulettes des caddies.

Tout ce qu'il y avait de pire, c'était pour lui.

Mais Jacques Chirac Oussoumo avait tenu bon et il avait réussi à passer un ou deux examens en interne pour arriver à son poste actuel : assistant du chef du rayon primeurs.

Ça lui avait pris des années, mais il y était arrivé. Il était fier et il y avait de quoi.

Jacques Chirac Oussoumo mesurait près de deux mètres, pesait cent trente kilos à jeun et parlait d'une voix tellement douce qu'on avait l'impression qu'il s'y roulait des boulettes de coton.

Il ne s'était jamais marié. Il vivait seul depuis vingt-cinq ans dans le même trente mètres carrés, à dormir sur un canapé-lit qui ployait sous son poids, à se doucher dans la cuisine et à manger en silence des plats préparés dans lesquels toujours il ajoutait du riz, les yeux rivés sur *Qui veut gagner des millions ?*

Il était calme, docile, bon employé méticuleux, toujours à remettre de l'ordre dans ses pommes ou ses salades en sachet. Le genre de collègue sympa toujours là pour faire des remplacements au pied levé, jamais en retard, rarement malade et aimant le magasin comme on aime une famille.

Mais le truc, c'était que depuis près d'un an, il avait une histoire avec Martine Laverdure. C'est le chef de caisse sous les ordres du directeur des ressources humaines qui avait levé ce lièvre. On lui avait demandé de fouiller un peu dans la vie de la caissière pour trouver de quoi motiver un renvoi. Il l'avait fait suivre par des types de la sécurité, on avait mis son téléphone sur écoute, on avait décortiqué sa petite existence douloureuse comme on décortique un crustacé plus très frais.

Et le chef de caisse était tombé sur cette improbable liaison avec Jacques Chirac Oussoumo.

Cette liaison, c'était le truc idéal. Imparable. Les syndicats pouvaient danser sur leur tête, on pouvait aller devant les tribunaux, ça ne servirait à rien. Martine Laverdure serait virée quoi qu'il arrive.

Il y avait juste deux problèmes : d'abord il fallait prouver que la liaison avait lieu « de manière effective » sur le lieu de travail. Autrement dit, il fallait surprendre un geste suffisamment explicite pour qu'il ne laisse aucune équivoque. Cela justifiait les caméras placées près de la caisse de Martine et au-dessus du rayon primeurs. Les acteurs du drame étaient surveillés de près.

L'autre problème, c'était que si on virait Martine pour cette liaison, il faudrait aussi virer Jacques Chirac Oussoumo. Un bon employé.

Ce second problème avait contrarié assez longtemps le directeur des ressources humaines. Puis, il se souvint du point 7 de l'*USAF Intelligence Targetting Guide* publié par l'armée américaine et définissant la notion de dommage collatéral : « *Collateral damage is unintentional damage or incidental damage affecting facilities, equipment or personnel occurring as a result of military actions directed against targeted enemy forces or facilities.* »

C'était regrettable mais c'était comme ça.

La vente était une conquête.

Le marché était une guerre.

Et Jacques Chirac Oussoumo serait un dommage collatéral.

4

Les quatre jeunes loups n'avaient pas reçu de noms. On les appelait Noir, Gris, Brun et Blanc, les couleurs qu'ils avaient à la naissance et qui avaient permis de les qualifier dès que leur mère, crevée, dépassée et en pleine montée de dépression postpartum, les avait présentés à la fille des services sociaux qui s'en foutait complètement mais qui avait besoin de « quatre putains de noms pour ses quatre foutus listings ».

Noir, Gris, Brun et Blanc étaient nés et avaient grandi dans la cité. Ils ne connaissaient leur père qu'à travers les divagations de leur mère qui le présentait tantôt comme une sorte de demi-dieu descendu sur terre pour lui offrir durant une nuit un chapelet d'orgasmes, tantôt comme un sale con alcoolique ayant séduit la pauvre fille qu'elle était avant de disparaître dans le décor.

La vérité devait être à mi-chemin.

L'éducation des quatre jeunes loups avait été celle de la plupart des enfants de la cité : la mère partait à l'aube pour travailler à la grande surface, elle les tirait de leur profond sommeil d'enfants et les déposait chez une voisine sans emploi qui fumait cigarette sur cigarette, buvait de la Guinness et marmonnait des commentaires incompréhensibles devant les feuilletons brésiliens diffusés dans le désordre par une chaîne du bouquet satellite. Chez cette voisine, les raclées se distribuaient en abondance, sans raison, en prévision, parce que ça se faisait, parce que la voisine n'aimait pas ces saletés d'enfants au code génétique open source qui n'étaient pas capables de se tenir à table et de manger proprement, parce qu'elle n'aimait pas ces quatre jeunes loups aux quatre museaux humides et aux yeux sombres, qu'elle gardait pour 10 euros par jour, nourriture incluse, qui lui rappelaient la misère à laquelle elle était condamnée, comme les raclées : sans raison.

Les quatre jeunes loups étaient durs au mal et puis ils étaient quatre. Ils se faisaient taper sur la gueule, ils se faisaient insulter mais ils n'étaient jamais seuls. Dès leurs premières heures de vie, ils l'avaient su. Peut-être même l'avaient-ils su in utero : à quatre, ils étaient forts.

Très forts.

Terriblement forts.

Le monde s'imposa rapidement à eux comme une sorte de machine douloureuse à laquelle il fallait résister coûte que coûte en devenant toujours plus dur et plus redoutable.

La machine était sans pitié. Ils le seraient aussi.

Les mauvais étaient souvent les plus forts. Ils seraient les mauvais.

S'il fallait choisir entre mourir vieux honnête et pauvre ou jeune malhonnête et riche, eux avaient choisi une troisième voie : être malhonnêtes, riches si possible et ne pas mourir du tout.

En grandissant, les personnalités de Blanc, de Gris, de Brun et de Noir s'affirmèrent, à la fois différentes et complémentaires, aussi redoutables qu'une arme binaire, à la seule différence qu'ils étaient quatre.

Blanc développa une intelligence froide et mathématique. Il élaborait les stratégies, il conceptualisait, il dressait les plans, il imaginait les conditions de la survie. C'est guidés par Blanc que les jeunes loups avaient réussi à voler leurs premiers euros dans le portefeuille de leur gardienne. Et c'est guidés par Blanc que les jeunes loups finirent, en quelques années, par dominer totalement toute l'économie parallèle de la cité.

Brun, lui, n'avait pas l'intelligence de Blanc, mais il avait cet enthousiasme énergique qui fait les grands soldats. Il n'était pas un moteur, il n'en n'avait d'ailleurs pas l'ambition, il n'aimait pas l'usage de l'autorité, ni les initiatives. Ce qu'il aimait, c'était des ordres clairs et logiques lui permettant de poser des actions dont il pouvait mesurer les conséquences. Il griffait quand il fallait griffer, il mordait quand il fallait mordre et il tuait quand il fallait tuer.

Gris, c'était l'ambitieux. Moins intelligent que Blanc, moins fort que Brun, il était néanmoins l'âme du groupe. C'était lui qui avait le premier compris qu'ils vivaient dans la misère. C'était lui qui avait le premier compris qu'il existait un autre monde fait de luxe et de confort. Un monde où la vie était moins amère et moins rugueuse. Une sorte de monde d'en haut dont les portes étaient grandes ouvertes à la condition simple d'avoir des paquets de pognon, des kilos d'oseille, du fric, du flouze et l'on se foutait bien de savoir d'où il venait, quelle était sa couleur et quelle était son odeur. Pour les quatre jeunes loups, Gris avait de grands projets, de très grands projets. Des projets de villas en marbre, de voitures de sport, de costumes hors de prix. Au fond du cœur de Gris brûlait en permanence une formidable soif de pouvoir. Ce feu, c'était son énergie, c'était sa dynamo et, de manière floue, dans son esprit flottait la certitude que s'il n'était pas, à moyen terme, l'égal d'un empereur, le monde allait devoir en baver.

Et Noir ? Noir c'était le chaos. Noir c'était l'entropie. C'est étrange comme il est statistiquement obligatoire que sur quatre enfants issus de mêmes parents, il y en ait au moins un qui soit complètement à la masse. D'où venait la folie de Noir ? Personne ne le savait et de toute façon tout le monde s'en foutait, ses trois frères étaient des réalistes : peu importaient les causes, ce qui importait c'était de savoir qu'ils avaient avec eux quelqu'un qui était capable de sortir une nuit et de revenir avec la tête d'un clodo simplement parce que celui-ci lui faisait penser au père qu'il n'avait jamais eu. Ce qui importait, c'était de savoir qu'il pouvait soudain décider, parce que quelque chose ne lui plaisait pas dans la lumière du matin, parce que le goût de sa côte de porc, par association d'idées, venait de lui faire penser à la fois où le mec de la voisine sans emploi qui s'occupait d'eux quand ils étaient petits lui avait planté un tournevis dans le cul, qu'il pouvait soudain décider donc de se mettre à hurler à la mort, comme un vrai loup sans aucun gène humain, comme un de ces animaux cent pour cent certifiés sauvages qui existaient avant que l'inté-gralité des codes ADN ne soit rachetée et mise sous copyright. En ce qui concernait Noir, il n'y avait finalement que deux certitudes : il avait le poil aussi sombre qu'un éclat de carbone et il se fichait de la mort.

5

Blanc et Gris ne se faisaient pas les mêmes idées de la guerre : celles de Blanc étaient plus proches de la pensée de Sun Tzu pour qui la guerre est l'art de la tromperie et « l'excellence suprême est de gagner sans combattre » tandis que celles de Gris illustraient la théorie de Clausewitz pour qui la guerre, c'était l'utilisation si possible illimitée de la force brute et son objectif de « contraindre l'adversaire à exécuter sa volonté ».

La pluie avait cessé et le soleil éclairait par l'arrière l'épaisse couche de nuages.

La lumière était celle d'un verre de lait sale.

Blanc et Gris se tenaient à cent dix mètres au-dessus du sol, sur le toit de la tour des Petits-Culs, regardant attentivement la cité qui se réveillait et les allées et venues des travailleurs du matin. Ni Blanc, ni Gris ne se souciaient du vent glacé qui venait agiter leurs poils épais. Ni Blanc, ni Gris ne se souciaient des flaques de sang qui maculaient le toit sur une bonne quinzaine de mètres. Pas plus qu'ils ne se souciaient du paquet de chair mélangée au reste de tenue kaki, qui était tout ce qui restait de ce con de gardien qui s'était trouvé au mauvais endroit, au mauvais moment et que personne n'avait jugé bon d'avertir : on ne refuse pas l'entrée aux quatre jeunes loups.

Blanc se sentait plutôt en forme. La bagarre avec le gardien l'avait réchauffé à la manière d'un petit footing matinal et le goût du sang qu'il avait encore en bouche valait tous les cafés serrés du monde. Ses pensées, pareilles à un ruisseau courant entre des rochers, progressaient selon un cheminement souple et hasardeux à la fois. Il pensait à ce que le monde était, à ce qu'il avait été et à ce qu'il deviendrait. Il se demandait s'il avait un rôle à jouer dans ce grand cirque du début et de la fin de la matière vivante. Il repensait à Timothy Leary, ce gourou contre-culturel d'un autre siècle qui avait dit : « Qui ne meurt pas est enterré vivant, dans les prisons, les maisons de rééducation, dans les trous des cités satellites, dans le sinistre béton des tours résidentielles. » Blanc sourit. Et un loup qui souriait comme un humain, ça faisait toujours un drôle d'effet. Il ferma les yeux, se demanda pour la centième fois ce que ce vieux prof à l'esprit déchiré par le LSD avait pu vouloir dire par : « *turn on, tune in, drop out* » et à ce qu'il avait cru voir quand, une seconde avant de mourir d'un cancer de la prostate, il avait répété plusieurs fois, face à la caméra tenue par son fils : « *Why not, why not... ?* » Sans trouver de réponse, Blanc ouvrit les yeux, sortit de sa rêverie et retrouva la réalité : il était tôt, l'air était chargé d'un parfum de diesel et de caoutchouc brûlé, la température était la dernière avant le gel.

Sa montre indiquait 7h30. Son téléphone sonna dans son sac à dos. Il répondit. La grosse voix de Brun s'adressa à lui.

— C'était pour savoir si vous veniez pour le déjeuner.

« Quel code à la con », se dit Blanc qui savait pourtant pertinemment bien qu'une conversation de cellulaire à cellulaire enregistrée par les flics avec l'aide de l'opérateur était l'une des preuves à charge que l'on pouvait obtenir le plus facilement du monde. C'est pourquoi il répondit :

— On sera là dans cinq minutes.

Il plissa les yeux, scruta à trois cents mètres, au niveau de la longue rue en sens unique qui débouchait sur le boulevard et finit par voir ce qu'il attendait : ses frères, trois petites silhouettes encapuchonnées qui avaient l'air de discuter en fumant une cigarette. Tout était en place. Tout allait bien se passer. Depuis deux mois qu'avec ses trois frères il organisait ce coup-là, ils avaient tout anticipé, tout planifié, tout chronométré et ils étaient arrivés à ce que Blanc préférait : un plan simple et imparable.

Un plan qui leur rapporterait assez d'argent pour pouvoir être tranquilles les vingt-cinq prochaines années. Un plan qui allait permettre de donner une nouvelle impulsion à la petite PME familiale.

Pendant ces deux mois, ils avaient évité de commettre, Blanc y avait veillé, ce que Carlos Marighela nommait dans son *Manuel du guérillero urbain* les sept erreurs : l'inexpérience, la vantardise, la surestimation, la disproportion de l'action par rapport à l'infrastructure logistique existante, la précipitation, la témérité et l'improvisation. Si bien qu'aujourd'hui, il y aurait peu de surprises. Excepté la présence totalement exotique de ce gardien d'immeuble à l'entrée des « Petits-Culs », ainsi nommée parce que ses caves avaient été le théâtre, il y avait quelques années de cela, de quelques rencontres avec quelques gamines du coin.

Cela dit, le gardien avait été une surprise, mais il n'avait pas été un problème.

Et, de toute façon, aujourd'hui, il y aurait d'autres morts.

Beaucoup d'autres.

Un bruit sourd et rythmé lui fit lever les yeux : se détachant sur le ciel blanchâtre, il y avait au loin le point gris de la silhouette de l'UH-145 repeint aux couleurs de la société Securitas. Blanc hocha la tête. Un hélicoptère comme ça, ça devait leur coûter un maximum et ça ne leur servait strictement à rien pour défendre un fourgon blindé en pleine ville. Par contre, comme argument publicitaire, ça devait certainement valoir le coup.

De là où il était, Blanc avait une vision parfaitement dégagée sur la rue en sens unique où les trois silhouettes fumaient toujours leur cigarette et sur l'avenue encombrée par la circulation juste en contrebas. Il connaissait parfaitement le terrain, il connaissait parfaitement le trajet qu'allait suivre le fourgon blindé. Avec ses frères ils avaient imprimé, sur des grands panneaux A1, la vue aérienne fournie par Google Maps. C'est comme ça qu'ils avaient compris pourquoi le convoi n'avait d'autre choix que de suivre chaque semaine le même itinéraire, violant ainsi un des grands principes des transporteurs de fonds : à cause d'un stupide problème de circulation, comme si une fois de plus la gestion urbanistique avait été laissée à un gamin ayant autre chose à foutre que de réfléchir à comment dessiner des axes de mobilité avec un peu de bon sens.

Du coup, sur les trois premiers kilomètres, il y avait une vicieuse succession de sens uniques et de ronds-points faisant que, pour se rendre du point A (le parking sécurisé à l'arrière du grand magasin) au point B (l'autoroute), il n'y avait pas d'autre alternative que ce chemin-là.

Pendant un moment, Blanc et ses frères s'étaient demandé pourquoi Securitas ne chargeait pas tout l'argent dans l'hélicoptère. Puis, toujours grâce à Google Maps, ils s'étaient rendu compte que, d'une part, la présence d'un gros aéroport à mi-chemin aurait imposé un détour de près de cinquante kilomètres qui aurait fait exploser les prix du transport et que, d'autre part, une fois arrivé à la banque, il n'y aurait aucun point d'atterrissage digne de ce nom. Voilà comment une longue suite d'incompétences, d'imprévoyances et de chance leur avait simplifié la vie, à croire que ce fourgon leur était offert sur un plateau.

Enfin, disons qu'ils allaient quand même devoir y mettre un peu de bonne volonté : le fourgon était protégé par deux gros 4x4 améliorés d'un blindage léger de niveau 3 résistant au calibre 44 et à l'intérieur desquels trois hommes et un chauffeur, protégés par un gilet pare-balles, étaient armés de pistolets mitrailleurs MP5 capables de cracher huit cents balles de 9 mm à la minute. Le fourgon en lui-même n'était pas en reste : c'était un utilitaire Mercedes équipé d'un blindage de niveau 5, le même que sur les blindés de l'OTAN. Plusieurs épaisseurs d'acier et de matériaux composites recouvraient le toit, le capot, le bas de caisse et le coffre. Les pneus étaient des pneus Run Flat Pirelli, capables de rouler même sous pression nulle et les deux petites fenêtres latérales ainsi que le pare-brise étaient protégés par ce qui se faisait de mieux en matière de polyuréthane, de polyvinyle et de céramique.

Ce fourgon, c'était presque un coffre-fort motorisé.

Presque…

Blanc vit que les trois silhouettes s'agitaient. Elles avaient dû recevoir le signal de Brun. Un peu plus loin, il vit le fourgon qui s'engageait dans la rue en sens unique.

À côté de lui, Gris colla son œil à la grosse lunette de visée qui surmontait le fusil PGM Hecate II qu'ils avaient racheté pour près de 1 000 euros à un retraité du GIGN qui crevait à petit feu du cancer du côlon et qui ne voulait rien savoir.

Ça allait aller vite.

Ça allait faire du bruit.

Dans la rue, une des silhouettes déposa deux petites boîtes sur le sol et deux autres silhouettes vinrent les recouvrir d'un gros morceau de carton d'emballage avant de disparaître.

C'était le moment le plus délicat du plan : si quelqu'un venait à traverser la rue à cet endroit et marchait sur le carton, ça ferait immédiatement réagir le mécanisme des deux mines antichar nord-coréennes ATM-71 et le mélange de trinitrotoluène et d'hexogène exploserait pour des prunes.

Mais à part le convoi qui avançait avec lenteur, la rue était déserte. Blanc se dit qu'avoir tant de chance pour des voyous était une preuve supplémentaire de l'inexistence de Dieu et de voir renforcée cette certitude lui donna une grande bouffée de confiance en ce qu'allait être le reste de son existence.

Il saisit le gros lance-roquettes RPG-7 et le cala bien contre son épaule. C'était un vieux modèle du siècle passé, son vernis était écaillé, des taches de rouille apparaissaient çà et là sur les parties métalliques. Il dégageait une odeur légèrement nauséabonde de poudre explosive, mais il était fiable.

Et il n'avait pas coûté cher.

Moins de 100 euros et la promesse d'un peu d'herbe au petit-fils d'un ancien militant du Hamas.

Le premier 4x4 du convoi s'approchait maintenant du grand morceau de carton. Blanc savoura ce calme étonnant qui précède toujours le chaos et puis il regarda l'explosion.

Un flash blanc, immédiatement suivi d'une grosse boule de matière inflammable elle-même suivie, avec un léger décalage, du fracas de l'explosion. Il vit clairement la voiture blindée faire un bond d'un mètre et retomber pareille à un dürüm, carbonisée et fumante, dans un cratère brûlant.

Derrière elle, le fourgon avait freiné tellement sec qu'il fut presque embouti par le second 4x4. L'hélicoptère s'inclina sur la droite et traça un cercle nerveux qui le ramena au-dessus de la rue. Avec l'élégance de nageuses pratiquant la natation synchronisée, les quatre portières du 4x4 s'ouvrirent en même temps. Blanc inspira, bloqua et tira exactement au moment où apparaissait l'ombre du canon d'un MP5. La roquette fila à la vitesse de cent quatre-vingts mètres par seconde, accompagnée dans sa course par son sifflement caractéristique et un parfum de térébenthine. Avec une précision diabolique, elle pénétra dans l'habitacle de la voiture. Pour le 4x4, ce fut comme s'il avait été frappé par une gigantesque main invisible, il se retourna à moitié et alla violemment frapper une camionnette de livraison en stationnement.

À peine plus de dix secondes étaient passées depuis la première explosion, mais Blanc aurait juré qu'il venait de s'écouler la moitié de l'éternité.

Cependant, il restait du travail.

À trois cents mètres, au niveau du grand bordel de tôle brûlante et fumante, Noir et Brun surgirent d'une voiture garée un peu plus haut. Vêtus de combinaisons ignifugées aux reflets chromés qui leur donnaient des airs de premiers cosmonautes Soyouz. Blanc vit leurs silhouettes se séparer, une à gauche et l'autre à droite, avec dans leurs pattes avant un cocktail Molotov où du polystyrène expansé achevait de se dissoudre dans un gros litre d'essence, rendant le mélange presque aussi collant que du miel d'acacia.

Noir visa le pare-brise pour que les flammes aveuglent le conducteur, Brun visa les prises d'aération pour forcer à sortir les hommes qui se trouvaient à l'intérieur.

Au loin, Blanc entendait des sirènes retentir. C'était normal, c'était prévu. Les types de l'hélicoptère avaient certainement donné l'alerte. Il leva les yeux, l'engin était toujours là, en vol stationnaire, aussi inutile qu'un fer à repasser dans un canot de sauvetage. Finalement, les occupants du fourgon ouvrirent les portes à l'avant et à l'arrière et Gris commença son travail.

Méthodiquement, il visa et tira. Presque en silence, le PGM cracha ses munitions de 12 mm conçues pour tuer un homme à deux kilomètres. À trois cents mètres, ça perçait un gilet pare-balles aussi facilement qu'un tee-shirt en coton. Quatre hommes tombèrent.

C'était fini.

Brun et Noir s'approchèrent avec précaution du camion en feu. Ils rentrèrent, sortirent avec les grosses valises de vingt kilos, deux chacun, et ils disparurent dans l'entrée du petit immeuble.

Tout avait fonctionné.

À merveille.

Blanc regarda une dernière fois l'hélicoptère, il laissa là le lance-roquettes et Gris laissa son fusil.

Ils n'en auraient plus besoin.

Et ils filèrent.

À quatre pattes pour aller plus vite.

6

Jean-Jean était né sous la lumière un peu crue de l'éclairage néon d'une maternité sans nom jouxtant les quais de chargement autoroutiers d'une grande centrale d'achat. Sa vie allait être, au début du moins, relativement pareille à celle des autres enfants de son âge : il avait grandi avec ses parents dans les cinquante mètres carrés d'un appartement qu'un architecte était parvenu à diviser en une cuisine semi-équipée, une salle à manger, un living, une salle de bains avec toilettes, deux chambres et une terrasse juste assez large pour y déposer les sacs-poubelle lorsqu'ils étaient pleins. Durant les trois premières années de sa vie, il passa de longues journées dans une crèche surchauffée qui sentait le chou dès 7 heures du matin, l'urine dès 1 heure de l'après-midi et l'eau de Javel le reste du temps.

Comme la plupart des autres enfants et dès que son esprit eut pris conscience des notions de passé et d'avenir, il vécut longtemps sur la frontière ténue existant entre la réalité du monde et le monde des rêves. Il était un oiseau planant au-dessus de la ville et se posant sur le toit de l'immeuble, il se battait contre un serpent à trois têtes dont l'une crachait du feu, il conduisait une voiture à propulsion nucléaire sur le balatum de la cuisine, entre les jambes de sa mère. À voir et à entendre ses parents de retour d'une journée de travail, il sentait que la vie était une épreuve aussi désagréable qu'une longue angine : sa mère s'occupait du réassort du département « snacking » du centre commercial qui s'étendait tout proche et qui rayonnait d'une étrange aura de toute-puissance, pareil à un lieu saint. Il la voyait partir matin après matin et revenir soir après soir, abîmée par le rythme du travail, par les horaires, par un supérieur d'une agressivité compulsive. Elle n'était pas faite pour ça. Génétiquement, ses parents avaient opté pour du moyen de gamme Pioneer, du pas très robuste, le genre d'organisme fait pour travailler trente-cinq heures dans un bureau calme et pas cinquante à ranger des sandwiches dans des frigos. Quand il pensait à sa mère, jusqu'à aujourd'hui, ce qui lui venait immédiatement à l'esprit, c'était l'image d'une femme au teint pâle essayant désespérément de faire pousser un plan de basilic sur une terrasse orientée nord, comme animée par une sorte d'instinct venu d'un temps où les humains aimaient à s'entourer de choses vivantes et comestibles.

Quant à son père, il était chargé d'une mission assez floue de *category manager* au sein d'une société gérant l'approvisionnement en confiserie de mobilier de caisse. À la maison, ses parents faisaient les choses rapidement, parce que les corvées domestiques, c'était encore des obligations qui leur rappelaient celles de leur travail : dresser la table, réchauffer la nourriture, débarrasser la table, mettre le lave-vaisselle en route, faire une lessive, repasser les tee-shirts, donner un bain à Jean-Jean et enfin coucher Jean-Jean. Après ça, ils étaient libres. Ils allumaient la télé, regardaient les chaînes un peu au hasard et, souvent, s'endormaient devant l'écran, tels des chevaux crevés après une journée passée à labourer des hectares de terre.

Ses parents se plaignaient pas mal : d'un responsable régional incompétent, d'un chef de secteur absent, d'un directeur de zone tyrannique ou d'un chef de ventes pistonné.

Ils travaillaient beaucoup, vieillissaient vite et payaient en râlant des factures jugées toujours trop chères et trop nombreuses.

Son premier rêve, dès que son esprit d'enfant eut pris conscience des notions de passé et d'avenir, fut de devenir un justicier en costume doté de super-pouvoirs. Il aurait pu alors punir les types qui bousillaient les boîtes aux lettres de l'immeuble, ceux qui pissaient dans l'ascenseur ou dans la cage d'escalier. Il aurait pu faire comprendre une fois pour toutes au voisin qu'un chien n'était pas une créature sur laquelle on passe ses nerfs à grands coups de tuteur en bambou et il aurait pu régler une fois pour toutes le problème que posaient les inévitables brutes qui hantaient la cour de récréation.

Et puis, sans qu'il sache vraiment comment, son esprit choisit son camp, arrêta de penser à ces conneries et s'ancra durablement dans la réalité. Il arrêta de voler par-dessus la ville, il oublia le serpent, il rangea ses voitures, plia le costume de super-héros et il se tourna vers son avenir.

Avec le temps et à mesure que sa connaissance des fonctionnements du monde lui avait appris à quel genre de rêve il pouvait prétendre rêver, il voulut d'abord devenir ingénieur en électronique. Puis, plus réaliste, il voulut devenir « Responsable de secteur », peu importait le domaine, mais son père en parlait avec une telle crainte qu'il se disait que ça devait forcément être un poste de prestige. Du côté de ses 18 ans, alors qu'il était un de ces ados souffreteux, dormant trop peu et rendu malade par l'explosion brutale de sa production d'hormones autant que par une alimentation saturée de graisses et de sucres, le lycée organisa une journée pompeusement intitulée « L'Avenir c'est Maintenant ! » Comme ses camarades, Jean-Jean comprit que le but de cette journée était, si ce n'était pas déjà fait, d'en finir une fois pour toutes avec les bouts de rêve qui auraient encore pu leur coller à l'esprit. Une série de types en costume de représentant de commerce s'étaient succédé pour leur parler des écoles postbac, des académies commerciales internationales, des écoles de gestion et de commerce, des écoles supérieures de techniques de gestion, des BTS, des DUT, des licences profession-nelles « offrant une formation évolutive adaptée aux besoins croissants de l'univers de la distribution ». On leur parla du bonheur du management, de l'importance d'intégrer une famille professionnelle, de « l'exaltation de prendre des risques pour les ambitieux désirant gravir rapidement les échelons ».

Autour de Jean-Jean, certains élèves prenaient des notes, d'autres avaient l'air de s'emmerder ferme. On leur distribua une quantité appréciable de documentation dans un grand classeur orné de la même phrase : « L'Avenir c'est Maintenant ! »

Il éplucha ça pendant une semaine complète. Sur les photos, les gars et les filles étaient beaux, en forme, ils n'arrêtaient pas de sourire sur des campus ensoleillés ou bien dans des salles de classe, tous tellement heureux qu'on aurait pu croire que la bouffe de la cantine était assaisonnée à l'acide.

Ça donnait bien, mais ça sonnait faux.

Il s'orienta vers une école de commerce en trois ans qui n'était pas trop loin de chez lui et qui promettait aux étudiants une « palette de services et d'activités adaptées ». Pour intégrer l'école, il fallait réussir un examen écrit et oral baptisé Atout +3 auquel il se prépara comme il put.

Et puis il y eut le « problème technique ».

Plus tard, Jean-Jean se demanda souvent dans quelle mesure ce « problème technique » avait été responsable de son échec aux épreuves d'admission et souvent il avait conclu que cette responsabilité était totale.

Le « problème technique », ce fut la mort de sa mère une semaine à peine avant la date de l'examen.

Cette mort n'arriva pas brutalement.

Au contraire.

Comme beaucoup de catastrophes, elle fut précédée de nombreux signes avant-coureurs auxquels on ne prêta pas toute l'attention qu'ils méritaient : dès juillet, alors que toute la région infusait dans un air tiède et légèrement sucré, sa mère attrapa un rhume. Après quelques jours passés à moucher des morves d'un inquiétant vert vif, son état empira. Elle fut la proie de violentes montées de température que rien ne semblait pouvoir apaiser. Puis, la peau de son dos et de ses avant-bras se couvrit de petites tumeurs blanchâtres qui ne tardèrent pas à s'ulcérer.

Elle passa quelques jours à l'hôpital, mais cela ne servit à rien et les médecins la prièrent de rentrer chez elle.

Les parents de Jean-Jean téléphonèrent à la hotline Pioneer qui les renvoya à la documentation disponible en ligne. Ils passèrent une soirée à télécharger des documents PDF dans la section « Support ». Jean-Jean, qui maîtrisait l'anglais un peu mieux que ses parents, tenta de leur traduire certains passages du « *Do it yourself* » et de la liste des « *Frequently asked questions* » mais il n'était fait mention nulle part de ce genre de pathologie.

Ils se tournèrent alors vers un forum des femmes Pioneer. Sous le pseudo de Fraisette98, la mère de Jean-Jean lança un nouveau post en tentant de décrire au mieux ce qui lui arrivait. Il ne fallut qu'une demi-journée avant qu'une certaine KittyCool ne lui réponde que ce qu'elle décrivait était un problème connu mais rare qui avait déjà touché plusieurs centaines de femmes à travers le monde. Aux États-Unis, il y avait bien eu une tentative de Class Action qui avait pris des mois mais qui n'avait jamais rien donné. KittyCool donnait quelques liens vers des sites proposant des solutions artisanales capables de soulager un peu les femmes atteintes. La plupart des articles semblaient d'accord pour parler d'une faiblesse des défenses immunitaires qui survenait pour des raisons qui restaient à déterminer mais qui dégénérait rapidement en affections respiratoire et de la peau. La solution, c'était d'empêcher l'ouverture des shunts artérioveineux. En clair, il fallait rester au calme, les jambes surélevées et attendre que cela passe.

Comme le problème n'était pas reconnu par le fabricant, l'employeur de la mère de Jean-Jean refusa de lui accorder un congé maladie et elle continua à ranger ses snacks, dix heures par jour, dans les frigos des linéaires.

De ce mois de juillet, Jean-Jean garda un souvenir confus et affairé. Il travaillait toute la journée à la préparation de l'examen d'entrée. Il relisait les corrigés de l'épreuve de synthèse de l'année écoulée en se demandant comment il aurait fait avec le texte « Heidegger chez les cow-boys » pour lequel il ne parvenait pas à isoler la structure argumentaire. Il peinait à résoudre les épreuves de logique :

Quel est le nombre manquant ?

École (2) Commerce (5) Entrepreneur (7)
Concours (?)

A) 3 B) 4 C) 5 D) 6

Quand rentrait sa mère, elle était pâle, presque livide. Malgré la chaleur, elle portait des manches longues pour cacher les tumeurs qui lui couvraient les bras. Elle lui disait à peine un bonjour, du bout des lèvres, et partait s'effondrer dans la chambre où elle s'endormait en position fœtale. Jean-Jean et son père passaient leurs soirées à deux, mangeant en silence devant un programme d'avant-soirée où des candidats stressés pouvaient gagner jusqu'à 10 000 euros. Son père semblait résigné. Il ne chercha plus à joindre le SAV de Pioneer, il n'alla plus sur le forum de discussion. De temps en temps, il se levait, allait jeter un coup d'œil dans la chambre et il revenait en lâchant immanquablement la même phrase : « Elle dort, ça lui fait du bien. »

Dès la fin juillet, sa mère fut incapable d'aller travailler. Ses jambes ne la portaient tout simplement plus. Elle avait essayé de se lever un matin, mais elle était retombée au pied du lit. Avec son père, il l'avait remise sur le lit. Elle ne pesait presque plus rien.

Sa peau était jaunâtre et à son contact on avait une désagréable impression de moiteur et de fragilité. Un peu comme une peau de poisson. C'est à ce moment que Jean-Jean avait compris qu'elle allait mourir. Elle aussi sans doute l'avait compris, il n'y avait plus rien dans ses yeux que le regard triste de quelqu'un à qui la vie ne proposera plus rien d'autre que quelques semaines pénibles avant la plongée dans l'inconnu.

Mi-août, alors que dans l'appartement tout entier planait maintenant la désagréable odeur de la maladie, ils reçurent un recommandé du centre commercial leur annonçant qu'elle avait perdu son travail et ses droits pour faute grave. On ne s'absentait pas si longtemps sans raison valable.

Jean-Jean continuait à se préparer aux épreuves qui avaient lieu à la fin du mois :

Trouvez l'intrus :
(a) Travail (b) labeur (c) poste (d) tâche

Il avait l'impression que son cerveau était incapable de métaboliser les informations en connaissance. Il lisait et l'information transitait immédiatement de ses yeux à l'oubli. Il s'octroyait des « pauses » où, sur sa console de jeux, il dégommait en ligne des militaires en combinaisons bleues. À la fin de la journée, la panique le submergeait jusqu'à la nausée. Il sentait qu'il n'y arriverait pas et son avenir lui apparaissait comme une longue punition.

Le 28, son père le réveilla à 5 heures du matin pour lui annoncer que « c'était terminé ». Il avait l'air calme. Sans doute s'était-il préparé à ça depuis des semaines. Il appela une ambulance. Un médecin nota l'heure du décès pendant que la police lui faisait signer une série de documents.

L'examen de Jean-Jean avait lieu trois jours plus tard et il s'y rendit malgré tout. Il se mêla à une foule d'étudiants nerveux qu'un employé guida dans une salle de classe en briques apparentes.

Il médita un long moment devant les questions :

Le lundi un employé a traité un lot de factures, le mardi il en a traité 2 fois plus, et le mercredi il en a traité 270.
Pendant ces 3 jours, il a traité 1 500 factures.
Combien de factures a-t-il traitées le mardi ?
A) 310 B) 410 C) 600 D) 900

Il ne pouvait s'empêcher de penser à des stratégies d'encerclement de militaires en combinaisons bleues. Pour éviter le ridicule, il laissa passer une bonne heure, puis, quand les premiers étudiants commencèrent à rendre leur copie, il rendit la sienne, vierge et quitta la classe.

Quelques mois plus tard, il était engagé comme agent de sécurité par la société privée, qui n'exigeait que le bac et « une bonne présentation ».

Sa vie était sur les rails.

7

Blanc, Noir, Gris et Brun savaient que les vieilles histoires à la James Bond, où le méchant se cache dans un abri high-tech perdu dans le cratère d'un volcan, c'était des couilles en pot. Les quatre jeunes loups savaient que la meilleure cachette du monde, c'était un endroit qui ressemblait à cent mille autres. Un endroit au-dessus duquel les satellites de la DST pouvaient passer un million de fois sans que les programmes de reconnaissance automatique d'endroits louches se mettent à hurler dans les couloirs du 84, rue de Villiers à Levallois-Perret. Un endroit devant lequel la police de proximité pouvait passer ses journées sans jamais sentir l'odeur du crime. Un endroit aussi peu surprenant, aussi peu original, aussi commun, aussi ordinaire que l'appartement 117, Étage 14,

Bâtiment 2 « Raffarin » de la cité située en périphérie du centre commercial.

Devant l'appartement 117, il n'y avait pas de système de sécurité, il n'y avait pas de serrure antivol et il n'y avait pas non plus le moindre blindage. Devant l'appartement 117, il n'y avait qu'une porte en contreplaqué d'un blanc que le temps faisait virer du côté du jaune. Une porte d'une qualité tellement mauvaise qu'elle aurait pu donner à un enfant de 10 ans l'impression de pouvoir être enfoncée.

D'ailleurs, il en passait beaucoup, des enfants de 10 ans, devant la porte de l'appartement 117. Il en passait même beaucoup avec des tempéraments d'enfonceurs de porte.

Pourtant, aucun, jamais, n'avait touché à la porte 117. La plupart s'en éloignaient même soigneusement quand il s'agissait de passer devant.

Tout le monde savait qu'on n'avait pas d'ennuis avec les quatre jeunes loups à trois conditions : ne pas se mêler de leurs affaires, éviter de prononcer leur nom et ne pas s'approcher trop près de la porte de leur appartement parce que Noir était paranoïaque et qu'il fallait éviter qu'il vous suspecte d'écouter aux portes.

Personne ne savait vraiment ce qui pouvait se passer si quelqu'un venait à enfreindre une de ces trois règles, mais personne n'avait vraiment envie de savoir. Ce qui était certain, c'est qu'il se passerait quelque chose : c'était une certitude floue mais une certitude quand même. Un sentiment assez proche de l'instinct animal que partageait tout le bâtiment 2

« Raffarin ». Et ce qui renforçait encore cet instinct, c'était tout le fond fantasmatique de légendes urbaines : un jour, une commerciale de chez Free avait appelé Brun pour lui proposer une nouvelle formule tarifaire. Brun, qui était en train de manipuler de l'ammoniac pour se faire un *free base* avec de la coke, cet appel, ça lui aurait fait louper le mélange. Une semaine plus tard, la commerciale était défigurée par l'explosion d'une bonbonne d'insecticide mystérieusement placée dans son micro-ondes. Une autre fois, un homme, père de cinq enfants, dont un bébé de six mois, aurait dépassé Noir dans la file de la caisse express du centre commercial. Noir n'aurait rien dit. Il ne se serait pas abaissé à faire une remarque pour une place dans une file. Il aurait même fait un clin d'œil à la fillette assise dans le chariot. La nuit même, des cambrioleurs se seraient introduits chez l'homme, ils auraient volé une chaîne hi-fi et un ordinateur portable, mais surtout et sans que l'on sache pourquoi, ils auraient crevé les yeux des cinq enfants après les avoir endormis à l'éther.

Personne n'aurait pu jurer que ces histoires étaient vraies. Mais personne n'avait envie de leur poser la question.

Et le résultat, c'était que les quatre jeunes loups avaient la paix.

Une paix royale.

Par exemple, ce soir-là, quelques heures après le braquage du fourgon blindé, ils étaient tous les quatre à fumer des joints et à rigoler. L'iPod de Gris rempli à ras bord de Skate-Punk ultra-ringarde diffusant à plein tube le hit *Hero of Our Time* des Suédois de Satanic Surfers. L'argent avait été caché en lieu sûr, c'est-à-dire ni dans une banque, ni dans un coffre.

Ce soir-là, donc, l'appartement baignait dans l'odeur piquante du cannabis et dans la lumière bleutée d'un halogène Ikea éclairant un coin de plafond. Il y avait au sol, depuis des temps tellement lointains qu'ils avaient sombré dans l'oubli, une moquette couleur jaune savane parsemée de taches diverses et, çà et là, de brûlures de mégot. Dans la petite cuisine prévue à l'origine pour un honnête usage familial s'amoncelaient pêle-mêle de la vaisselle sale qui n'était pas près d'être lavée et des restes de repas dont la vue aurait provoqué un arrêt cardiaque à un nutritionniste. Plus loin, au bout du minuscule couloir donnant sur les deux chambres servant à la fois de débarras et de local informatique, il y avait une salle de bains d'où se dégageait une furieuse odeur de chien mouillé et dont les canalisations étaient assez régulièrement bouchées par les longs poils des quatre jeunes loups.

Bref, ce n'était pas royal comme tanière, mais justement, c'était une tanière où génétiquement les loups se sentaient bien et ils ne l'auraient pas échangée contre tous les hôtels particuliers du monde.

L'atmosphère de l'appartement 117 était parfois tendue, comme elle l'avait été ces derniers mois, pendant la préparation du braquage. L'atmosphère de l'appartement 117 était parfois festive, comme lorsqu'on se laissait aller à boire et à fumer. Mais ce soir, chose rare, l'atmosphère était détendue, relax, en un mot : cool. Le niveau général d'adrénaline et de violence latente, dont les loups faisaient leur ordinaire, était ce soir proche de zéro. Aucune griffe n'était sortie, aucun croc n'était montré. Blanc balançait mollement sa grosse tête blanche au rythme de la musique. Brun feuilletait un magazine spécialisé en hi-fi. Sur la console de jeux, Gris foutait une raclée en ligne à une armée d'Espagnols minuscules. Et Noir, à travers l'étoffe épaisse de son pantalon, se massait distraitement le sexe, rêvant de viande, de sang et de chattes aux odeurs de sous-bois en automne.

Et puis on frappa à la porte.

C'était surprenant qu'on frappe comme ça à leur porte à cette heure. Les jeunes loups avaient beau être assez sauvages dans leur genre, ils n'en étaient pas moins bien organisés au niveau de leur agenda et ils savaient toujours très bien qui, pourquoi et quand on allait venir leur rendre visite.

C'était surprenant qu'on frappe comme ça à leur porte à cette heure et les jeunes loups détestaient qu'on les surprenne.

Et être surpris, ça fit remonter d'un coup le niveau général d'adrénaline et de violence latente.

Blanc regarda Noir qui regarda Gris qui regarda Brun qui haussa les épaules et alla ouvrir. Quand il revint, c'était avec un grand Noir qui devait bien faire dans les deux mètres et peser dans les cent trente kilos.

Blanc se demanda pourquoi Brun avait laissé entrer ce type que personne ne connaissait et à qui il trouvait un air vraiment étrange. Pas inquiétant.

Mais étrange. Puis en réfléchissant, il se dit que ce type avait tout simplement l'air gentil. Quelque chose dans l'expression et dans le regard. Et puis il avait l'air triste aussi. Les yeux gonflés comme s'il avait passé un bon bout de temps à pleurer. Et puis les yeux brillants aussi, comme s'il lui restait encore à l'intérieur des larmes à faire couler. Enfin, et ce n'était pas le moins bizarre, ce grand type avait une grande éraflure bien fraîche et bien à vif qui faisait ressembler sa joue gauche à un mur en crépi recouvert de rouge.

Ça devait être tout ça qui avait poussé Brun à le laisser rentrer.

— Il a dit qu'il voulait nous parler à tous les quatre, dit Brun.

L'homme ouvrit la bouche pour dire quelque chose et puis il la referma en tremblant.

— Hé ben, qu'est-ce qu'il a le petit monsieur… ? dit Gris.

— Je m'appelle Jacques Chirac, dit le grand type, et je suis venu à cause de votre maman.

Blanc se crispa. Il ne savait pas ce que ce type voulait mais il savait qu'il mettait les pieds dans un sujet très délicat. Il sentit que Noir devenait nerveux d'un seul coup. La grosse boule faite de dangereuses névroses qui flottaient à l'intérieur de son frère gonfla et irradia jusqu'à lui d'une brûlante chaleur.

— Quoi, notre mère ? dit Noir, manifestement prêt à arracher une carotide.

— Votre mère est morte. Moi je l'aimais et aujourd'hui elle est morte.

Pendant un temps qui parut infini, personne ne dit rien. Pareil à un bloc de marbre, le grand type resta planté au milieu du salon des quatre jeunes loups. Les Satanic Surfers continuaient à éructer sur le rythme d'une basse profonde et régulière évoquant des battements de cœur. Puis, Jacques Chirac Oussoumo dit encore, en soupirant à la manière de quelqu'un qui dépose des valises beaucoup trop lourdes :

— Il y a un coupable et je le connais.

8

Jean-Jean se demandait souvent comment la tristesse pouvait s'installer dans une vie et s'y planter durablement, comme une vis bien serrée avec une couche de rouille par-dessus. Une chose dont il était certain, c'était que ce mouvement d'installation de la tristesse se faisait lentement, par une sédimentation obstinée et progressive à laquelle on ne prêtait pas tout de suite attention. C'était un mouvement tellement discret qu'il fallait du temps et de l'attention pour se rendre compte que doucement le profil de sa vie s'était déformé pour ressembler à une flaque de boue.

Jean-Jean se disait souvent que s'il avait un jour des enfants, ce qui soit dit en passant était fortement improbable vu que ni son salaire ni celui de Marianne n'étaient suffisants pour se le permettre, il leur dirait d'être vigilants, de faire attention aux détails, d'essayer de sentir quand les choses, discrètement, tournent mal. Il leur dirait de ne rien laisser passer, de faire tout ce qui était en leur pouvoir pour tenir la barre, pour rester maîtres de leur propre navire, pour ne laisser aucun sale con ou aucune sale conne décider pour eux. Il leur dirait d'être égoïstes, d'être individualistes, que même si ça faisait d'eux des salauds aux yeux du monde, il valait mieux être un salaud heureux qu'un brave type qui, à l'heure de rentrer chez lui, en pesant le pour et le contre, se dit que tout compte fait il n'a pas envie mais qu'il n'a pas le choix. Un type comme lui, qui rentre après une journée de merde pour attaquer une soirée de merde en compagnie d'une fille aussi sèche et froide qu'une peau de serpent.

Et ça, que le contact avec Marianne lui faisait parfois penser à celui d'avec un serpent, c'était sans doute normal d'ailleurs, vu le modèle de Marianne : l'entrée de gamme Hewlett-Packard, connu pour sa résistance aux maladies, pour son calme, pour sa fiabilité générale. Tout ça obtenu en saupoudrant délicatement les chaînes ADN avec du code de mamba vert dont la production naturelle de neurotoxine était une garantie contre une large palette de maladies dégénératives du système nerveux : maladie de Creutzfeldt-Jakob, chorée de Huntington, la sclérose en plaques, les maladies lysosomales, la maladie de Parkinson et surtout la maladie d'Alzheimer. Dans l'histoire familiale des parents choisissant l'upgrade Hewlett-Packard pour leurs filles, on trouvait souvent le souvenir d'une grand-mère ou d'une arrière-grand-mère ayant terminé sa vie dans les soubresauts d'une dissolution des neurones lui faisant confondre le bouquet de fleurs apporté à l'hôpital avec un petit cheval de bois remonté du fond de sa mémoire.

Jean-Jean gara sa Renault 5 juste devant son immeuble, sous les branches d'un arbre racorni. En entrant dans le hall, il inspecta sa boîte aux lettres. Comme elle était vide, il sut que Marianne était déjà rentrée. Il se mordit l'intérieur de la joue : il n'allait pas avoir ces quelques instants de solitude dont il avait besoin pour faire la transition entre la fin de la journée et le début de la soirée. Comme souvent, les deux allaient se confondre en un désagréable continuum. L'ascenseur le conduisit en douceur jusqu'au huitième étage, lui laissant le temps de lire quelques-uns des graffitis laissés au marqueur indélébile par des inconnus. Son préféré, c'était sans doute : « Évangéline, je me branle en pensant à ton beau corps. » Le texte était illustré par une bite stylisée éjaculant vers le plafond. C'était clair, franc, sans méchanceté. C'était exactement le genre de chose qu'il aurait voulu pouvoir écrire à sa femme. Il ne le faisait évidemment pas. D'abord parce que lui ne se branlait pas en pensant au corps de Marianne, ça faisait longtemps que le désir qu'il avait eu pour elle s'était vaporisé. Ensuite parce que ce genre de mot, à Marianne, c'était pas son genre. Trop sérieuse, trop tendue, trop concentrée sur son travail, en un mot, trop mamba vert.

Quand il rentra chez lui, elle était debout face à la fenêtre en train de parler au téléphone. Il la voyait de dos. Elle avait déposé son grand sac informe sur la table du salon et elle portait une robe stricte aussi sexy qu'une porte de garage. Elle discutait avec quelqu'un de son travail. Elle n'était pas fâchée, mais comme toujours, il y avait quelque chose de terriblement désagréable dans le fond de sa voix, quelque chose qui faisait comme une petite morsure dans les tympans. Ça tenait à peu de choses, peut-être le choix des mots, un champ lexical presque toujours de l'ordre de l'appréciation, parsemé çà et là de locutions donnant envie de purement et simplement lui tirer une décharge de chevrotines dans la nuque : « D'accord, mon œil, dont acte, ainsi que, du coup, moi par exemple, comme quoi... »

Elle sentit sa présence, elle avait un instinct incroyable pour ça, elle se retourna en fronçant les sourcils et tendit l'index vers le haut, dans un geste signifiant « Attends deux minutes, je suis au téléphone. » Sous la lumière directe de la série de petits spots basse tension encastrés dans le faux plafond, son teint était légèrement vert. On ne le voyait pas tout de suite, mais lorsqu'on y prêtait attention, c'était évident. C'était l'expression discrète de sa nature reptilienne. Elle détestait ça d'ailleurs et elle passait chaque matin de longs moments à essayer de dissimuler son épiderme sous de la poudre ou de la crème, mais les poudres et les crèmes n'y pouvaient rien : en fin de journée, le vert prenait le dessus. Et aux extrémités, les mains et les pieds, la coloration tirait plutôt vers le jaune, ce qui faisait que depuis l'adolescence, elle avait tendance à choisir des pulls aux manches suffisamment longues pour lui couvrir la moitié des paumes.

Tout en parlant, elle se grattait le coin de la bouche, nerveusement, du bout de l'ongle.

— Le *bake-off*, c'est *le* segment qui fonctionne le mieux. C'est ça qu'il faut leur faire comprendre. Ils investissent dans des linéaires soi-disant prestigieux mais qui ont un rendement au mètre complètement nul..., disait-elle. Une minuscule voix de souris formulant des phrases inaudibles sortait de son portable, elle l'écoutait comme par obligation en répétant : « D'accord, d'accord... » et puis elle reprenait, sur le ton d'un avocat général :

— Le marché du *care*, de l'hygiène et de la beauté, ça, c'est cloisonné ! Avec le *bake-off*, tu donnes du caractère à ton espace, tu as l'odeur du pain frais, tu peux changer l'offre en fonction de l'heure de la journée, hein, le petit déjeuner de 9 heures, le déjeuner de 13 heures. C'est *le* rayon où tout le monde passe. Même les jeunes, regarde les enquêtes, *même les jeunes*. Le *finger food*, c'est ça qu'ils aiment... Et si ton responsable n'est pas trop coincé, il fera un peu de *cross selling*... L'autre jour, j'ai croisé un type qui avait aligné un choix d'huiles d'olive, de tomates traiteur à côté des chiabattas ! Les ventes ont explosé... Ce sont des idées comme ça qu'il faut défendre... D'accord... D'accord... Ce qu'il faut, c'est un document clair où tu leur définis le prêt-à-lever, le prélevé, le fully baked et le thaw and serve...

Tout le truc quoi... S'il était motivé par son travail, il passerait sa soirée à faire un Power Point, putain, on va avoir l'air de quoi avec nos photocopies ? On va passer pour des stagiaires !

Marianne finit par raccrocher. Elle se tourna vers Jean-Jean.

— Le boulot ? demanda-t-il un peu bêtement.

— Oui. On a rendez-vous avec un gros client demain matin et ils n'ont rien prévu. Et ce matin, ça a été la catastrophe... Au moment de la présentation, le directeur apprend qu'on lui a braqué un fourgon. Un truc qui s'est passé même pas loin d'ici. Évidemment, on est bons pour y retourner.

Jean-Jean avait évidemment entendu parler du braquage : un truc bien organisé. Violent, sans pitié, efficace, qui avait fait huit morts. Le genre de truc qui n'arrivait jamais. À moins que les flics ne retrouvent les responsables rapidement, c'était le genre de coup à entrer dans la légende.

Jean-Jean se demandait si lui aussi devait parler de sa journée de merde. S'il devait parler de cette opération totalement inutile montée par le directeur des ressources humaines et le chef de caisse.

Et puis Marianne remarqua les traces sombres qu'il avait sur le cou.

— Qu'est-ce qui t'est arrivé ?

Alors, il lui raconta.

9

La journée avait donc commencé tôt pour Jean-Jean, planqué dans la camionnette banalisée garée sur le parking du centre commercial. Au début, il n'y avait eu rien d'autre à faire qu'à attendre. Il avait trouvé une position plus ou moins confortable en espérant ne pas en avoir pour la journée.

Les informations dont il disposait sur les habitudes de Martine Laverdure et de Jacques Chirac Oussoumo étaient assez maigres et ne lui donnaient qu'une très vague idée de ce que serait la journée : le chef de caisse, en jouant de son autorité, avait fait parler les voisines de caisse de Martine Laverdure et elles lui avaient dit, à contre-cœur, sachant parfaitement que c'était une trahison mais sachant aussi que c'était pour sauver leur peau, que Jacques Chirac Oussoumo s'arrangeait toujours pour prendre son heure de table en même temps que celle de Martine. À propos de la supposée liaison entre Martine et Jacques Chirac, les voisines de caisse avaient déclaré n'avoir rien remarqué à part qu'ils s'entendaient bien et qu'ils parlaient souvent ensemble à la cantine.

Ce qu'il fallait, c'était avoir un coup de chance. Qu'il puisse enregistrer la preuve irréfutable de la liaison entre les deux employés et que cette liaison venait foutre le bordel sur le lieu de travail.

Sur son écran, l'image bleutée de Martine Laverdure était légèrement déformée par l'objectif grand-angle de la minuscule caméra. Durant un long moment, Jean-Jean eut le cafard typique du type qui n'aime pas du tout ce qu'il est en train de faire. Il se trouva moche, il se trouva lâche, il se vit comme une sorte de petite merde nuisible qui allait bousiller la vie d'une pauvre femme simplement parce que son profil ne convenait pas au directeur des ressources humaines et au chef de caisse.

Il s'était servi un gobelet du café brûlant qui stagnait dans son thermos et il s'était dit que, parmi toutes les options possibles qui lui avaient été offertes depuis ses origines, le monde avait manifestement évolué vers ce qui ressemblait à un cauchemar.

Il avait passé un long moment à regarder à travers la fenêtre sans tain. À l'extérieur, le jour s'était levé d'une manière un peu kitsch, avec un ciel d'un bleu idiot parcouru d'altocumulus pommelés, signe que le temps serait changeant.

Sur l'écran, les clients se suivaient à la caisse de Martine Laverdure. C'était étonnant comme personne ne faisait attention à elle. Comme si elle avait été une simple machine. Quelqu'un avait un jour jugé bon d'afficher, quelque part dans les vestiaires, la description du travail des caissières :

– Renseigner occasionnellement les clients.

– Accueillir chaque client (sourire, bonjour, au revoir, merci, obligatoires).

– Saisir éventuellement la carte de fidélité.

– Prendre les articles successifs, les enregistrer au scanner ou au clavier, les déposer en bout de caisse ou les ensacher, donner des sacs plastique.

– Enlever les antivols et mettre les produits fragiles dans un sac à part.

– Contrôler que tous les produits ont été présentés par le client.

– Encaisser le montant des achats en liquide, chèque ou carte de paiement.

– Contrôler et noter les références de la carte d'identité pour les grosses dépenses en cas de paiement par chèque.

– Renseigner les clients sur la facture, la garantie, en cas de demande.

– Gérer les aléas : casse, oublis de produits en caisse par un client, erreurs de paiement.

– Établir la comptabilité de la caisse en début et en fin de journée, remplir les bordereaux.

– Remettre son fond de caisse.

– Se réapprovisionner.

– Maintenir son espace de travail propre (rouleaux, tapis).

Martine faisait tout cela. Elle disait bonjour, attrapait les achats, les passait devant les lasers du scan et les poussait sur la gauche. Encaissait. Disait au revoir. Et passait au client suivant. Des centaines, des milliers, des millions de fois le même geste. Une caissière avait un jour expliqué que le « ping » que produisaient les caisses à chaque article scanné représentait un vrai danger pour la santé. Avec le temps, ce putain de petit bruit se frayait un chemin jusqu'au fond du cerveau et s'y installait pour toujours. Les caissières en rêvaient la nuit, elles l'entendaient en vacances, ça leur causait des douleurs rachidiennes, ça les rendait anxieuses, irritables. Mais surtout, ça affaiblissait leur caractère, comme si ce putain de petit bruit, avec les synapses des caissières, bossait comme un sécateur, coupant une liaison à gauche et une liaison à droite.

Sur l'écran du moniteur, Jean-Jean vit soudain changer le visage de Martine. Jusqu'à présent, il avait été sérieux, impassible, concentré, aussi fermé qu'un coffre. Maintenant, Martine souriait. Un beau et lumineux sourire.

Et ce sourire ne trouvait pas son origine dans la petite vieille dame qui empilait des portions de lasagnes bolognaises Findus devant son nez, participant sans le savoir aux sept cents millions d'euros de chiffre d'affaires du marché du plat préparé surgelé.

Jean-Jean se redressa et essaya d'avoir une image un peu plus large. Une ombre noire, aussi massive qu'un grand menhir, occupait le côté droit de l'écran. Jean-Jean se dit que Jacques Chirac Oussoumo, avec sa carrure de dépanneuse, aurait fait une belle carrière sur le ring de l'Ultimate Fighting Championship. C'était amusant de s'être spécialisé dans le fruit et légume, un peu comme si un porte-conteneurs se mettait à jouer de la guimbarde.

Tout alla ensuite assez rapidement. Quelques secondes à peine, d'une accablante clarté : Jacques Chirac posa sa grosse main droite sur l'épaule de Martine Laverdure dont le beau et clair sourire s'élargit encore. Il se pencha un peu et dit quelque chose à son oreille. Il n'y avait pas le son, mais Jean-Jean aurait juré entendre s'envoler le rire cristallin de Martine.

Ensuite, comme pour ajouter une pièce supplémentaire au dossier déjà accablant qui venait de se constituer contre eux, Jacques Chirac Oussoumo embrassa la joue de Martine. Sous la lentille indiscrète de la caméra *pinhole* planquée dans le plafond et sous les yeux de la petite vieille aux lasagnes surgelées.

Si quelqu'un avait voulu une faute grave, il était servi. Si le directeur des ressources humaines n'était pas tenu par un règlement d'ordre intérieur un peu mou, avec un truc pareil il aurait certainement exigé qu'on les fusille sur-le-champ.

Mais en quelque sorte, c'est ce qu'il s'apprêtait à faire, le renvoi constituant, de manière plus hypocrite, une sorte d'exécution capitale.

Jean-Jean avait appelé le directeur des ressources humaines sur son portable pour lui annoncer que « c'était fait » et le directeur des ressources humaines avait déclaré qu'on allait pouvoir « régler ça tout de suite » et que Jean-Jean devait le rejoindre à son bureau sur-le-champ.

Jean-Jean avait maudit ce connard trop lâche pour oser faire le sale travail tout seul. Il n'avait aucune envie d'assister à la scène qui allait suivre. Rien qu'à l'imaginer, il avait déjà la nausée et plus que jamais il eut la conviction profonde qu'il était, lui aussi, un lâche et un salaud.

Il copia la scène sur une clé USB et il sortit de la camionnette. L'air était plus lumineux et plus tiède qu'il ne l'aurait pensé. Venue d'une série de grands conteneurs où s'entassaient les produits périmés, une odeur de potage parfumait l'atmosphère. Jean-Jean respira profondément en essayant de se convaincre qu'à l'échelle de l'univers, des cataclysmes thermonu-cléaires des étoiles et de la dynamique mystérieuse des trous noirs, tous ces drames humains étaient minus-cules et insignifiants. Mais ça ne marcha pas. Quelque chose au fond de lui s'obstinait à lui dire qu'il n'y avait aucune mise à l'échelle. Qu'être un salaud sur terre, c'était comme être un salaud de dimension universelle.

Que c'était toujours grave.

Et que ça laissait des traces.

C'est dans cet état d'esprit qu'il était arrivé dans le bureau du directeur des ressources humaines. Un type à peine plus âgé que lui. Grand mais l'air plutôt fragile avec de vagues traces d'acné sur le cou et des cheveux coupés court, la nuque dégagée à la tondeuse, sans doute pour se donner l'allure de ce jeune dieu de la finance qu'il ne deviendrait jamais.

Il lui avait donné la clé USB, le directeur des ressources humaines avait regardé les images sur son ordinateur portable avec une réelle délectation et il avait appelé le chef de caisse pour qu'il voie ça.

Le chef de caisse était arrivé. Plus petit, plus râblé. Le corps d'un type qui a fait de la lutte, qui a abandonné et qui a passé les cinq dernières années à se ramollir. Jean-Jean trouva qu'il avait les yeux un peu méchants de celui qui a un compte à régler avec la vie. Il trouva les images « géniales » et déclara que si les papiers étaient prêts, le problème serait réglé dans cinq minutes. Le directeur des ressources humaines sortit un document verdâtre d'une chemise en carton, c'était une lettre de démission-type que Jacques Chirac et Martine n'auraient qu'à signer. S'ils refusaient, ce serait le renvoi pour faute grave et ça, ça les suivrait comme un casier judiciaire. Non seulement ils ne retrouveraient jamais de travail, nulle part, sauf peut-être suceuse de queues à 5 euros pour Martine et vendeur d'acide pour Jacques Chirac, mais en plus ils n'auraient plus droit au moindre atome de Sécurité sociale… Pire, la direction du centre commercial pouvait engager contre eux une procédure judiciaire pour dommages et intérêts.

Le chef de caisse était alors parti chercher Martine et Jacques Chirac. Jean-Jean était resté seul avec le directeur des ressources humaines dont il pouvait nettement sentir la nervosité teintée d'excitation.

Comme un cheval à qui on va faire un prélèvement de sperme. Puis le chef de caisse était revenu.

Martine avait l'air complètement terrorisée, on aurait dit une vache qui comprend que l'abattoir est au bout du chemin. Elle avait l'air minuscule, tête baissée, prête à être écrasée sous un talon, sans rien dire si ça pouvait l'aider à sortir de là sans perdre son boulot. Jacques Chirac, de son côté, avait une expression totalement figée, un masque mortuaire assez effrayant. Jean-Jean remarqua qu'il laissait pendre ses longs bras le long de son corps et qu'au bout, pareils à deux enclumes, il avait les poings serrés.

Jean-Jean nota ce détail et eut un mauvais pressentiment. Le chef de caisse et le directeur des ressources humaines ne connaissaient pas les gens. Ils ne semblaient avoir aucune idée de ce que la misère et le désespoir, la colère et la peur sont capables de provoquer chez les gens. Instinctivement Jean-Jean recula d'un pas, attendant de voir ce qu'allait faire le directeur des ressources humaines.

Celui-ci se racla la gorge. Ça fit un bruit de petit moteur électrique et il se lança dans un discours qu'il avait manifestement préparé mentalement.

— Écoutez, nous n'allons pas jouer les hypocrites, vous connaissez le règlement, je connais le règlement, nous l'avons tous signé quand nous sommes arrivés ici. Nous n'avons absolument rien contre le fait que… (ici Jean-Jean eut l'impression qu'il perdait le fil)… que vous soyez proches. Mais une relation comme la vôtre, c'est trop. Ça met en danger le fonctionnement du magasin et la relation avec la clientèle.

Jean-Jean ne comprit pas le sens de la dernière phrase. Mais la voix de Martine coupa court aux hypothèses qui se formaient dans son esprit.

— On a rien fait de mal. Et ça ne change rien avec le travail !

Elle avait un bout d'accent fleuri qui devait lui venir de ses parents cap-verdiens et de sa vie avec la population bigarrée des immeubles voisins.

— Si ! Ça change ! dit gravement le directeur des ressources humaines.

Il fit un signe de tête au chef de caisse qui sembla comprendre et qui lança la petite séquence d'images volées par Jean-Jean.

Les yeux de Martine se remplirent de larmes. Jacques Chirac se tourna vers Jean-Jean qui se sentit rougir.

— Ces images ont été prises par notre agent de la sécurité il y a à peine un quart d'heure. Non seulement cela se passe sur le lieu de votre travail mais en plus, vous mettez très mal à l'aise cette vieille dame qui attend que vous ayez terminé.

Le directeur des ressources humaines marqua un temps afin que Martine et Jacques Chirac voient la séquence jusqu'à la fin puis il conclut.

— Le mieux pour tout le monde, ce serait que vous me remettiez votre démission.

Sans doute, Martine et Jacques Chirac virent-ils à ce moment défiler toute leur vie au service du centre commercial : ces années d'horaires

« flexibles », ces levers à l'aube, ces heures passées dans les réserves à soulever des caisses, ces heures passées dans les linéaires à réaligner les produits, ces millions de clients défilant pressés, si peu de sourires, tant de mépris. Ces heures de table qui passaient toujours trop vite, ces pauses d'un quart d'heure à feuilleter le *Closer* ou le *Voici*, ces soirs à rentrer cassé, usé, à avoir l'impression que son cerveau est un fil électrique dénudé, ces heures perdues à écouter des commerciaux hallucinés expliquer, sous des néons blafards, lors de réunions de « mise à niveau », la progression du « toilette care », se gargariser du taux de pénétration du papier de toilette humide, se bourrer le crâne avec les références de céréales, s'abrutir avec les discours héroïques des conquistadors des soins bucco-dentaires. Sans doute Martine et Jacques Chirac virent-ils tout ça et sans doute Martine et Jacques Chirac eurent-ils l'impression qu'on leur disait, comme ça, de but en blanc, sans précaution, que leurs vies n'avaient aucun sens, qu'ils auraient très bien pu être condamnés à mort vingt ans plus tôt, ça aurait été la même chose.

Ça aurait même été mieux.

Jean-Jean ne sut pas vraiment ce qui se passa dans leurs esprits, toujours est-il que c'est à ce moment-là que sa journée déjà vraiment pas terrible vira définitivement à la catastrophe.

Jacques Chirac ne dit rien. Pas un mot. Pas un son. Même pas un soupir. Il s'avança en silence vers le directeur des ressources humaines, aussi déterminé qu'un porte-avions dans le détroit du Bosphore et il le saisit d'une main à la gorge.

Le directeur des ressources humaines n'émit aucun son non plus. Mais il devint très rouge et, juste après, très mauve. Ses mains à lui s'accrochant désespérément à l'avant-bras de Jacques Chirac qui avait l'air suffisamment solide pour qu'on puisse y faire des tractions.

Après une poignée de secondes passées dans cette situation dont la seule issue semblait être la mort du directeur des ressources humaines, le chef de caisse se lança à l'assaut de Jacques Chirac. De là où était Jean-Jean, ça donnait un peu l'impression d'un tout petit enfant essayant de monter sur un camion-citerne et de sa main libre, Jacques Chirac attrapa le cou du chef de caisse qui lui non plus n'émit aucun son et qui lui aussi changea rapidement de couleur, du rouge vers le mauve.

Jean-Jean restait pétrifié. Martine aussi. Puis, du fond de sa raison vint un ordre clair. Il sortit le petit Taser dont il ne s'était jamais servi et il le pointa vers Jacques Chirac :

— Arrête ! cria-t-il d'une voix qu'il ne reconnut pas.

Jacques Chirac le regarda avec dans les yeux, en message infraverbal, qu'il se foutait complètement de prendre cinquante mille volts dans la figure et qu'il était bien décidé à terminer ce qu'il avait commencé.

Jean-Jean allait presser la détente quand Martine se jeta sur lui.

Complètement paniquée, elle pleurait et le frappait en même temps.

Et le coup partit.

À la vitesse de cinquante mètres par seconde, deux minuscules aiguilles jaillirent du canon et s'enfoncèrent l'une dans l'avant-bras et l'autre dans le cou de Martine Laverdure, dégageant à son contact toute leur énergie électrique.

Sans un cri, elle tomba au sol, sa tête heurtant brutalement le coin d'une table en verre modèle Granas de chez Ikea.

Puis, elle ne bougea plus.

Plus du tout.

Jacques Chirac Oussoumo, qui avait vu toute la scène, lâcha le chef de caisse et le directeur des ressources humaines et se pencha sur le corps de Martine. De là où il était, Jean-Jean voyait qu'une tache de sang presque noire grandissait sous la tête de la caissière, trempant le revêtement de sol en pierre teintée. Un peu bêtement, il espéra que Jacques Chirac ne le remarque pas.

Mais il le remarqua.

Il se pencha.

Il trempa ses doigts dans le liquide rouge sombre et il prononça un mot dans une langue incompréhensible qui devait venir du fond de son enfance.

Un mot qui sentait le malheur et le désespoir.

Mais un mot qui sentait aussi la haine.

Il se leva, s'approcha de Jean-Jean et, comme il l'avait fait au chef de caisse ou au directeur des ressources humaines, l'attrapa par le cou. À Jean-Jean, cela lui fit comme s'il avait été un petit appartement où l'on coupe d'un coup le gaz et l'électricité.

Noir complet.

Jean-Jean avait toujours cru à la légende prétendant qu'au moment de mourir on voit défiler toute sa vie en une seconde, mais cet instant lui prouva qu'il n'en était rien. Au moment de mourir, il faisait noir, froid et on avait terriblement mal. Bien qu'aveuglé par le manque d'oxygène, il eut l'impression très nette qu'il ne touchait plus le sol et il ne put s'empêcher d'être impressionné par la force phénoménale de Jacques Chirac.

Puis il tomba au sol et l'air s'engouffra dans ses poumons. En tremblant, il parvint à se mettre à quatre pattes. Sa vision constellée d'inquiétantes taches noires lui laissa voir Jacques Chirac Oussoumo qui quittait le bureau du directeur des ressources humaines. À côté de lui, la voix du chef de caisse lui disait :

— Mais relevez-vous, enfin…

Jean-Jean retrouva finalement ses esprits. Et avec ses esprits, la douleur d'avoir eu le cou passé dans un serre-joint.

À côté de lui, le directeur des ressources humaines tenait encore le gros cendrier en verre avec lequel il avait frappé au visage Jacques Chirac Oussoumo qui s'était enfui.

Les trois hommes étaient maintenant debout au milieu de ce qui restait du bureau, avec à leurs pieds le corps sans vie de Martine Laverdure.

— C'est pas vrai, quelle conne, nom de Dieu ! avait dit le directeur des ressources humaines.

— Le bon côté des choses c'est que c'est comme si elle avait démissionné, non ? avait souligné le chef de caisse.

— Oui, mais le mauvais côté des choses c'est qu'on va avoir de la paperasse à remplir.

10

Après avoir écouté toute l'histoire de Jean-Jean, Marianne réfléchit quelques instants et finit par déclarer :

— De toute façon, tu n'y es pour rien. C'est un accident. Et il y a deux témoins.

Jean-Jean haussa les épaules. Il aurait préféré qu'on lui demande comment il allait, si toute cette violence idiote ne lui avait pas bousillé le moral, si l'image du crâne défoncé de cette pauvre femme paniquée n'allait pas se mettre à hanter ses nuits. Marianne se toucha le front et s'assit dans le fauteuil imitation Le Corbusier qu'elle s'était acheté l'an dernier et qu'elle considérait comme un signe extérieur de réussite sociale.

— J'ai un de ces mal au crâne.

Jean-Jean comprit que la discussion était close et que pour Marianne, on était revenu aux choses vraiment importantes : Marianne.

Il n'arrivait cependant pas à se sortir de la tête les images de Martine Laverdure se jetant sur lui. Cela avait beau s'être passé à toute vitesse, dans sa mémoire, c'était devenu un lent diaporama auquel son esprit ajoutait par réflexe une musique dramatique.

— J'ai tué quelqu'un, pensa-t-il. Et il eut la conviction qu'il ne serait plus jamais le même. Que ça lui resterait comme une cicatrice invisible et même qu'un jour ou l'autre il aurait des comptes à rendre.

Il était debout, le regard flottant sur la vue que lui offrait son huitième étage : la nuit tombant sur des immeubles presque identiques au sien, où se déroulaient des soirées presque identiques à la sienne. Un peu plus loin, les centres commerciaux et les hypermarchés avaient allumé leurs millions de tubes lumineux et des lettres géantes formant le nom des groupes de distribution clignotaient sur un fond de ciel noir.

— Et moi, tu ne me poses pas de questions sur ma journée ? lâcha Marianne.

Jean-Jean frémit. Il connaissait ce ton par cœur. C'était le ton de Marianne qui a eu une sale journée à se faire engueuler par des mecs de la centrale d'achats. C'était le ton de Marianne qui cherche la bagarre parce que c'est la seule façon d'évacuer les sales émotions de la journée. C'était le ton de Marianne Mamba Vert qui a besoin d'une proie.

— Il s'est passé quelque chose ?

— Écoute, n'essaye pas de te rattraper comme ça. Ça sonne tellement faux que ça me donne envie de te casser la gueule.

Jean-Jean se demanda s'il pouvait éviter l'affrontement. Il tenta une manœuvre dilatoire qui marchait de temps en temps :

— Tu n'as pas faim ? J'ai rapporté un truc thaïlandais. Tu m'avais dit que tu avais envie de manger asiatique.

Marianne se retourna et pointa sur lui son drôle de regard jaunâtre et il comprit qu'il n'y échapperait pas.

— Je déteste quand tu prends ce ton. Je ne suis pas une handicapée !

— Je voulais juste être gentil.

— « Je voulais juste être gentil », l'imita-t-elle. Mais est-ce que tu te rends compte de ta mauvaise foi ?

Jean-Jean tenta une retraite stratégique vers la cuisine. Il sortit le plat thaïlandais surgelé de son emballage en carton. Une couleur brune assez peu appétissante parsemée des éclats verts et orange des carottes et des poivrons qui y étaient sertis comme des pépites. Le mode d'emploi disait « 10 minutes à 650 watts ». La machine se lança en ronronnant.

Jean-Jean n'aurait pas pu expliquer pourquoi, mais les micro-ondes en marche l'avaient toujours apaisé. La lumière tamisée, le plateau tournant, les petits bruits crépitants des molécules de nourriture chauffant à toute vitesse… Cela devait être lié à sa petite enfance.

Il en était là, à réchauffer un plat thaïlandais au nom imprononçable, à vaguement se demander où ce bloc surgelé avait été élaboré. Probablement dans une usine impeccable du Sud-Est asiatique, sous-traitant pour Kraft Foods et donc pour le groupe Altria, celui qui possède aussi le café Maxwell, le chocolat Côte d'Or, les biscuits Oréo et les tabacs Philip Morris. Près de deux milliards de chiffre d'affaires. Il se demandait d'où venaient les carottes : sans doute d'une serre appartenant à un autre groupe agroalimentaire travaillant avec les machines Sunflower, appartenant à l'AGCO Corporation. Tout ça avait été élaboré par un ouvrier inconnu qui peut-être, au moment où il pensait à tout ça et à cause du décalage horaire, dormait à côté d'une jolie fille asiatique. Peut-être même, avec de la chance, ne dormait-il pas mais qu'il lui faisait l'amour, à cette fille, en lui caressant ses longs cheveux sombres et en respirant son odeur d'ambre. Et puis, ce bloc élaboré aura été chargé, avec des millions d'autres sur un des porte-conteneurs géants d'Evergreen Marine ou de Møller-Mærsk, il aura traversé les océans pendant des jours et des nuits, ballotté par la houle et il aura été déchargé, rechargé, transporté en camion frigo-rifique, livré et enfin rangé dans les frigos du centre commercial, le tout avec la bénédiction du secteur bancaire, des assurances et des services de la tva.

Jean-Jean en était là, donc, à se dire que le monde était tellement compliqué qu'il était impossible de comprendre ce qu'on réchauffait à 650 watts pendant dix minutes, quand il sentit qu'on lui saisissait brutalement les cheveux. Il comprit alors que sa manœuvre de retrait stratégique dans la cuisine avait échoué et que sa soirée ne se passerait pas loin de l'enfer.

Il parvint miraculeusement à se dégager de la prise, il se retourna en heurtant douloureusement le coin de la desserte modèle Bekväm qu'il avait toujours détestée et il fit face à Marianne.

Elle était blême. Avec la colère, ses yeux étaient devenus comme deux minuscules trous d'aiguille.

S'il serait exagéré de dire que Jean-Jean était blasé des accès de violence de sa femme, avec les années il avait acquis suffisamment d'expérience pour y survivre et l'équation était simple : il était moins fort et moins déterminé que Marianne et, contrairement à elle, il n'arrivait jamais à puiser dans sa colère la folie nécessaire à devenir « capable de tout ».

Donc, il ne lui restait que la fuite.

Mais il fallait être rapide : combien de fois n'avait-il pas été rattrapé avant d'avoir atteint la porte d'entrée et le couloir de l'immeuble où Marianne ne le suivait jamais ?

La scène de ménage en public, c'était un truc bon pour le quart-monde.

Et cette conviction profondément ancrée chez Marianne, c'était aussi son point faible.

Et la conviction qu'une évasion nécessite un timing parfait, c'était le point fort de Jean-Jean.

Quelques secondes passèrent. Aussi lentes et blanches que de la neige.

Puis le micro-ondes émit un « ping » mélodieux.

Mais suffisamment inattendu pour brouiller l'attention de Marianne.

Jean-Jean fonça, échappant de justesse aux mains qui se tendaient pour l'agripper. En quatre grandes enjambées, il était à la porte.

Il ne savait pas où il allait aller. Sans doute ferait-il comme d'habitude : errer en voiture, dans les rues vides du quartier, peut-être aller voir un film qu'il ne suivrait qu'à moitié tant la charge d'adrénaline de la dispute aurait été importante. Puis il irait se garer au pied de l'immeuble. Puis il attendrait, contact coupé, la radio sur une station diffusant de la musique et de la publicité. Puis, quand il serait suffisamment tard pour qu'il puisse espérer que Marianne soit ou endormie ou trop fatiguée pour un second round, il rentrerait chez lui. Et le lendemain, même si ça n'allait pas mieux, au moins la colère et la violence seraient retombées, ne laissant la place qu'à un peu de rancœur, un peu d'amertume, pas mal de tristesse et une grosse dose de désespoir.

En clair, un plein sac de déprime qu'il porterait toute la journée au boulot et qui se viderait de lui-même, en quelques jours, jusqu'à la prochaine scène.

Au moment où il ouvrit la porte, son cerveau faisait la check-list de l'équipement nécessaire : la veste, les clés, le portefeuille, le téléphone portable (on ne savait jamais). Tout avait été attrapé d'un geste.

Puis il s'arrêta net.

Devant lui, devant sa porte ouverte, il y avait une femme.

Une belle femme.

Très belle.

Jean-Jean avait ses affaires en boule dans la main droite et la main gauche sur la clenche.

Juste derrière lui, Marianne s'était arrêtée net aussi.

— Je tombe mal ? avait demandé la très belle femme.

— J'allais sortir, dit Jean-Jean dans un souffle.

— On allait manger, rectifia Marianne dans son dos.

La très belle femme fit un très beau sourire et sortit de la poche de sa veste une carte plastifiée avec sa photo.

Très jolie aussi.

Et le texte en lettres imprimées rouges : « Blanche de Castille Dubois. Sécurité intérieure. »

— Je travaille pour les frères Eichmann. Est-ce que nous pouvons parler ?

11

Les frères Eichmann, Johannes et Ludwig : des
légendes vivantes.

Les frères Eichmann... En un demi-siècle, ils
étaient parvenus à transformer une petite épicerie
familiale du village de Haltern am See en Rhénanie
du Nord en un empire d'envergure mondiale.
Quand on y réfléchissait, ils y étaient arrivés d'une
manière assez simple : respect absolu des principes
de la grande distribution, aucune dépense inutile
et une stratégie de la tension permanente imposée
à tous les employés, des cadres aux caissières. En
un demi-siècle, les frères Eichmann partis de rien
s'étaient discrètement élevés au rang de deuxième
ou troisième fortune mondiale, mais là où les autres
milliardaires vivaient dans le luxe et l'ostentation,

les frères Eichmann, eux, vivaient dans un ascétisme compulsif à côté duquel saint Augustin serait passé pour un flambeur russe de la Côte d'Azur. On racontait que la première chose qu'ils faisaient en entrant dans une pièce était d'éteindre la lumière afin de voir si on pouvait s'en passer. Johannes et Ludwig… Dans les années soixante, ils avaient fait imprimer quelques tonnes d'en-tête de lettres sur du papier bon marché obtenu en commandant des sacs d'emballage et ils s'en servaient avec une telle parcimonie que lorsqu'ils vous faisaient l'honneur de vous adresser une lettre, vous la receviez sur un papier jauni, exhalant une franche odeur de moisi. Dans les années septante, quand l'extrême gauche allemande rêvait encore de révolution, Ludwig fut enlevé par un groupe d'activistes très inspiré par l'exemple de la « bande à Baader ». Johannes reçut une phalange et une demande de rançon extravagante qu'il paya. L'année suivante, les frères Eichmann parvinrent à déduire le montant de la rançon de leur déclaration fiscale en argumentant qu'il s'agissait de « frais professionnels ».

Avec le temps, les frères Eichmann étaient devenus tellement puissants qu'ils avaient réussi à imposer aux industriels d'imprimer les codes-barres de tous les côtés des emballages pour que les caissières ne perdent plus de temps à les trouver avant de les scanner. À l'exception de leur brève biographie que l'on pouvait trouver sur Wikipédia et des quelques anecdotes connues de tous sans que l'on soit à cent pour cent certain de leur authenticité, on ne savait presque rien sur Ludwig et Johannes. Ils vivaient toujours en Allemagne, dans leur région d'origine, mais où exactement et comment ? Cela restait un mystère. De leurs visages, les employés du centre commercial connaissaient tous la même photo qui devait avoir été prise trente ans plus tôt et exposée bien en évidence dans les vestiaires hommes et les vestiaires dames : Ludwig et Johannes aussi peu expressifs que deux souches de chêne, posant devant un badigeon bleuâtre, vêtu de costumes stricts, surmontés en lettres d'imprimerie de la célèbre sentence de Bernardo Trujillo : « Les riches aiment les prix bas, les pauvres en ont besoin. »

Une entreprise de l'envergure de celle des frères Eichmann, à la manière d'une superpuissance un poil autocratique, demandait pas mal d'organisation et toute cette organisation faisait bosser pas mal de monde dans pas mal de bureaux et tout ce monde dans tous ces bureaux impliquait toute une hiérarchie à la structure aussi complexe qu'un système nerveux qu'un profane aurait sans doute eu du mal à comprendre tant les vecteurs d'autorité étaient nombreux, verticaux, transversaux, parfois à double sens, donnant à l'organigramme l'air d'un petit bois si touffu que la lumière du jour n'y pénétrait qu'avec difficulté. Une seule chose, finalement, était vraiment claire, c'était que le sommet, la canopée de ce petit bois, était occupé par Ludwig et Johannes, qu'au-dessus il n'y avait rien, ni d'autre autorité ni d'autre loi, pas d'autre Dieu. Au-dessus d'eux, le ciel était vide.

Les différents États dans lesquels les centres commerciaux des frères Eichmann s'étaient implantés acceptaient ça bon gré mal gré. Les centres commerciaux prospéreraient sur la misère. Pour vendre aux pauvres, ils avaient embauché d'autres pauvres qu'ils faisaient bosser à des cadences infernales. Ça maintenait le taux du chômage dans des chiffres que les hommes politiques jugeaient acceptables pour leur image de marque, ça épuisait tellement les travailleurs qu'une fois rentrés chez eux ils ne pouvaient que très difficilement penser à autre chose qu'à bouffer une moussaka surgelée, boire un coup et s'endormir devant la télé. C'était une bonne façon de maintenir la paix sociale. En fait, il n'y avait qu'une seule loi : l'hyper-productivité, mesurée en euros par heure travaillée. Cette loi irriguait tout le système nerveux de l'organisation, de niveau hiérarchique en niveau hiérarchique, du haut vers le bas, chaque niveau subissant une telle pression qu'il la répercutait à l'échelon du dessous : les directions régionales s'en prenant aux cadres, qui s'en prenaient au chef de magasin, qui s'en prenait à ses caissières.

Finalement, les autres lois, les lois nationales, ne servaient pas à grand-chose. C'étaient une sorte de papier peint sur des murs un peu pourris. Les autres lois, c'était tout au plus des cache-misère.

Et quand il y avait un problème, dans la mesure du possible, ça se réglait en « interne » avec des services aux dénominations aussi exotiques que Synergie et Proaction et des cadres aux fonctions aussi floues que « encadrement, sécurité, traitement des conflits ».

Ces agents et ces services constituaient en réalité exactement ce dont toute organisation d'importance finit par avoir besoin à un moment ou à un autre : une petite organisation militaire privée.

12

Blanche de Castille s'était excusée d'arriver « comme ça, à l'improviste » mais la situation était plutôt une situation d'urgence : les documents devaient être rendus dès le lendemain, première heure, au juriste attaché à la zone de chalandise afin qu'il vérifie que ni le magasin, ni aucun de ses employés, ni un cadre, ni un directeur ne pouvait être jugé responsable de l'accident survenu cet après-midi. C'était une formalité, le chef de caisse et le directeur des ressources humaines avaient déjà donné leur version des faits, il fallait simplement que Jean-Jean donne la sienne. Si les trois versions concordaient, et elle ne doutait pas un instant que cela soit le cas, le dossier serait bouclé, l'avocat irait dès le lendemain après-midi le déposer chez le juge d'instruction qui le classerait sans même l'ouvrir.

Pendant que cette Blanche de Castille Dubois installait son petit ordinateur portable sur la table de la salle à manger, Jean-Jean l'observait avec curiosité. C'était la première fois qu'il voyait quelqu'un du service de Synergie et Proaction. Les quelques fois où il en avait entendu parler, il avait imaginé des grands types costauds en tenue militaire et armés de pistolets-mitrailleurs en matériau composite, des types rompus à toutes sortes d'opérations de « sécurisation d'installation sensible » comme pour les magasins que les frères Eichmann avaient installés dans les pays plus ou moins en guerre du Moyen-Orient ou du Caucase ou comme pour la protection des camions de foie gras qui remontaient du Sud au Nord pour les fêtes de fin d'année.

L'écran de l'ordinateur de Blanche de Castille Dubois éclairait son visage d'une étrange lumière bleutée. Jean-Jean sentit un petit quelque chose se serrer en lui, un tas d'images dignes d'une publicité pour du shampooing lui traversèrent l'esprit : Blanche de Castille et lui sur des chevaux blancs, galopant dans la forêt en riant, Blanche de Castille et lui buvant du vin blanc sur la terrasse en teck d'un hôtel sud-africain, Blanche de Castille et lui prenant ensemble un bain entourés de voiles de soie et de bougies parfumées, Blanche de Castille et lui en croisière dans l'océan Indien...

— Pouvez-vous me dire, de la manière la plus précise possible, ce qui s'est passé exactement ? demanda la jeune femme.

Jean-Jean se sentit rougir. Les images qu'il avait dans la tête s'envolèrent comme des petits oiseaux effarouchés. Il jeta un œil à Marianne qui avait ravalé ses toxines et qui avait, apparemment, remis son masque d'épouse modèle. Il savait qu'il ne devait pas se fier à cet air calme. Il savait que Marianne détestait les femmes encore plus que les hommes, qu'elle détestait quand des femmes étaient chez elle et qu'elle détestait par-dessus tout quand les femmes avaient la beauté de Blanche de Castille. De son côté, Jean-Jean savait aussi que Marianne resterait dans son coin, à ruminer son venin, gardant toute sa tension au fond d'elle-même, tant que Blanche de Castille serait là.

Marianne n'aimait pas les témoins.

Jean-Jean raconta tout ce qui s'était passé. Les caméras au-dessus du rayon primeurs de Jacques Chirac Oussoumo, la caméra au-dessus de la caisse de Martine Laverdure, la convocation dans le bureau du DRH, la façon dont Martine Laverdure s'était jetée sur lui et dont la décharge de Taser était partie et puis la chute, accidentelle, avec la tête sur le coin de la table modèle Grana de chez Ikea.

Pendant qu'il parlait, Blanche de Castille tapait avec rapidité sur le clavier de son ordinateur. À la fin, elle hocha la tête, comme si tout ce qu'avait raconté Jean-Jean lui allait parfaitement. Elle sauvegarda quelque chose sur une petite clé USB et referma son ordinateur.

Jean-Jean se dit que Blanche de Castille avait terminé mais celle-ci ne bougea pas. Elle sembla un moment chercher ses mots et elle finit par dire :

— Je dois encore vous parler de quelque chose.

— Oui ? Jean-Jean se demanda si elle avait perçu son inquiétude. Ça faisait déjà un moment qu'elle était là et Marianne n'avait toujours pas bougé. De là où il était, Jean-Jean sentait la nervosité de sa femme lui brûler le visage aussi sûrement que des infrarouges.

— Cette femme à qui... Cette femme qui est morte ce matin... Elle avait des enfants...

Comme Jean-Jean ne sut quoi répondre, il fit une grimace où se combina le fait qu'il trouvait que la vie était vraiment moche et qu'il était désolé. Blanche de Castille chassa cette expression d'un geste de la main.

— Ce que je veux dire c'est... Bon... Avez-vous entendu parler du braquage du fourgon blindé qui a eu lieu il y a quelques jours dans le Nord ?

Jean-Jean hocha la tête. Bien entendu qu'il en avait entendu parler. Un truc sanglant au possible dont les images floues prises par des caméras de surveillance tournaient déjà sur YouTube. On disait que le gérant du centre commercial avait envoyé une lettre d'excuses aux frères Eichmann. Un vrai geste de désespoir parce qu'une lettre d'excuses les frères Eichmann, ils devaient autant aimer ça qu'une mouche morte dans leur café. Ce qu'ils aimaient c'était des chiffres alignés bien droit dans des tableaux Excel, ce qu'ils aimaient c'était une réalité comptable qui pouvait se résumer au seul mot de « croissance », ce qu'ils n'aimaient pas c'était les erreurs, les pertes et sans doute encore moins ces erreurs et ces pertes accompagnées d'excuses à la con. Le gérant en question avait sans doute déjà été viré et même si la logique et la raison criaient toutes les deux ensemble qu'il n'y était vraiment pour rien, la logique et la raison des frères Eichmann répondaient toutes les deux ensemble que ça ne coûtait rien de virer quelqu'un, que ça maintenait le turn-over à un bon niveau, que ça permettait de tenir la pression et que la pression, ça évitait de faire grimper les salaires.

Tout bénéfice…

— Eh bien ce braquage a été commis par les enfants de cette femme qui est morte ce matin, dit Blanche de Castille.

Des connexions tentèrent de s'établir dans l'esprit de Jean-Jean mais sans succès. Il ne voyait pas bien ce qu'il devait conclure.

— Il s'agit de quatre hommes… Enfin pas tout à fait… Ce sont plutôt des loups… Enfin, c'est entre les deux…

— Martine Laverdure avait cassé les codes ? fit Jean-Jean. Ça l'étonnait, il imaginait mal la paisible caissière faire appel à un biohacker pour chipoter dans son utérus et Dieu sait où. Mais bon, quelquefois le désir d'enfant pouvait être tellement fort… D'ailleurs, ce genre d'histoire arrivait souvent.

Blanche de Castille continuait ses explications.

— Oui. Mais ce n'est pas ça le problème. Le problème c'est qu'ils sont dangereux.

— On ne les a pas arrêtés ?

— Non.

— Pourquoi ?

Blanche de Castille changea discrètement de position.

— Je ne sais pas... Les assurances ont payé les familles des victimes, les assurances ont dédommagé les frères Eichmann, ça fait de la pub pour les assurances, ça a calmé les familles et ça a calmé les frères Eichmann et la police... Eh bien la police... Comme personne ne lui demande rien dans cette histoire, comme elle ne sait pas trop où chercher et comme elle n'a sans doute pas très envie de faire la guerre... elle regarde ailleurs.

— Des connards, ces flics... C'est quand même incroyable ! fit une voix venue du coin de la pièce. Blanche de Castille regarda Marianne. Comme pour lui répondre, elle ralluma son ordinateur et pianota une seconde.

— Regardez ! dit-elle. Marianne quitta le coin sombre où elle était tapie depuis de longues minutes et s'approcha en soignant son air arrogant de *category manager* habituée à driller des équipes de force de vente. Elle se pencha par-dessus l'épaule de Blanche de Castille. Jean-Jean eut peur qu'elle la morde à la jugulaire, il savait qu'elle devait en avoir envie et devait se faire violence pour se retenir. Dans son genre, elle avait pas mal de volonté. Jean-Jean fit lui aussi le tour de la table pour regarder l'écran.

L'image avait le grain épais d'une photographie prise au téléobjectif et agrandie au zoom numérique d'un programme informatique. On y voyait quatre silhouettes massives de quatre loups affalés dans les fauteuils d'un salon miteux. Un brun, un noir, un gris et un blanc. Jean-Jean frissonna sans bien comprendre pourquoi. De ces quatre silhouettes se dégageait quelque chose de terriblement menaçant.

— De toute façon, quel rapport avec nous ? siffla Marianne.

— Eh bien… Disons que votre mari… dans une certaine mesure… est à l'origine de la mort de leur mère…

Jean-Jean sentit un objet visqueux bouger dans son estomac. Un objet qu'il n'eut pas de mal à identifier comme de la peur.

— Mais vous avez dit… que… Enfin ce n'est pas moi…, dit Jean-Jean.

Blanche de Castille lui sourit.

— Je sais… Ce n'est pas moi que vous devez convaincre… Vous savez, ces gens-là ne réfléchissent pas du tout comme vous et moi. Je serais incapable de dire comment ils vont réagir à l'annonce de la mort de leur mère, il est probable qu'ils ne réagissent tout simplement pas ou qu'ils ne pensent pas à chercher un coupable mais…

— Comment avez-vous eu cette photo ? Vous êtes qui ? Vous dites que vous venez pour faire signer des papiers et puis vous commencez à nous foutre la trouille avec ces types… Qu'est-ce que vous voulez ? fit Marianne.

Jean-Jean se demanda s'il devait essayer de la calmer mais avant qu'il n'ait pu faire quoi que ce soit, Blanche de Castille avait levé la main avec une autorité telle que Marianne se tut, une expression surprise dans le fond des yeux.

— Cette photo, c'est moi qui l'ai prise. Je travaille en global. Quand on me demande de m'occuper de quelque chose, je m'occupe de tous les aspects de cette chose. Et l'accident de ce matin est lié à ces quatre loups… Travailler en global, ça permet d'anticiper les problèmes.

Blanche de Castille se leva. Elle avait terminé. Elle remit son ordinateur dans son élégant étui de cuir. Elle sourit à Jean-Jean et à Marianne qui émit une note dans les graves pouvant signifier tout et n'importe quoi mais en tout cas rien d'amical. Blanche de Castille ne sembla pas le remarquer, elle s'excusa encore du dérangement et se dirigea vers la porte.

Jean-Jean la suivit. La tête lui tournait légèrement à cause de l'insupportable tension qu'avait induite Marianne, à cause de l'angoisse bien réelle que la vue des quatre loups avait fait naître au plus profond de lui.

Sa tête tournait aussi et surtout à cause de l'odeur moelleuse de Blanche de Castille.

13

Blanc se souvenait avoir lu que dans l'antique cité d'Ur, vingt-cinq siècles avant Jésus-Christ, lorsque le roi mourait, son personnel devait mourir avec lui. Non loin de la grande ziggourat, dans les ruines desséchées d'un cimetière, les archéologues avaient retrouvé, à côté du corps du souverain, les corps de cinquante-neuf hommes, dix-neuf femmes et douze bœufs. À l'exception des bœufs, qui avaient été égorgés, chacun de ces cinquante-neuf hommes et chacune de ces dix-neuf femmes tenaient une petite coupe qui, selon toute vraisemblance, avait dû contenir du poison.

Blanc ne pouvait s'empêcher de trouver ça assez classe.

Blanc savait qu'à l'époque à laquelle il vivait, il ne restait pas grand-chose des millénaires de spiritualité, de mythologie, de religion ou de philosophie. Il n'y avait pas eu de guerre, il n'y avait pas eu de massacres, il n'y avait pas eu d'autodafé ou de mise à l'index, des gens s'étaient simplement mis à s'en foutre de leur esprit, trop crevés qu'ils étaient à force de travailler et trop angoissés qu'ils étaient à l'idée de perdre ce boulot, de se retrouver dépendants d'une aide sociale complètement minable et de crever lentement en regardant la télé et en buvant des potages lyophilisés.

Du coup, la mort, ce qui l'accompagnait et ce qu'il y avait éventuellement après, c'était comme tout le reste, c'était comme un joint qui fuit sous un évier, un problème dont la solution se trouvait en ligne, sur les sites des professionnels des pompes funèbres. Blanc avait voulu tout prendre en main, plus par sens des responsabilités que par véritable envie. Il savait que Gris aurait fait traîner ça en longueur, que Brun n'aurait pas du tout été capable de comparer les offres de prix et que Noir… que Noir aurait probablement arraché la tête du petit homme qui était arrivé chez eux et s'était tenu, assis bien droit, sur le canapé du salon en leur expliquant le fonctionnement d'une crémation et leur détaillant les différentes formules tarifaires.

Un peu au hasard, peut-être parce que leur site internet était particulièrement clair, Blanc avait appelé les Pompes funèbres du Nord et l'homme qui lui avait répondu au téléphone était le même qui était venu leur « rendre visite ». Blanc n'avait pas vu l'utilité de cette visite, tout aurait pu être réglé par téléphone et par carte de crédit mais l'homme avait insisté en disant que c'était « l'usage ».

« L'usage »... Blanc s'était dit que cet « usage » devait être la dernière trace, fantomatique, de ce qui avait procédé aux suicides collectifs de l'antique cité d'Ur. Il s'était incliné devant ce maigre lambeau de spiritualité.

L'après-midi même, un petit homme au costume trop large et au teint blême, apparemment indifférent à l'odeur fauve, à l'hygiène douteuse et à l'exiguïté de l'appartement des quatre jeunes loups (mais Blanc se disait que cette indifférence apparente n'était en réalité que le résultat d'une grande maîtrise des fondamentaux des techniques de vente), leur expliquait d'une voix douce que « le caoutchouc, les matières plastiques et les bijoux » étaient interdits car « ça pouvait poser des problèmes pendant la crémation ». À la question de Blanc, il avait répondu qu'il s'occupait de tout : d'aller chercher le corps de « madame » à la morgue de l'hôpital, de remplir les papiers et de s'organiser avec le crématorium. Blanc n'avait qu'à signer là, là et là et à donner le numéro de sa MasterCard.

L'organisation de la crémation et de tout ce qui allait avec avait pris deux jours et pendant ces deux jours, toutes sortes de pensées inattendues s'étaient mises à tourner dans l'esprit de Blanc...

Durant ces trente dernières années, depuis que lui et ses trois frères s'étaient sauvés de chez la voisine alcoolique qui leur servait de gardienne alors que leur mère s'usait la vie derrière une caisse du centre commercial, il n'avait jamais vraiment pensé à elle. Il savait qu'à plusieurs reprises elle avait essayé de reprendre contact avec eux. Des années plus tôt, alors qu'ils n'étaient encore que des louveteaux qui squattaient une cave de la tour des « Petit-Culs », vivotant du racket de quelques crétins qui s'obstinaient à aller à l'école, elle était venue les trouver mais elle n'avait pas su quoi leur dire. Elle était restée debout, dans l'encadrement cabossé de la porte du garage, les pieds dans la crasse qui s'accumulait en congères gris foncé contre les murs, elle avait ouvert la bouche et le seul son qui était sorti fut un imperceptible : « Mes enfants... » Gris avait été agressif et arrogant. Il ne pesait pas plus de quarante kilos, cinquante centimètres au garrot, mais il avait dit qu'ils n'avaient besoin de rien et qu'ils se débrouillaient très bien comme ça. Avec le recul, Blanc se disait que les paroles de Gris étaient à la fois vraies et fausses : matériellement, les quatre jeunes loups n'avaient besoin de rien, ils étaient déjà aussi durs que des boulons et rien de ce qui venait du monde des hommes ne semblait pouvoir les atteindre. Mais avec le recul, Blanc se disait aussi qu'avoir grandi sans leur mère, que l'avoir délibérément renvoyée à ses fonds de caisse, que n'avoir, plus tard, jamais répondu au téléphone, ni réagi aux petits mots à l'écriture maladroite où se bousculaient excuses et désir de nouvelles, que tout ça, maintenant qu'elle était morte, ce serait comme une putain de petite écharde dans chacun que leurs quatre cerveaux où se disputaient les travers des hommes et la rage des loups.

Une putain de petite écharde qu'il serait impossible d'extraire.

Sauf peut-être en provoquant une sorte de cataclysme.

Sauf peut-être en trouvant des responsables, en les faisant payer et en espérant que de cette manière la peine puisse s'écouler, disparaître et que pour les quatre jeunes loups la vie redevienne comme avant : une grande fête, tout simplement.

Depuis la mort de leur mère, trois jours plus tôt, quelque chose avait changé. Blanc savait qu'il était le seul à en avoir conscience, Blanc savait que lui seul avait vu le léger flou dans le regard d'habitude si clair de Brun, comme il était le seul à avoir vu que Gris parlait moins que d'habitude et il était le seul, enfin, à avoir perçu les pulsations sourdes et profondes de la folie de Noir devenir encore plus sourdes et encore plus profondes. Et lui, Blanc, il se sentait tout simplement triste. Il n'avait plus connu ce sentiment depuis si longtemps qu'il avait l'impression que c'était la première fois. Et cette tristesse semblait emporter avec elle la chose à laquelle il tenait plus que tout au monde, son énergie vitale.

Et ça, pour Blanc, c'était quelque chose d'inacceptable.

La crémation avait lieu à 14 heures, le petit homme au teint blême avait appelé Blanc pour lui dire d'être là une demi-heure plus tôt par « sécurité ». Le petit homme avait demandé s'il devait s'occuper des faire-part, Blanc déclina, il ne voulait voir personne et, de toute façon, à part ce grand noir pour lequel il n'éprouvait absolument aucune espèce de sentiment, il ne connaissait rien de la vie de sa mère.

Blanc, Brun, Gris et Noir, chose tout à fait exceptionnelle, étaient arrivés à l'heure, presque propres, presque bien habillés avec des costumes Emporio

Armani, tous de la même taille et de la même couleur noire « Ebony Black », que Brun été allé acheter la veille. Le ciel avait une couleur de métal oxydé avec, çà et là, des percées bleu pâle. C'étaient les derniers soupirs de l'été, l'automne arrivait avec toutes ses rations de feuilles mortes et de fruits secs. Blanc et sa tristesse étaient debout, appuyés contre la Peugeot 505 familiale de Gris. Un modèle de 1985 d'une laideur infinie, orange ulcère, mais qui avait l'avantage d'offrir une double rangée de banquettes arrière.

De quoi être à l'aise.

Gris, Noir et Brun, assis à l'intérieur, attendaient en silence la suite des événements.

Le petit homme blême des Pompes funèbres du Nord, pareil à un tachyon morbide, sembla surgir de nulle part. Il arborait une curieuse expression où se mêlaient avec un soin étudié la compassion, la tristesse et la solidité professionnelle. Encore une fois, avec l'aisance que donne l'habitude, il présenta ses condoléances aux quatre jeunes loups et les invita à le suivre. L'endroit était un parc propret où des familles vêtues de sombre attendaient leur tour devant l'un des deux crématoriums, de petits édifices en tout point identiques dont le style architectural semblait hésiter entre le sobre fonctionnel et le kitsch néoclassique sans parvenir à trancher.

Au-dessus de chacun d'eux, une cheminée laissait s'échapper une discrète fumée grise.

— Est-ce que l'un d'entre vous aurait préparé un discours ? demanda le petit homme.

Blanc hocha la tête négativement. Les discours, c'était vraiment pas leur genre.

— Moi… J'ai écrit un discours ! fit la voix de Noir qui ressemblait à un éboulement de rochers dans une carrière de marbre.

Blanc se retourna. La vision de Noir bien droit dans son costume Armani était comme une de ces hallucinations comiques qui lui apparaissaient parfois en pleine montée d'acide.

Que Noir, en plus, tienne dans sa patte raidie par la tension nerveuse une feuille de papier pliée en quatre relevait purement et simplement de la science-fiction. Blanc ne savait même pas que son frère avait un jour pris la peine d'apprendre à écrire.

Brun et Gris ne dirent rien. Blanc non plus. Il ne serait venu à l'esprit de personne d'empêcher Noir de faire quelque chose.

— Très bien, dit le petit homme, il va être l'heure.

Blanc, Gris, Brun et Noir pénétrèrent dans le crématorium. Le cercueil de leur mère, un modèle clair et bon marché en fibre de cellulose, trônait face à l'ouverture du four, sur quatre pieds en aluminium. Pour la seconde fois de la journée, Blanc détesta son époque. Gris lui donna un coup de coude.

— Regarde qui est là.

Blanc reconnu la haute silhouette de Jacques Chirac Oussoumo. Il se tourna vers eux. Sa joue balafrée cicatrisait derrière un épais pansement. Il avait les yeux rouges et gonflés comme s'il avait déjà beaucoup pleuré.

Dans un profond silence, les quatre jeunes loups s'installèrent au premier rang. Le petit homme blême s'assit à côté de Blanc.

Un employé du crématorium fit une entrée maniérée par une porte latérale. Blanc se dit que ça devait être la vingtième de la journée et qu'il y en aurait encore vingt comme ça pour l'après-midi.

— Votre frère devrait y aller maintenant, dit le petit homme blême.

Blanc fit un signe à Noir. Noir se leva, manifestement tendu à l'extrême. S'il n'y avait eu cet épais pelage noir, on aurait certainement pu voir une artère pulser sur son front. D'un pas mécanique, comme si certains muscles locomoteurs lui étaient soudain devenus douloureux, il se dirigea vers le pupitre derrière lequel se tenait l'employé du crématorium.

Blanc se demanda un moment si Noir n'allait pas subitement se jeter sur l'homme pour lui arracher le cœur, comme ça, sur une impulsion, à cause d'un reflet, à cause d'un courant d'air, à cause d'un mauvais goût dans la bouche. L'employé dut sentir la même chose car il s'éloigna prudemment, laissant la place à la grande masse sombre de Noir.

Noir sortit de sa poche le petit bout de papier plié en quatre. De là où il était, Blanc vit que la feuille tremblait.

Noir s'éclaircit la gorge et commença son discours.

14

Après le départ de Blanche de Castille, la dispute avait fini par avoir lieu. Aussi rêche et aussi dure qu'une pierre ponce. Jean-Jean l'avait laissée passer du mieux qu'il avait pu. Comme Mohamed Ali dans son légendaire combat contre George Foreman, tenant la garde haute, offrant un minimum de résistance, se laissant mollement rebondir dans les cordes, attendant que l'adversaire fatigue.

Et comme George Foreman, Marianne avait fini par se fatiguer. Comme souvent, sa colère laissa place à une impénétrable bouderie suivie d'un sommeil crispé. Jean-Jean, ko mais vivant, dormit sur le canapé du salon. Un sommeil de blessé de guerre, un sommeil aussi profond qu'une faille sous-marine, un sommeil comme une télé en panne, sans le moindre son et sans la moindre image.

Quand il s'était réveillé, il avait aperçu la silhouette de Marianne en tailleur strict qui quittait l'appartement pour sa journée de réunions. Il connaissait le psychisme de sa femme comme sa poche : quand il la retrouverait, le soir même, elle aurait oublié cette dispute ou feindrait de l'avoir oubliée, comme on feint de ne pas remarquer un lapsus pendant une conversation, comme si c'était un détail dans leur histoire.

Jean-Jean s'était levé. Avant de partir travailler, il avait vérifié qu'il n'avait pas de marque sur le visage et la journée avait commencé.

Ça avait été une drôle de journée, passée avec un goût de peinture noire dans la bouche et avec en tête, flottant entre deux eaux, l'image du visage de Blanche de Castille Dubois penchée sur son ordinateur. Jean-Jean s'était mordu l'intérieur de la joue : nom d'un chien, cette fille lui plaisait vraiment.

Jean-Jean avait enlevé les caméras au-dessus de la caisse et du rayon primeurs. La remplaçante de Martine Laverdure était une fille maigre et très jeune avec le teint de quelqu'un qui a grandi sous la lumière bleuâtre des néons. Une caissière plus âgée, avec l'air désespéré d'un animal marin piégé dans un zoo aquatique, lui expliquait les rudiments du métier. Elles l'avaient regardé faire sans rien dire, Jean-Jean aurait été incapable de dire si elles s'en foutaient ou si elles n'étaient tout simplement pas au courant de ce qui s'était passé. Le directeur des ressources humaines et le chef de caisse portaient tous les deux une minerve. Pareils à de petits oiseaux blessés, ils restèrent cachés toute la journée et Jean-Jean ne les croisa que brièvement pour apprendre que la secrétaire du juge d'instruction avait appelé leur signifiant que l'affaire avait été classée. Des flics étaient allés à l'appartement de Jacques Chirac Oussoumo, mais ils n'avaient trouvé personne. Pour la forme, le directeur des ressources humaines avait donc rempli les papiers de renvoi pour faute grave et avait demandé à une société d'intérim de lui trouver un remplaçant.

C'était la fin de l'histoire.

Une péripétie de niveau 1 sur l'échelle des anecdotes qui s'écrivent chaque année dans le livre d'histoire du centre commercial, à côté d'un vol à l'étalage et de l'effondrement d'une pile de boîtes de céréales.

Le soir même, Jean-Jean était rentré chez lui et il avait retrouvé Marianne. Il aurait été incapable de déterminer son humeur.

Peut-être plutôt bonne.

Mais il n'aurait pas pu le jurer.

Elle lui rappela que ses parents les attendaient pour dîner. Jean-Jean ne se souvenait pas qu'elle lui en ait un jour parlé mais il ne releva pas.

Fondamentalement, il s'en fichait.

Il avait pris une douche, s'était habillé de la manière sobre et légèrement coûteuse qui plaisait à Marianne et ils s'étaient mis en route.

Ils y été allés avec la voiture de Marianne, une puissante berline allemande reçue en bonus l'année où elle avait réussi à convaincre le directeur commercial d'une des plus importantes centrales d'achat de prendre toute la gamme « pains de tradition ». Durant le trajet, ils ne s'étaient presque pas parlé. Les neuf haut-parleurs de la chaîne Blaupunkt diffusaient la liste de lecture de l'iPod de Marianne : une fille à la voix aigre chantait une rupture amoureuse qui n'avait pas l'air si dramatique que ça. L'image de Blanche de Castille vint flotter un moment à la surface de la mémoire de Jean-Jean.

Au moment où, pour la centième fois, Jean-Jean s'apprêtait à faire le bilan de sa vie, il s'aperçut que Marianne se garait devant chez ses parents.

Une jeune fille, petite et sèche et à la peau aussi brune qu'une planche de teck, vint leur ouvrir. Jean-Jean se demanda combien ça pouvait coûter d'avoir quelqu'un à demeure et puis il se dit que si Marianne avait choisi cette option pour ses parents, ça devait être parce que ça lui coûtait moins cher que deux places dans une « maison d'accueil pour personnes âgées et dépendantes ».

Pour la forme, Marianne demanda si « tout allait bien ». La petite jeune fille dit que « Madame n'avait pas été facile en début de semaine, que le docteur était passé, qu'il avait donné un peu plus de Rivastigmine et que maintenant ça allait... »

Ils pénétrèrent dans le salon. Henry et Simone, les parents de Marianne, pareils à deux vieux ficus, étaient assis en silence sur un canapé lie-de-vin couvert de poils de chien. Sur une table en chêne foncé, deux assiettes vides semblaient attendre.

À l'exception de la photographie reproduite sur une grande bâche d'un mètre quarante sur quatre-vingt-dix qui occupait une bonne partie du mur

du fond avec autant de prétention qu'une reproduction de Botticelli, tout le décor transpirait le
conformisme.

Le père de Marianne leva vers eux un œil jaunâtre,
sembla un moment en proie à une profonde réflexion.
Il tenta de sourire.

— Vous êtes le directeur ? demanda-t-il.

Jean-Jean ouvrit la bouche pour répondre mais le
vieil homme était déjà absorbé dans la contemplation
d'un défaut invisible dans le tapis râpeux. Marianne
s'assit à sa place habituelle, face à ses parents qui
ne quittaient le vieux canapé que lorsqu'il le fallait
vraiment. Comme à chaque fois, Jean-Jean se mit en
face d'elle, dos aux parents, face à la photographie.

Derrière lui, la mère de Marianne toussa. Cela fit
comme des galets glissant dans le ressac. Jean-Jean
frémit. Il ne put s'empêcher de regarder la photographie : à première vue, il s'agissait d'une scène de
foule. En lettres dorées, était écrit : « Kylie Sparxxx
– Erotic Festival Show and Market – Warsaw ».

Quand on regardait bien, au centre du point le
plus lumineux de l'image, qui était aussi le point vers
lequel toute la foule semblait converger, on distin-
guait clairement une femme allongée sur le dos,
jambes largement écartées et un homme simplement
vêtu d'un tee-shirt portant le numéro 418 plus ou
moins allongé sur elle. Derrière le numéro 418, dans
une sorte de capharnaüm de photographes, de spectateurs, d'agents de sécurité en blazer noir, toute une
file d'hommes, également vêtus d'un simple tee-shirt
numéroté, attendaient leur tour, ceux qui étaient

le plus proche s'astiquant consciencieusement, afin d'être prêts quand leur tour viendrait.

Sept cent quatre-vingt-deux hommes en douze heures, c'était la performance que Kylie Sparxxx, celle qui allait devenir la mère de Marianne, avait réalisée cinquante ans plus tôt.

Le même soir d'il y avait cinquante ans, alors que l'hiver polonais gelait la Vistule sur une épaisseur de cinquante centimètres, elle avait rencontré le numéro cinq cent trente-quatre : celui qui serait le père de Marianne.

Il avait fait le déplacement depuis sa cité du nord de la France. Le site officiel www.lovekyliesparxxx.com, dont il était membre Gold (il bénéficiait à ce titre de saynètes coquines en HD pour 20 euros par trimestre), en faisait la promotion depuis plusieurs semaines. Il avait pris un bus qui avait roulé toute une nuit sur des autoroutes verglacées. À Varsovie, il avait fait valoir son abonnement Gold pour pouvoir s'inscrire avec un peu de retard sur la liste de participants.

La suite de l'histoire était plus classique… De retour avec, lui rongeant l'esprit à la manière d'un écureuil furieux, le souvenir de ces quelques instants humides passé à l'intérieur de Simone Vervoort, alias Kylie Sparxxx, Henry Dewael, le père de Marianne se décida à envoyer un email de remerciements.

Comme sur les sept cent quatre-vingt-deux hommes qui lui avaient ce jour-là joui dans le vagin (sept cents), dans la bouche (quarante-quatre), sur le ventre (huit), dans les cheveux et sur le visage (vingt-cinq) et dans l'anus (cinq), Henry fut le seul à lui écrire que : « Ce moment était un des plus beaux de ma vie. »

Et comme le cœur de Simone était à l'époque, comme elle le lui confia dans un email de réponse : « un oiseau blessé qui se cache en attendant une main secourable », les choses se mirent en place.

Ils s'écrivirent (assez régulièrement des mails dans lesquels revenait l'idée qu'ils pensaient souvent l'un à l'autre, qu'ils se manquaient et que dès que possible, ils voulaient se revoir).

Ils se revirent (quand Simone eut achevé son séjour en Pologne où la retenait un contrat maladroitement négocié avec Vivid Entertainment).

Ils se confièrent (un soir, dans un restaurant qu'Henry avait eu un mal fou à choisir car il en voulait un qui ne soit ni trop bruyant, ni trop intime, ni trop cher, ni trop cheap, ni trop chinois, ni trop italien, ni trop français). Il s'était décidé pour un Américain Grill dont les murs s'ornaient de costumes de pionniers et d'une impressionnante collection de banjos. À l'exception d'un homme qui mangeait silencieusement un chili écarlate, ils étaient seuls. Le vin californien qu'avait commandé Henry les aida à se détendre. Ils se confièrent. Henry parla de l'ennui qui était le sien au poste d'administrateur d'une société de pneumatiques fondée par un arrière-grand-père à moitié légendaire et de ses rêves d'une vie où il « pourrait se passer quelque chose » (il ne parvint pas à expliquer exactement ce qu'il entendait par là). Elle lui parla de son désir de donner à sa carrière « un nouvel élan en capitalisant sur son record » (elle ne précisa pas comment).

En rougissant un peu, elle proposa à Henry de la raccompagner chez elle. Un modeste mais confortable appartement où planaient une puissante odeur de pot-pourri et une autre, plus légère, de crème dermatologique. Ils ne firent pas l'amour cette nuit-là, Simone souffrait de microlésions génitales à la suite de sa performance et son gynécologue lui avait suggéré quelques semaines « d'inactivité à ce niveau-là ». Ils dormirent côte à côte, « en tout bien tout honneur » dira plus tard Simone, et se promirent deux choses : d'abord, maintenant qu'ils s'étaient trouvés, ils ne se quitteraient plus. Ensuite, quand ils seraient installés ensemble, ils auraient un enfant, une fille, ils l'appelleraient Marianne et ils lui donneraient ce qu'il y a de mieux.

Quatre ans plus tard, avec l'argent qu'Henry et Simone mettaient de côté, ils firent leur premier cadeau à une Marianne qui n'avait pas encore d'existence biologique : une conception in vitro avec l'upgrade Hewlett-Packard. Des années plus tard, comme pour conclure un historique fait de doudous, de Barbie, de chambre peinte en rose pâle et puis en bleu ciel, de vêtements à la mode, de stages de ski puis de poney et de petites voitures avec l'option siège en cuir, ils lui offrirent enfin son plus beau cadeau : un master en marketing option « management des relations commerciales ».

Jean-Jean termina de manger en observant ces deux vieux terrés l'un contre l'autre, pareils à deux fruits secs dont personne ne veut plus.

Il comprenait maintenant quels avaient été, depuis presque toujours, ses sentiments à leur égard : il leur en voulait. Il se rendait bien compte que ce sentiment était absurde, qu'ils n'y pouvaient rien si Marianne était rentrée dans sa vie et s'y était implantée aussi profondément qu'un cancer des os. Il se rendait bien compte qu'il était le premier responsable, que tout venait de la faiblesse qui était la sienne et qui l'avait empêché tant de fois de purement et simplement quitter Marianne.

Parce que, objectivement, s'était-il demandé en s'essuyant la bouche, « Qu'est-ce qui m'en empêche ? »

Comme chaque fois, il s'était immédiatement répondu à lui-même : « La peur. »

Et quand Marianne lui dit qu'il était temps d'y aller, il hocha la tête et partit chercher les manteaux.

15

La voix de Noir était semblable au son émis par un moteur diesel puissant mais fatigué. Avec effort, il déchiffrait les mots qu'il avait écrits avec plus d'effort encore, sur la feuille qu'il tenait à présent devant lui, froissée et tremblante.

— Maman est morte… Nous n'avons plus rien… Nous sommes orphelins… J'ai l'impression que je suis au-dessus d'un trou et que je vais tomber… J'ai l'impression que je tombe et que je tomberai toute ma vie… Je ne lui ai jamais rien dit… J'aurais voulu lui dire au moins une fois que… Même si elle nous avait donnés à la voisine… Même si elle n'avait pas pris soin de nous… Je l'aimais… Un homme est venu et nous a dit qu'elle avait été tuée… C'est comme si on m'avait arraché la peau… Maintenant que je suis mort aussi, je vais retrouver cet homme. Avec mes frères, on va retrouver cet homme… Et on le tuera… Et on le mangera… Et on tuera toute sa famille… Et après, on se sentira mieux… Voilà.

Dans le silence qui était retombé dans le petit crématorium, Noir rejoignit ses frères sur le banc. L'émotion était quelque chose qui les avait toujours mis mal à l'aise. L'émotion de Noir relevait presque de la pornographie. Aucun d'eux ne semblait savoir quoi faire mais chacun d'eux savait que dans les mots prononcés par Noir, il n'y avait aucune figure de style : quand il parlait de tuer cela voulait dire « tuer » et quand il parlait de manger cela voulait dire « manger ».

Le cercueil en bois clair où se trouvait le corps de Martine Laverdure glissa souplement vers l'ouverture du four. L'employé des pompes funèbres s'assura que la porte de ce dernier était bien fermée et il mit en route la musique qu'avait apportée Blanc, le premier truc classique qu'il avait trouvé, pour faire comme dans les films.

Les quatre jeunes loups roulèrent en silence. Blanc se sentait vaguement nauséeux. Fatigué aussi. La préparation du braquage avait été longue et jusqu'à aujourd'hui, il n'avait pas pu offrir à son système nerveux les quelques jours de repos dont il aurait eu besoin. Brun était au volant de la Peugeot 505 familiale. Blanc était assis à côté de lui. Dans le rétroviseur, il voyait Noir, avec cette drôle d'allure d'épouvantail que lui donnait le costume Armani.

Blanc se retourna et regarda son frère bien en face.

— On va faire ça maintenant... Après ça, on prendra un peu de vacances.

Il avait mis dans ses mots toute la chaleur fraternelle dont il était capable. Noir l'avait regardé et il avait hoché la tête. À côté de lui, comme si on lui avait reconnecté quelques câblages mentaux, Gris s'était redressé et il avait sorti de sa poche un petit carton.

— Le grand Noir m'a donné ça. Il y a tout : le nom du type, de sa femme, l'adresse de leur appartement, ses horaires, même l'adresse des parents de sa femme...

— On va les tuer... Tous... Vite..., dit Noir.

Blanc essaya de ne pas avoir l'air crispé. Il répondit :

— Écoute... On va retrouver le type... Le reste on s'en fout, tu ne crois pas ?

La Peugeot 505 familiale filait à cent trente sur une autoroute en mauvais état. Il faisait un temps étrange, un temps gris comme une ardoise. À quelques centaines de mètres au-dessus d'eux, des nuages chargés d'hectolitres d'eau ne bougeaient pas d'un poil, comme si le ciel attendait quelque chose pour pouvoir se mettre à pleuvoir. Le cri que poussa Noir sonna comme un coup de tonnerre. Brun fit une embardée mais garda le contrôle.

— NON !!!!! TOUS !!!!!! VITE !!!!!

Noir était debout sur le siège arrière. Il semblait être prêt à enfoncer ses griffes dans les yeux de Blanc. Blanc avait déjà vu son frère en colère et il savait exactement quoi faire.

— D'accord, dit-il d'une voix douce. Tous et vite.

Noir se rassit. Personne ne dit plus rien. Il n'y avait plus rien à dire.

De grosses gouttes de pluie chargées de poussière éclatèrent contre le pare-brise.

Brun mit les essuie-glaces en route.

16

Sur le chemin du retour, Jean-Jean et Marianne se parlèrent à peine. Une pluie crasseuse s'était mise à tomber. Sans raison, Jean-Jean s'était remis à penser à Blanche de Castille. En fait, Jean-Jean n'avait jamais vraiment cessé de penser à elle.

Et le désir d'embrasser longuement sa bouche délicate se précisait d'heure en heure.

17

La Peugeot 505 familiale avait tourné assez longtemps dans ces rues qui se ressemblaient toutes. Typiquement le genre de quartier où les quatre jeunes loups ne mettaient jamais les pieds. De petits pavillons pour la retraite des classes moyennes, de petites maisons aux jardins que les enfants avaient abandonnés depuis longtemps pour s'engouffrer dans l'une ou l'autre catégorie du « Niveau 3 » de l'Insee (541a : Agents et hôtesses d'accueil, 543a : Employés des services comptables ou financiers, 552a : Caissiers de magasin…).

C'était le début de la soirée, la pluie qui avait cessé de tomber semblait avoir passé une couche de vernis sur des cadavres de balançoires qui reluisaient sous la lumière artificielle des réverbères.

Les quatre jeunes loups avaient fini par s'arrêter devant une maison aux volets clos, indice selon Blanc que les habitants devaient être des gens vulnérables. Des vieux…

— Qu'est-ce qu'on fait ? avait demandé Brun, ses deux grosses mains toujours sur le volant.

Blanc ferma les yeux. Il se demanda ce qu'avaient ressenti Charles Watson, Patricia Krenwinkel et Susan Atkins quand, le 9 août 1969, ils avaient garé leur Ford devant le 10050, Cielo Drive à Beverly Hills, quelques minutes avant d'y massacrer cinq personnes dont Sharon Tate, enceinte de huit mois. Blanc ne trouva aucune réponse. Ces hippies étaient défoncés au LSD, ça avait dû être comme dans un rêve. Ce qui était certain, c'est qu'en cet instant précis, Blanc prenait ce qui allait suivre comme une corvée. Il jeta un œil à Noir et il refoula le désir de lui en vouloir.

— On y va et puis on rentre chez nous, dit-il.

Il sortit. L'air était moins froid qu'il l'aurait imaginé. Presque tiède. Il planait une odeur de viande cuite et de savon de vaisselle… C'était l'heure qui voulait ça. À côté de lui, Noir avait l'air de faire des efforts douloureux pour rester calme. Les quatre jeunes loups firent le tour de la maison en silence. Blanc nota le triste état du jardin où des jardinières servaient de tombeaux à des fleurs indéfinissables et où s'amoncelait tout un bric-à-brac datant de l'époque où les habitants avaient fait des projets : une vieille caravane à la carrosserie jaunie par la corrosion, quelques meubles d'extérieur dont le plastique s'était couvert de sédiments grisâtres, des planches, souvenirs d'un antique chantier, dont on avait renoncé à se débarrasser depuis longtemps.

— On va passer par ici, dit Gris qui indiquait une baie vitrée. Blanc colla son museau à une fenêtre. Il ne faisait pas totalement sombre à l'intérieur. Le témoin rougeoyant d'un téléviseur en stand-by et les quelques LED d'un enregistreur multimédia donnaient assez de lumière pour que le tapetum lucidum qui se trouvait derrière sa rétine lui permette de voir aussi bien qu'en plein jour. Être un loup dans une société humaine présentait quelques avantages.

— Ils sont deux... Des vieux... Y en a un qui dort et l'autre qui n'arrive pas... Peut-être à cause d'un truc aux bronches..., dit Gris.

Blanc hocha la tête. C'est aussi ce qu'il avait entendu : le vieux qui dormait, l'autre qui ne dormait pas, le sifflement que faisait l'air en se faufilant jusqu'aux poumons affaiblis... En plus de lui avoir donné une excellente vision nocturne, ses gènes lui avaient donné une ouïe particulièrement sensible. Il avait un jour lu qu'un loup pouvait entendre un de ses congénères à dix kilomètres et isoler la voix d'un loup particulier au milieu d'une meute hurlant en chœur.

Noir essaya de faire coulisser la porte-fenêtre. Le châssis émit quelques craquements mais ne céda pas.

— C'est fermé, dit-il.

« Évidemment », pensa Blanc qui se demanda vaguement s'il y avait un système d'alarme. Il n'avait pas du tout envie de se faire prendre pour cette bêtise après avoir réussi le braquage du siècle.

Noir passa devant lui et saisit la porte coulissante au niveau du joint. Il fit glisser ses griffes dans l'étroite ouverture.

— Ça va aller, dit-il.

Il joua des épaules. Quelque chose craqua dans le mécanisme et la porte coulissa en chuintant.

Blanc flaira l'odeur caractéristique des vieux : une sorte d'humidité tiède augmentée de quelques relents d'eau de toilette alcoolisée et de produits nettoyants aux arômes synthétiques de fleurs.

Une fois à l'intérieur, Blanc laissa à Noir le soin de trouver les occupants. D'un geste de la tête, il fit signe à Brun de l'accompagner. Simple précaution. Gris, qui avait l'air de s'ennuyer, se laissa tomber dans un divan au cuir usé, les yeux mi-clos, comme s'il était prêt à s'endormir. Blanc se demanda un moment si son frère feignait de pouvoir être parfaitement calme alors que Noir se préparait à massacrer un couple de vieux à quelques mètres de là, ou s'il était véritablement calme. Blanc, avec une pointe de crainte et de jalousie, se dit que la seconde possibilité était la bonne.

— Regarde ça, dit Gris en lui indiquant une affiche mise sous cadre.

Blanc examina l'affiche aux couleurs criardes, bricolée avec un Photoshop antédiluvien.

— C'est un truc porno…, dit-il.

— C'est amusant de trouver ça chez des vieux, fit Gris en s'étirant.

— Ils ont été jeunes aussi…

— C'est pas ça que je veux dire…

Blanc sentit un peu d'agressivité dans la voix de son frère. Une agressivité où se mêlaient de l'agacement et de l'arrogance. Blanc se rendit soudainement compte qu'il n'aimait pas du tout ce que son frère était en train de devenir : un concurrent dans le rôle du « mâle alpha ». Blanc savait que c'était dans l'ordre des choses, il était même un peu surpris que cela ne se soit pas produit plus tôt, mais il n'aimait pas ça. Ça lui faisait un peu le même effet que s'il s'était aperçu qu'il avait des infiltrations d'eau dans les murs de sa maison : un problème difficile à régler et qui menaçait la stabilité du bâtiment.

— Ce que je veux dire, continuait Gris, c'est qu'on a toujours des surprises, même quand on est toujours sur ses gardes… ce que je veux dire, c'est qu'on peut toujours tout prévoir, mais il y a toujours un truc dingue qui peut arriver.

Noir et Brun réapparurent.

— C'est fait, dit Brun.

— On peut y aller ? demanda Blanc.

Noir hocha la tête.

— Maintenant, on va trouver les autres.

Blanc essaya de calculer depuis combien de temps il n'avait pas dormi. Il se perdit dans le compte des heures. Il avait envie d'en finir avec ces conneries au plus vite.

— On trouve les autres…, approuva-t-il.

En silence, ils quittèrent la maison, la laissant à son obscurité et à ses morts.

18

Jean-Jean se réveilla en sursaut.

Un rêve étrange s'accrochait à sa conscience. Dans la chambre, il faisait presque complètement noir. Il n'y avait que la légère phosphorescence du radio-réveil pour lui servir de point de repère.

Ce n'était même pas encore l'aube.

Des heures proches du cœur de la nuit.

À côté de lui, Marianne bougea doucement.

— Tu as entendu ? chuchota-t-elle.

Sans attendre sa réponse, elle alluma sa lampe de chevet et se redressa.

— Il y a quelqu'un devant la porte.

Jean-Jean tendit l'oreille en vain. Son ouïe n'avait pas la sensibilité reptilienne de celle de Marianne.

Elle se leva. Elle portait un pantalon de training en coton violet et un tee-shirt avec écrit : « *What the fuck, is a Dolce Gabana.* » Jean-Jean se demanda ce qu'il devait faire. Se lever aussi ou attendre dans le lit ? Il savait qu'il n'y avait rien de l'autre côté de la porte de l'appartement. En tout cas rien d'hostile. Peut-être un voisin qui rentrait tardivement, quelque chose comme ça... Mais le psychisme tendu à l'extrême de Marianne avait une réelle tendance à la paranoïa. Marianne quitta la chambre et, doucement, se rendit dans le salon.

Après avoir hésité quelques instants sur l'attitude à adopter, il finit par opter pour une demi-mesure et s'assit sur le lit en attendant sa femme avec un air concentré signifiant « qu'il était inquiet mais qu'il gardait son sang-froid ».

Elle revint dans la chambre. Dans sa main, elle tenait un couteau à viande qu'elle avait pris au passage dans la cuisine. Elle ferma la porte et fit signe à Jean-Jean de ne pas faire de bruit.

— Ils essayent d'ouvrir. Ils chipotent à la serrure.

Au moment où Jean-Jean ouvrait la bouche pour demander si elle était certaine de ce qu'elle disait, il entendit distinctement le « clic » de la porte qui s'ouvrait. Il regarda Marianne. Elle tenait fermement le couteau au niveau de l'épaule, prête à s'en servir. Dans son regard, il y avait une incroyable détermination militaire, pas une once de peur.

Durant une fraction de seconde, Jean-Jean eut une pensée pour les ingénieurs de chez Hewlett-Packard : ils avaient vraiment fait du bon boulot. Puis, avant qu'il n'ait eu le temps de comprendre ce qui se passait, il vit sa femme ouvrir grand la porte de la chambre pour se propulser dans le salon à la vitesse d'un claquement d'élastique.

19

Tout alla si vite que, rétrospectivement, Blanc ne parvint pas à comprendre ce qui s'était réellement passé. D'un coup de griffe, Brun avait fait sauter la serrure de l'appartement de celui qui avait tué leur mère. Tous les quatre, ils étaient rentrés. Blanc avait noté une odeur agréable mais dont il aurait été incapable de déterminer la nature. Puis, il nota mentalement que le genre d'appartement dans lequel il venait de rentrer était tout à fait le genre d'appartement qu'il n'aurait jamais : un appartement aménagé avec goût, rangé, propre et calme.

L'espace d'une fraction de seconde, un quart de battement de cœur de loup, un mouvement avait attiré son attention. Une porte se trouvant à leur exact opposé s'était entrouverte et une silhouette sombre, silencieuse, rendue presque floue par la vitesse, s'était approchée d'eux.

Ses trois frères l'avaient vue aussi et tous avaient eu le même réflexe de se baisser. La silhouette bouscula Brun qui tomba à la renverse. Blanc reconnut l'éclat d'une lame décrivant une courbe vers son flanc. Presque au hasard, il frappa. Sa patte avant s'enfonça dans quelque chose. La silhouette roula contre un mur et presque aussitôt, d'un mouvement vif, sembla rebondir et zigzagua vers eux à la vitesse d'un smash épileptique.

Il entendit Brun pousser un hurlement aigu et l'odeur du sang de son frère emplit ses narines.

Gris lui jeta un regard dans lequel se trouvait un message clair et urgent : il fallait qu'ils s'organisent. L'instinct de meute leur dicta de se mettre en cercle : Gris, Noir et Blanc se collèrent à trois des quatre murs de l'appartement. Brun était au sol. Blanc savait qu'il était vivant, il le sentait, mais il était incapable d'évaluer la gravité de la blessure. Tant pis… Ça allait devoir attendre.

Noir fut le premier à passer à l'action : en grognant, il se jeta vers l'ombre qui esquiva en se rapprochant de Gris. Gris parvint à l'atteindre d'un coup de patte d'une puissance capable d'assommer un sanglier. Blanc entendit un gémissement et vit une femme plutôt menue rouler contre un canapé chargé de coussins fantaisie couleur arc-en-ciel doré. Blanc fonça et attrapa la femme par le cou. Il serra. La femme le regardait droit dans les yeux. Il eut le temps de la trouver plutôt jolie, l'épiderme étrangement verdâtre. Puis une intense douleur irradia de son avant-bras jusqu'à l'épaule. Elle l'avait mordu. Sans que son cerveau l'eût commandé, la main qui serrait le cou de la femme s'ouvrit dans un spasme. Une intense sensation de brûlure le parcourut du bout des doigts jusqu'au sternum. Sa gorge se contracta, il tomba à genoux.

Du coin de l'œil, il vit la fille filer vers la cuisine, Gris et Noir à sa suite.

Puis, un millier de taches noires vinrent danser devant ses yeux.

20

Jean-Jean avait d'abord été incapable de penser à quoi que ce soit et il était resté paralysé, assis sur le lit, devant la porte ouverte de la chambre qui donnait sur le salon. Les pupilles dilatées au maximum, il avait assisté à l'assaut de Marianne sur les quatre loups qui venaient de forcer la porte de l'appartement. Il savait que sa femme était capable des plus incroyables débordements de violence, il n'avait jamais eu de doute sur ses monstrueuses capacités physiques ni sur la facilité avec laquelle elle pouvait laisser ses instincts de reptile prendre le dessus sur sa nature humaine.

Mais il avait beau savoir tout cela, ce qu'il avait vu l'avait terrifié presque autant que l'irruption des quatre loups.

Sa femme s'était jetée sur eux, elle en avait blessé un avec le couteau, mordu un autre qui était tombé au sol, puis elle avait filé vers la cuisine, suivie par les deux loups encore valides.

Jean-Jean avait essayé de digérer sa peur et de se mettre en position de « pensée rationnelle ». Durant quelques interminables secondes, il avait essayé de se souvenir de cet après-midi où, des années plus tôt, une psychologue à l'air ridiculement emphatique était venue animer un stage de « gestion de stress en entreprise ». Il avait essayé de « visualiser » sa peur, il avait essayé de donner à sa respiration le rythme calme des vagues d'un lac de montagne.

Ça ne marcha pas.

Ou plutôt, ça ne marcha pas bien.

La peur ne le quitta pas.

Pire.

Elle le guida.

Durant les quelques instants où les deux loups valides s'en allaient poursuivre Marianne dans la cuisine, Jean-Jean traversa le salon et ficha le camp de chez lui.

Au moment où son système limbique noyait son organisme sous des litres d'adrénaline, son esprit était lui-même en proie à une confusion d'émotions aussi puissantes que contradictoires : tout d'abord, pendant qu'il descendait quatre à quatre les escaliers de l'immeuble, pieds nus, en caleçon et tee-shirt, il avait ressenti le soulagement de s'en être sorti. Ensuite, au soulagement succéda le sentiment de culpabilité et de honte d'avoir laissé sa femme seule avec quatre loups complètement psychopathes qui, selon toute probabilité, allaient lui arracher les bras, les jambes et la tête. Enfin, la culpabilité s'effaça, faisant place à une étrange sensation d'ivresse. Le genre d'impression que devait ressentir une mouche miraculeusement sortie d'un piège gluant : une impression de liberté. Marianne était sortie de sa vie. Ce qu'il n'avait jamais eu le courage de faire seul, ces quatre animaux allaient le faire pour lui.

Ces quatre animaux l'avaient fait pour lui et une joie intense l'envahit.

Il savait que c'était totalement contraire à la morale.

Il savait que, dans les jours qui allaient suivre, il allait devoir soigner son air meurtri, il savait que ses collègues allaient être super gentils avec lui, que le chef de caisse et le directeur des ressources humaines viendraient lui dire qu'ils étaient « désolés » pour sa femme, qu'une collecte serait probablement organisée pour lui payer quelques jours de congé extra-légaux... Il savait tout cela et il savait que durant tout ce temps, au fond de lui, ça allait être comme un feu d'artifice allumé pour fêter ce qu'allait être sa nouvelle vie.

En attendant, il ne savait pas où aller.

Il avait froid.

C'était la nuit.

Il était en caleçon et tee-shirt, pieds nus sur un trottoir crasseux.

Et dans sa fuite, il avait bien entendu oublié ses clés, son portefeuille et son téléphone.

Et puis, au moment où l'air froid de la nuit commençait à lui serrer la gorge, il se figea. Il venait de comprendre quelque chose.

À mesure qu'il se calmait, son cerveau s'était remis à fonctionner normalement, lui offrant une vision plus claire des liens de cause à effet.

Il était évident que ces quatre loups qui étaient en train d'écorcher sa femme, c'était en réalité à lui qu'ils en voulaient.

Et ils allaient le chercher.

Et il devait donc faire quelque chose.

Mais il ne savait pas quoi.

Pas du tout.

Il remarqua que tout son corps tremblait.

21

Lorsque, au tout début des années soixante-dix, Nolan Bushnell alla déposer la première borne de ce qui s'appellerait plus tard les « jeux vidéo » dans l'arrière-salle de l'Andy Capp's Tavern de Sunnyvale, pas loin de Santa Clara en Californie, il était certainement loin d'imaginer que son invention serait comme l'ultime rocher sur lequel viendrait se fracasser la vie petite et triste du père de Jean-Jean.

Le jeu « Pong », ses deux manettes et le gros pixel blanchâtre à l'algorithme de rebond savamment calculé firent couler à flots les premiers dollars de la préhistoire du monde virtuel. L'antiquité vidéoludique dura une dizaine d'années, avec toute la déclinaison des « casse-briques », des « space invaders » et des « Pac-Man ». Il y eut bien quelques ténèbres durant le Moyen Âge des années quatre-vingts où la créativité des concepteurs semblait prise au piège d'un marché incapable de se trouver de nouveaux débouchés. Il y eut une Renaissance venue d'ingénieurs japonais qui arrivèrent avec des concepts nouveaux et surprenants, des histoires colorées de plombiers italiens sautant sur des champignons. Il y eut un Âge d'or avec l'apparition et la démocratisation rapide de processeurs capables de générer des univers tridimensionnels crédibles et puis il y eut la Révolution du jeu en ligne.

La mise en ligne des jeux vidéo eut des conséquences assez comparables à la dissolution de la cocaïne dans l'ammoniaque. Le crack, cristal jaunâtre venant brutalement crépiter dans les neurones, fit des ravages incommensurables et, comme lui, les jeux en ligne eurent sur certains psychismes vulnérables un puissant effet addictif.

Après la mort de sa femme, le père de Jean-Jean s'accrocha vaillamment à ce qui, dans sa vie, avait encore l'air de tenir debout : son travail de *category manager* au sein de sa société d'approvisionnement en confiseries du mobilier de caisse des grandes surfaces, l'entretien des cinquante mètres carrés dans lesquels il vivait depuis vingt-cinq ans et son hygiène corporelle, se raser le matin, repasser ses vêtements. Il sauvait la face mais, à l'intérieur de lui, c'était comme une baignoire vide : il ne restait rien d'autre qu'un peu de saleté sur les bords, des souvenirs bancals, des regrets, de l'amertume, l'impression d'avoir été roulé par la vie.

Le principal problème, c'était la solitude à laquelle son âge, sa condition sociale et son activité professionnelle le condamnaient. Peu de femmes jeunes, jolies, sympathiques et célibataires travaillaient dans son secteur. La plupart, c'étaient des quadragénaires crevées, mariées jusqu'à l'os, détestant leur vie qui ne ressemblait à rien et détestant leur travail qui leur apparaissait comme une punition.

Malgré tout, malgré la tristesse et la solitude, le père de Jean-Jean tint le coup. Au travail chaque jour et le week-end à faire les courses et le ménage pour lui tout seul, poussant l'exigence jusqu'à cuisiner presque tous les soirs et à manger en ayant mis la table. Durant cette période d'efforts pour garder un lien avec la normalité, sa seule faiblesse aura été de déplacer le téléviseur de manière à pouvoir regarder les informations tout en mangeant. Les informations ne l'intéressaient pas, il y était indifférent, mais c'était simplement parce que le silence qui, sans elles, aurait accompagné son repas, il le sentait, aurait pu le rendre fou.

Et puis il accepta un plan de préretraite proposé par sa société. Il y eut le traditionnel « drink » d'adieu : quelques chips dans des bols Ikea, un peu de clairette de Die dans des gobelets en plastique, une secrétaire blafarde qui pleure sans raison, un appareil photo numérique milieu de gamme acheté avec l'argent d'une collecte comme cadeau.

C'était un vendredi soir, le père de Jean-Jean était rentré chez lui, il n'avait pas cuisiné, il n'avait pas mis la table. Il avait erré dans son appartement, la tête complètement vide. Il n'avait pas soixante ans, l'espérance de vie moyenne lui en donnait encore près de vingt à tirer et lui, il ne savait même pas comment il allait pouvoir tenir vingt-quatre heures.

Il pensa au suicide, il se demanda s'il aurait le courage de se jeter par la fenêtre ou de s'ouvrir les veines ou de s'empoisonner avec des somnifères. Mais son désespoir était si profond qu'il se retrouva allongé sur son lit, les yeux ouverts sur la blancheur acrylique du plafond, incapable d'établir une connexion entre ses neurones ou d'esquisser un semblant de pensée.

Il resta comme ça pendant une dizaine d'heures, incapable de dormir, n'ayant ni faim, ni soif, ni chaud, ni froid, ni tout à fait mort ni complètement vivant, pendant un moment il avait cru qu'il allait se mettre à pleurer mais, même ça, ce n'était pas venu.

Et puis, alors qu'une nuit était passée et qu'un soleil mou se traînait jusqu'à la chambre à coucher, le téléphone avait sonné.

Le père de Jean-Jean s'était demandé un moment s'il devait répondre. Personne ne l'appelait jamais, sauf son fils, parfois, une ou deux fois par an, pour un anniversaire ou une nouvelle année.

Il s'était levé. Le téléphone se trouvait juste à côté de la petite table du salon où traînait un antique PC que son fils avait installé bien des années plus tôt, « simplement pour pouvoir envoyer et recevoir des emails ».

Le coup de téléphone venait d'une certaine Cathy de chez SFR, qui proposait d'analyser « avec lui » son forfait « câble - téléphonie ». Le père de Jean-Jean avait voulu dire « non », mais la fragilité de son esprit avait fait de lui un être docile.

Cathy lui avait demandé s'il était « satisfait de son forfait ». Le père de Jean-Jean avait longuement réfléchi et avait fini par répondre qu'il ne savait pas.

Cathy lui proposa alors de faire un petit « test ». Il fallait allumer son ordinateur, aller sur le site de l'opérateur et faire jouer le « clip témoin ».

Le clip témoin en question était une vidéo où une jeune fille vêtue d'un gilet et d'un short en cuir, suivie par une dizaine de danseurs anormalement musclés, chantait *I just want to see the sky !* La qualité n'était pas terrible. L'image s'arrêtait sans cesse et reprenait péniblement au rythme d'une barre de téléchargement bleuâtre.

« Comme vous le remarquez, votre connexion n'est pas optimisée pour un bon confort de surf, il vous faudrait au moins de l'ADSL 2+ pour regarder du contenu HD en streaming. »

Sans trop savoir à quoi il s'engageait, le père de Jean-Jean avait dit « d'accord » et il avait raccroché.

Devant lui, l'écran de son ordinateur avait cessé de jouer le clip témoin, quelques icônes publicitaires flottaient à présent à la place qu'occupait la jeune chanteuse. L'une de ces icônes représentait un homme à tête de taureau brandissant un glaive vers le ciel. À ses pieds, vêtue d'une peau de bête déchirée laissant entrevoir cuisses et seins, une jeune femme à la longue chevelure blonde semblait implorer quelque chose.

Dans le cerveau éteint du père de Jean-Jean, deux neurones avaient rétabli une connexion.

Sa main cliqua sur le lien.

Il fut redirigé vers le site officiel d'un MMORP. Une animation en images de synthèse avec une musique orchestrale grandiose montrait des scènes de batailles épiques opposant toutes sortes de créatures humanoïdes, musculeuses et grimaçantes sur fond de paysage à la beauté sauvage. Il suffisait d'acheter le programme en ligne et de s'acquitter d'un abonnement mensuel dérisoire.

Le père de Jean-Jean n'avait d'abord rien fait. Il était retourné sur son lit où il s'était assis. Le désespoir de la dernière dizaine d'heures avait bizarrement laissé place à un sentiment de vigilance, d'attention, exactement comme lorsque l'on rentre dans un endroit familier dans lequel certains objets ont été déplacés.

Le père de Jean-Jean s'était concentré sur la source de ce sentiment. Il avait examiné avec attention la grande pièce dépouillée qui lui faisait office de psychisme et il y remarqua en effet, dans un coin, le visage éclairé par le soleil du matin, la jeune femme en jupe en daim déchirée et à la longue chevelure blonde qui semblait attendre.

Comme dans un rêve, le père de Jean-Jean s'était relevé et il avait fait son premier achat « en ligne » : le jeu War of the Goblin World (WAGOW, 45 euros).

Il passa une journée à tâtonner : se créer un profil de joueur, un login, un mot de passe, le tout associé à un compte. Et puis il dut choisir son personnage : sa race, sa faction, ses compétences et son métier. Un peu au hasard, il choisit un Elfe de la Nuit de la faction de la Horde, de la classe Chasseur et comme métier Secouriste.

Il passa ensuite une semaine entière à se familiariser avec les principales actions, les interactions avec les autres joueurs, les codes, les quêtes, les règles en tout genre, les raccourcis du clavier et tous les détails qui font qu'un « newbie » devient un « vétéran ».

Après un mois, il avait acheté (en ligne toujours) le clavier spécial, la souris à six boutons accompagnée de son tapis au logo noir et rouge et le micro-casque. À raison d'une quinzaine d'heures de pratique quotidienne, il commençait à se faire un nom sur le serveur. DevilAnarchy54 (le nom qu'il avait fini par adopter définitivement après quelques changements) était un compagnon de campagne solide, fiable et rusé. Il jouait avec des ados et de jeunes adultes qu'il ne voyait jamais mais dont il entendait les voix, souvent haut perchées, dans son casque. Après six mois, il avait mené des dizaines de campagnes dont la plupart furent des succès. Après un an, il était devenu une sorte de référence, un membre connu, presque célèbre pour être venu à bout, deux fois de suite, du « *world boss magenta bear* ». Après dix ans, il était devenu un gourou, un exemple. La page Facebook qu'il avait créée autour de son profil comptait tellement d'amis qu'il avait dû la transformer en « fan page » et un auteur américain faisait référence à lui dans le livre consacré au phénomène WAGOW (« *One of the most respected players, a very creative gamer, bold and intelligent... A reference !* » disait-il).

Dans la vraie vie du vrai monde, le père de Jean-Jean était devenu une ombre. Il ne sortait de chez lui que lorsqu'il le devait vraiment : quelques courses au centre commercial, toujours les mêmes, du riz, du thon en boîte, des sardines à l'huile, du pain complet, des biscuits, du jus d'orange, du chocolat, de l'eau, des cornichons et des pommes. Ça lui donnait, selon lui, des repas relativement équilibrés, vite prêts et bon marché. Un vague « bonjour-au revoir » à une caissière qu'il regardait à peine, retour chez lui à pied, un sac au bout de chaque bras, la tête déjà occupée à réfléchir à la prochaine stratégie du prochain combat.

Une fois arrivé, il déposait le tout sur le plan de travail de la cuisine équipée et il retournait devant son ordinateur dont le ventilateur moulinait en permanence pour refroidir la carte graphique haut de gamme qui lui assurait le meilleur *frame rate* possible, toutes options activées.

Le soir, quand il devait bien gagner sa chambre pour y dormir quelques heures, le père de Jean-Jean prenait soin de ne laisser venir aucune pensée liée à sa vie d'avant : il ne voulait ni penser à la mort de sa femme, ni à ses dizaines d'années évaporées à placer des présentoirs de bonbons devant les caisses des grandes surfaces, ni à tout ce qu'il avait voulu être quand il était jeune, ni à ce qu'il était finalement devenu, ni à son fils qui était aujourd'hui un homme qu'il connaissait mal mais qu'il voyait vieillir comme il avait vieilli lui-même.

Il gardait toutes ces pensées à l'horizon de ses idées et il ne regardait pas dans cette direction. Quand il fermait les yeux, il préférait penser aux centaines de monstres traqués et vaincus, aux hordes de trolls massacrées, aux milliers d'orques pourchassés et, doucement, il avançait dans ses rêves comme il avançait dans le jeu : avec la souplesse d'un travelling avant dans un univers modélisé en 3D.

22

Jean-Jean était debout, pieds nus sur la pierre
froide et mouillée du trottoir. Il regardait le nom de
son père à côté d'une des innombrables sonnettes
de l'immeuble où il avait grandi. Il était toujours en
caleçon, ça faisait près d'une heure qu'il marchait
dans les rues vidées par la nuit, sous un crachin à
six degrés qui le trempait jusqu'aux os. Il tremblait
sans pouvoir s'arrêter, le froid avait contracté tous
les muscles de son corps, qui lui paraissaient devenus
aussi durs que des galets. Pour éviter de claquer des
dents, il gardait les mâchoires serrées.

Il avait eu une seconde d'hésitation avant de
sonner. Son doigt retenu par ce sentiment de honte
qui prend tout homme contraint, un jour ou l'autre,
d'aller chercher refuge chez ses parents. Près de

quarante ans de vie pour se retrouver là : nu, en pleine nuit, à demander de l'aide à un vieil homme à qui il n'avait plus parlé depuis une année entière.

Il finit par sonner.

Il attendit cinq longues minutes avant que la voix de son père, chargée de sommeil, ne lui réponde.

— C'est moi, dit Jean-Jean.

— Qui ? demanda son père.

— Jean-Jean...

Un silence suivit, comme si son père hésitait à lui ouvrir. Après un moment durant lequel Jean-Jean eut envie de s'enfuir, le grincement électrique de l'ouvre-porte rompit le silence.

Quand Jean-Jean apparut dans l'encadrement de la porte, son père eut un mouvement de recul.

— Qu'est-ce qui t'est arrivé ?

Jean-Jean aurait été incapable de répondre. Il sentait que la tension qui ne l'avait pas quitté depuis qu'il s'était enfui de chez lui était en train de descendre de quelques pour cent. Les tremblements de son corps devinrent plus violents. Ses dents commencèrent à claquer.

— J-Je p-eux me servir de ta salle de bains ? demanda Jean-Jean.

— Je vais faire du café, dit son père.

L'eau brûlante de la douche lui avait fait du bien. Le café acide servi par son père dans une tasse à la propreté approximative aussi. N'importe quoi de chaud lui aurait fait du bien.

Son père avait écouté toute son histoire en se grattant les coins de la bouche. Puis il s'était levé, il avait été à la fenêtre, il avait tiré un rideau et il avait examiné la rue :

— Et s'ils viennent ici ?

— Pourquoi est-ce qu'ils viendraient ici ?

Son père ferma les yeux, donnant à son visage l'allure de celui d'un vieux sage.

— Tu sais, il y a un an ou deux, les équipes de programmation de War of the Goblin World ont mis un add-on sur le marché. Une nouvelle quête assez difficile. Ils disaient qu'ils avaient planqué une armure magenta quelque part sur la carte. Est-ce que tu sais ce que c'est, une armure magenta ?

— Non…

— L'armure magenta est unique. Entre autres choses, elle est la seule à pouvoir résister au sort lancé par des sorciers de niveau 6… Tu vas dire qu'il y a peu de sorciers de niveau 6… Mais la question n'est pas là… La question, c'est qu'il n'y en a qu'une seule, le level designer avait juré qu'il n'y en aurait qu'une seule pour le monde entier et qu'il n'y en aurait plus jamais d'autres… Tu imagines le résultat… Des millions et des millions de joueurs qui se lancent des défis, des équipes qui se forment… Tout le monde se met à chercher cette armure magenta, même des gens qui n'en avaient rien à foutre de ce jeu… Simplement parce qu'une armure pareille, si tu la trouves, il y aura des gens complètement timbrés prêts à payer quinze ou vingt mille euros pour un item comme ça… On avait déjà vu ça avec les Capes de Brumes, et pourtant il y en avait plusieurs…

Jean-Jean plongea ses lèvres dans le café brûlant, il ne demanda pas ce que pouvait bien être une Cape de Brume, il avait juste envie de dormir et de se réveiller dans un monde redevenu normal. Son père continuait, semblant ne pas faire attention à lui...

— ... Avec l'armure magenta, ça a été le début du phénomène des « fermes de joueurs chinois ». Avec le niveau des salaires en Chine, ça devenait intéressant d'employer des dizaines d'ouvriers du Yunnan, de les faire jouer douze heures par jour pour récolter des items rares à mettre ensuite en vente sur eBay. C'était pas du très gros bénéfice, mais c'était du bénéfice quand même... Enfin soit, ce que je veux dire c'est que parmi ces Chinois, il y avait vraiment des malins et tu sais comment on reconnaissait les malins ?

— Non.

— Les malins c'était ceux qui me suivaient !

— Qui te suivaient ?

— Oui... Qui me suivaient... Qui me suivaient moi ! J'ai mis du temps à m'en rendre compte... Ils restaient à distance... Mais ils me suivaient... Avec ma Cape de Brume, j'avais la possibilité de faire apparaître la « map » de certaines parties du jeu et d'y localiser les joueurs de niveaux inférieurs, c'est-à-dire presque tous. À un moment, j'ai fini par me demander ce que c'était que tous ces joueurs débutants, toujours à un ou deux kilomètres de moi, qui ne me lâchaient pas... Où que j'aille...

— Mais pourquoi est-ce qu'ils te suivaient ? demanda Jean-Jean qui essayait de s'intéresser à la conversation... Au moins, ça l'empêchait de penser à sa situation.

— Ils me connaissaient... En tout cas, ils connaissaient DevilAnarchy54... Tout le monde connaît

DevilAnarchy54… Ils se disaient simplement que s'il y avait bien quelqu'un capable de les mener aux items précieux et cachés, et à plus forte raison à l'armure magenta, c'était moi… Tu comprends…

Jean-Jean posa délicatement sa tasse sur la table du salon. Elle n'avait pas changé depuis près de quarante ans, un chêne au vernis brun foncé, çà et là une griffe ou un éclat. Une nuance plus claire au centre, souvenir de la fois où, enfant, il avait tenté de venir à bout d'une tache faite à l'encre avec le dissolvant pour les ongles de sa mère. Il eut la pensée, brève mais intense, que son enfance avait malgré tout été un moment heureux. Mais que tout ça, ce bonheur, cette énergie, ça lui avait échappé, lentement, à la manière d'une fuite d'eau dans une canalisation.

— Je vois ce que tu veux dire, fit Jean-Jean.

— C'est quel genre, ces types ?

— Des loups… Cinglés… Dangereux… Ils sont quatre… Je pense qu'ils ont des armes…

— Est-ce qu'ils t'ont suivi ?

— Je ne crois pas.

— Mais tu n'es pas certain.

— Non.

Son père eut l'air de réfléchir. Il finit par se lever pour enfiler sa veste.

— Maintenant que ça va mieux… On va peut-être aller chez les flics… Je ne comprends pas qu'on n'ait pas commencé par là…

23

La première chose dont elle se rendit compte, ce fut une terrible douleur irradiant comme un soleil de la base de sa nuque jusqu'à son omoplate. La seconde chose, ce fut qu'elle ne pouvait pas bouger. Ses mains et ses pieds étaient immobilisés derrière son dos et sa respiration était gênée par une bande collante qui lui passait devant la bouche et faisait le tour de sa tête.

Marianne ouvrit les yeux. Il faisait presque complètement noir. Quelques photons se glissaient timidement sous l'encadrement d'une porte, juste assez nombreux pour dessiner les contours de ce qui avait l'air d'être une salle de bains : une baignoire aux reflets opalins, les formes fantomatiques d'un évier et d'une toilette. Une chose était certaine, elle n'était pas chez elle, l'odeur de charogne et d'excréments qui saturait l'atmosphère le lui confirmait. Chez elle, la salle de bains était un endroit à la propreté clinique, passé au quotidien à la lessive Saint-Marc formule antibactérienne et délicatement parfumée au bois de santal par un diffuseur électrique.

Avec peine, Marianne parvint à se redresser. Les souvenirs des dernières heures lui revinrent en mémoire : quatre types à moitié loups qui rentraient chez elle, une bataille suivait, elle en avait blessé un et mordu un autre, lui envoyant quelques millilitres de toxine directement dans les muscles de l'avant-bras. Elle se souvint de la peur, de la conviction soudaine et profonde qu'elle allait mourir au moment où celui au pelage le plus sombre s'était penché sur elle. Elle se souvint de cette main incroyablement puissante qui s'était refermée sur sa gorge.

Pendant une seconde, elle se demanda si elle avait été violée. Elle se surprit elle-même à être relativement indifférente à la réponse. Ensuite, elle se demanda si Jean-Jean avait été tué. Après tout, d'après ce que cette petite pétasse de Blanche de Castille avait dit, c'était après lui qu'ils en avaient.

Pas après elle.

Oui… Il était probablement mort.

Ça aussi, ça la toucha assez peu.

Tout au plus, elle fut surprise d'être aussi peu touchée.

Elle se demanda quel genre de papiers elle allait devoir remplir pour les questions d'héritage et d'assurance-vie… Ça allait certainement être pas mal de temps perdu entre la banque et les notaires, elle allait devoir demander des jours de congé… À moins qu'il n'y ait une législation pour les cas de décès dans la famille… Il lui semblait bien que oui… Mais il faudrait qu'elle demande ça au DRH et même si la réponse était positive, ça serait quand même mal vu par le directeur, qui comptait sur elle pour présenter les nouveaux produits…

Elle sentit que la mauvaise humeur montait en elle à la manière d'une nappe de pollution et ça la mit encore plus de mauvaise humeur.

— Tout ça à cause de ce crétin ! pensa-t-elle.

Immédiatement après avoir pensé ça, elle se demanda pourquoi ces loups ne l'avaient pas tuée elle. Peut-être qu'ils comptaient (si ce n'était déjà fait) la violer, la garder pendant des jours ou des semaines, la violer encore, comme si elle n'était qu'un bout de viande sexy, jusqu'à ce qu'elle crève.

Mourir avant d'avoir eu sa promotion de Senior Sales Manager… Quelle connerie ! Toutes ces années de sacrifices pour rien !

Elle n'avait aucune idée de l'heure. Elle n'avait aucune idée du temps qu'elle avait pu rester inconsciente… Sans doute pas plus de quelques heures… La douleur qu'elle avait au crâne lui indiquait qu'elle avait eu une commotion ou quelque chose d'approchant… Peut-être les types qui l'avaient enlevée l'avaient-ils aussi droguée… c'était le plus probable… Elle avait d'ailleurs un goût dégueulasse dans la bouche…

Elle roula sur elle-même, essayant de trouver une position moins douloureuse. Peut-être que si elle parvenait à s'enfuir, elle pourrait encore arriver à l'heure au travail.

Elle était maintenant assise, le dos contre la baignoire. Elle se tortilla un peu pour essayer de dégager ses poignets ou ses chevilles... Rien à faire... Elle eut un bref moment de désespoir suivi (immédiatement suivi) par le dégoût de ce même désespoir. C'était exactement ce que ses cinq années d'études en « force de vente » lui avaient appris à ne jamais ressentir. Putain ! On lui avait appris l'agressivité, l'adaptabilité, la flexibilité et l'audace. Ça, c'étaient des qualités qu'elle aimait.

Cahin-caha, sur le carrelage froid, elle roula jusqu'à la porte. Elle essaya de passer outre le bruit sourd de son cœur battant dans sa poitrine à la manière d'un tambour du Burundi et elle écouta.

Rien.

Il n'y avait pas un bruit.

Soit tout le monde dormait dans cette maison, soit elle était seule. En réalité, dans l'immédiat, ça ne changeait pas grand-chose.

Toujours sur le dos, elle ramena ses genoux contre elle, elle ferma les yeux et bloqua sa respiration pour rassembler son énergie puis, de toutes ses forces, elle frappa contre la porte.

La porte ne céda pas, mais le rai de lumière avait bougé... Signe qu'elle avait dû déformer l'encadrement. Une nouvelle fois elle se concentra. Elle ferma les yeux, pensa à la fois où un connard du service compta était revenu sur ses notes de frais et lui avait dit qu'il ne rembourserait pas les 200 euros de frais « data » excédant son abonnement de téléphone professionnel sauf si elle pouvait prouver que c'était « bien dans le cadre de son travail ». Merde ! Elle avait eu envie de le tuer ! Sa vie entière était le cadre de son travail ! Qu'est-ce qu'il croyait ?

Elle détendit ses jambes encore une fois et ses pieds percutèrent la porte avec fracas. Putain, elle avait de la force et elle adorait s'en servir !

Cette fois, le bois et la quincaillerie cédèrent. La porte s'ouvrit en claquant contre le mur.

Si ceux qui l'avaient amenée ici étaient endormis, ils ne l'étaient sans doute plus. Elle attendit un moment, l'oreille tendue, s'attendant à voir surgir l'un ou l'autre fauve, prête à se faire tabasser une fois de plus, mais rien ne se produisit.

Il fallait maintenant qu'elle parvienne à libérer ses mains. Elle avait déjà vu plein de films où des gens attachés parvenaient à se libérer en coupant les liens sur un bord coupant. Mais dans cette salle de bains, rien ne semblait pouvoir faire office de bord coupant.

La pâle lumière qui passait par la porte ouverte était sans aucun doute possible celle de l'aube. Elle rampa sur le carrelage crasseux et arriva dans un petit couloir. À droite, un salon minuscule était presque totalement occupé par un canapé et un écran plasma aux dimensions ridiculement grandes.

Elle se figea.

Quelqu'un était allongé sur le canapé. Une couverture recouvrait une grande masse sombre. Elle essaya de se rassurer en se disant que si cette grande masse ne s'était pas réveillée avec le bruit qu'elle venait de faire, c'est qu'elle était soit morte, soit dans un état qui était plus proche du coma que du sommeil.

Si elle était prudente, elle allait pouvoir quitter cet appartement, il fallait juste qu'elle parvienne à se détacher.

Elle rampa encore vers le salon. Elle transpirait, elle commençait à avoir mal aux genoux, aux poignets et aux épaules.

Sur la table basse, elle remarqua les restes d'un repas : une barquette en aluminium qui avait dû contenir des lasagnes.

À côté de l'assiette, couverte de sauce, une cuillère.

Et un couteau.

24

L'aube se levait sur le petit commissariat. C'était un bâtiment à deux étages construit par un architecte qui ne devait pas avoir beaucoup d'espoir, ni d'ambition. Le quartier tout entier dégageait une étrange impression, comme s'il s'agissait d'une erreur dans la grande histoire de l'urbanisme : quelques appartements au-dessus de magasins discount aux volets définitivement clos, des box de garages, des terrains à bâtir qui ne le seraient sans doute jamais.

C'était tout…

Quand Jean-Jean était entré, qu'il avait vu la tête du policier de garde, qu'il avait vu les affichettes mettant en garde contre l'alcool au volant et qu'il avait remarqué l'odeur caractéristique de l'humidité ascensionnelle pénétrant la brique, il avait eu un pressentiment très clair, peut-être comparable à celui qu'avait pu éprouver le général Friedrich Paulus en arrivant à Stalingrad : tout ça n'allait servir à rien.

En leur indiquant le banc du hall, le policier de l'accueil leur avait dit que « pour les agressions c'était son collègue qui prenait les plaintes et qu'ils devaient l'attendre là ».

C'était il y avait plus d'une heure. Jean-Jean se sentait terriblement oppressé, la culpabilité d'être parti lui remontait méchamment dans la gorge, comme de la fumée toxique le long de la cheminée d'un incinérateur.

Finalement, un homme était arrivé. Il avait été parler au policier de l'accueil qui lui avait répondu en indiquant Jean-Jean et son père d'un geste du menton, l'homme s'était retourné, révélant la peau un peu abîmée de celui qui se nourrit mal et qui se lave peu, ses yeux avaient croisé ceux de Jean-Jean. Il avait soupiré et il était rentré dans un bureau.

Il en était ressorti et, en compagnie d'une violente odeur d'eau de Cologne, il s'était approché d'eux.

— Je vous écoute.

Jean-Jean se demanda vaguement pourquoi l'homme ne les faisait pas entrer dans son bureau et pourquoi il ne semblait pas prêt du tout à prendre leur déposition. Puis il se dit que tout ça devait appartenir à la préhistoire. Maintenant, il avait affaire à la police moderne.

— Je me suis fait agresser.

L'homme hocha la tête, comme s'il comprenait.

— J'étais chez moi, quatre loups sont rentrés, c'est après moi qu'ils en avaient. Je suis parti mais ma femme est restée là.

— C'était quand ?

— Cette nuit.

L'homme sembla réfléchir. Ça prit du temps.

— Est-ce que vous avez appelé votre femme pour savoir comment elle allait ?

L'estomac de Jean-Jean se tordit. Putain ! Pourquoi, est-ce qu'il n'avait pas téléphoné... Pourquoi est-ce qu'il n'avait pas pensé à ça ?

— Non... Je...

— Il est en état de choc ! le coupa son père.

— Pardon ?

— Stress post-traumatique... Ça brouille les capacités de traitement de l'esprit qui ne fait plus la différence entre le canal conceptuel et le canal sensoriel. C'est pour ça qu'il n'a pas pensé à téléphoner. Durant les prochaines heures, réfléchir reviendra pour lui à conduire une voiture en marche arrière dans un embouteillage. Vous savez qu'il y a eu deux fois plus de soldats américains qui se sont suicidés après la guerre du Vietnam que de morts lors des combats... C'est quelque chose de très sérieux... Cela dit, il y a des pistes thérapeutiques...

— Des pistes thérapeutiques ? demanda le policier qui avait presque l'air intéressé.

— À Oxford, la psychiatre Emily Holmes a démontré qu'en faisant jouer à Tetris les patients traumatisés, on « recâble » les canaux de l'esprit et on empêche l'apparition de flash-backs...

— Ouais bon... Peut-être que monsieur pourrait appeler maintenant, dit le policier en lui tendant son propre téléphone.

Jean-Jean prit l'objet et le regarda un moment en fronçant les sourcils.

— Je… Je suis désolé… Je ne me souviens pas du numéro…

— Stress post-traumatique ! dit son père. Si vous aviez un Tétr…

— Non… C'est juste qu'il est dans la mémoire de mon téléphone que j'ai laissé à la maison… Je ne le compose jamais en entier…

Le policier soupira. Jean-Jean eut l'impression qu'il était un fruit pourri dans sa journée de flic.

— Bon… Vous allez aller sur place avec une patrouille. Ça vous va comme ça ?

Jean-Jean réfléchit un moment. Il eut du mal d'ailleurs. Peut-être que son père avait raison à propos de cette histoire de stress post-traumatique. Ou bien avait-il simplement besoin d'un café. Ou bien les deux. Peu importait finalement.

— Oui… On va y aller… mais d'abord, si vous êtes d'accord, j'aimerais prendre contact avec quelqu'un qui travaille au service de sécurité intérieure de mon employeur. Je crois qu'elle connaît ceux qui nous ont attaqués. Elle m'avait demandé de prendre contact avec elle si jamais il se passait quelque chose et comme il s'est passé quelque chose…

— Et elle, vous avez son numéro de téléphone ?

Jean-Jean avait le numéro. Il était gravé dans son esprit depuis le jour où elle lui avait tendu sa carte.

Il se dit que la mémoire, finalement, était un outil plein de mystère.

25

Blanche de Castille les attendait devant son immeuble. Aussi belle et immobile qu'une sculpture antique taillée dans du marbre clair.

Quand Jean-Jean lui avait téléphoné, elle avait écouté toute l'histoire de l'agression, elle était restée silencieuse un moment, comme si elle réfléchissait, et puis elle avait dit qu'il fallait qu'elle parle à la police. Ils s'étaient donc tous donné rendez-vous devant chez lui.

Jean-Jean et son père y étaient allés avec le policier qui leur avait parlé au commissariat et que ses collègues, pour une raison que Jean-Jean n'arrivait pas à déterminer, appelaient « Tich ».

Blanche de Castille fumait une cigarette, appuyée contre le capot d'une petite voiture noire. De la pluie lui tombait droit sur ses cheveux d'un blond proche du blanc qui, trempés, lui collaient au front comme d'épais fils de laine. Il ne faisait franchement pas chaud, des bourrasques de vent dont la température ne devait pas être loin du point de gelée mettaient la pluie à l'horizontale. Blanche, qui ne portait qu'un débardeur en coton noir, lui aussi trempé, n'avait pas l'air de s'émouvoir plus que ça de ce climat de frigidaire.

La voiture de « Tich » s'arrêta à sa hauteur. Jean-Jean sortit et lui tendit la main.

— Vous allez bien ? demanda-t-elle en répondant à sa poignée de main.

— Choc post-traumatique, dit Tich.

— Ça va… J'espère que… Il faut qu'on vérifie à l'intérieur… Chez moi… Si…

Blanche de Castille hocha la tête.

Dans l'ascenseur, coincé entre Tich et un agent en uniforme, Jean-Jean hésitait entre l'envie de vomir et celle de s'enfuir le plus loin possible. Il était pratiquement certain que ces quatre loups avaient dû faire les pires choses à Marianne. Si jamais elle était encore en vie, il allait falloir du temps pour qu'elle s'en remette. Elle était solide, elle avait du caractère mais une agression de ce genre en briserait plus d'une. Il se dit que les mois et les années à venir allaient être durs. Elle partagerait son temps entre son travail et les psychothérapies. Il faudrait qu'elle se « reconstruise ». Il devrait l'aider, être là quand elle plongerait vers le désespoir et la dépression.

Quand il se retrouva dans le couloir qui menait à sa porte d'entrée, il eut envie de disparaître tant il sentait qu'il ne serait pas à la hauteur.

Ils arrivèrent enfin devant la porte. Elle était entrouverte d'une manière que Jean-Jean trouva sinistre. D'ailleurs, il aurait pu jurer qu'il sentait une odeur de mort s'en échapper. « Tich » fit un signe de tête à l'agent, qui ouvrit largement la porte.

— Madame ? appela « Tich » d'une voix artificiellement forte.

Un silence lugubre fut sa seule réponse.

Ils entrèrent.

26

Marianne était parvenue à ramper jusqu'au couteau. Plongeant son visage dans les restes de lasagnes, elle l'avait saisi avec les dents, elle l'avait laissé tomber sur le sol et, à force de contorsions, elle avait fini par couper les liens qui lui maintenaient les poignets derrière le dos. Elle dégagea ensuite ses pieds.

Elle y était arrivée !

Un sentiment de liberté l'enivra un instant et, avec prudence, tout en gardant à l'œil la lourde silhouette toujours immobile sous la couverture, elle quitta l'appartement.

Elle se retrouva dans le couloir d'un immeuble minable. Elle croisa une femme d'âge mûr, moche et habillée de façon minable, accompagnant un gamin tout aussi moche dans une école certainement mauvaise qui ne lui apprendrait rien.

Marianne se figea.

Elle fuyait.

Elle était comme ces gens minables de cet immeuble minable survivant dans leur existence minable.

Elle ferma les yeux si fort qu'elle en eut mal aux paupières.

Avec une netteté troublante, les images du documentaire *Pumping Iron* se formèrent dans son esprit.

Elle avait vu ce film alors qu'elle n'était encore qu'une gamine. Ce film, elle en était convaincue, avait été un moment majeur dans l'histoire de la civilisation occidentale, un moment équivalent à l'écriture de la Bible ou à la chute de l'Empire romain.

Pumping Iron : une équipe de tournage avait suivi Arnold Schwarzenegger, alors jeune homme de vingt-huit ans, durant sa préparation à la défense de son sixième titre de Mr. Olympia, le plus prestigieux concours de culturisme professionnel. Durant le documentaire, on interviewait les autres concurrents : Mike Katz, un juif blond qui, le regard presque éteint, disait : « Quand on donne des coups de pied à un chien, soit il se couche et il crève, soit il se rebiffe et il vous mord, je suis comme ça ! » On filmait le jeune Franco Columbu, boxeur sarde reconverti dans le bodybuilding et qui s'amusait à gonfler des bouillottes à la force de ses seuls poumons dans des foires de province. On découvrait Lou Ferrigno, bien avant sa gloire dans la série *Hulk*, colosse à moitié sourd de près de deux mètres de haut pour cent cinquante kilos, se gavant en silence de Clenbuterol et de Dianabol.

Dans ce film, ce n'était pas cette collection de perdants sans charisme qui avait fortement impressionné Marianne. Ce qui avait impressionné Marianne, c'était Arnold Schwarzenegger. Arnold Schwarzenegger n'était pas le plus grand ni le plus massif des concurrents. Arnold Schwarzenegger était tout simplement différent : il avait l'air de descendre du royaume des dieux, en souriant, pour montrer aux mortels une voie nouvelle. Il était incroyablement sûr de lui et ça, entre autres choses, ça contribuait à lui donner cette aura surnaturelle qui fascinait les spectateurs lors de ses exhibitions. Même quand il enlevait son tee-shirt devant les centaines de tordus de la prison de Terminal Island, même quand on le surprenait à dormir sur la plage de Venice Beach, même là, il se dégageait de lui ce que, des années plus tard, Marianne avait défini comme le « charisme du leader ». Lou Ferrigno avait beau dire : « Le loup qui se trouve au sommet a moins faim que le loup qui est en train de grimper », Arnold répondait sans même ouvrir les yeux : « Oui mais de toute façon c'est le loup qui est au sommet qui a la bouffe. »

Marianne avait grandi en gardant, niché en elle, le souvenir de *Pumping Iron*. Elle s'était partiellement construite autour de ce souvenir et son rapport au monde, déterminé par son ascendance de mamba vert fut, avec le temps, façonné par la sagesse essentielle d'Arnold Schwarzenegger : « Ne t'apitoie jamais sur ton sort ! Pendant que tu te lamentes, les autres s'entraînent ! Les vrais champions sont ceux qui dépassent le seuil de la douleur ! Vous devez couper court à toutes les émotions qui vous écartent de votre objectif ! »

Tout cela fut encore renforcé et confirmé plus tard, au fil des multiples stages de stimulation et motivation de force de vente et de week-ends de coaching tournant autour de « l'impact personnel, force de conviction et ancrage de l'autorité » lors desquels on lui avait fait rentrer dans le crâne, tatouer dans l'esprit, que le manager est à l'image d'un animal traqué, qu'il ne connaît aucun répit. On lui avait appris que le manager devrait vivre dans l'isolement et dans le risque et qu'il devrait aimer ça. Qu'il devrait s'épanouir dans cette réalité où le stress serait le signe qu'il est en vie et en phase avec le monde. Que ce stress était la seule zone possible de l'épanouissement personnel, que c'était le prix à payer pour que l'évolution puisse s'accomplir.

Marianne ouvrit les yeux.

Un feu rageur s'était allumé dans son ventre.

C'était de cette pâte-là qu'elle était faite : celle d'une commerciale de première classe, celle d'une manager, celle d'Arnold Schwarzenegger. Elle était faite de la pierre la plus dure, son mental était en acier, elle était l'aboutissement de siècles et de siècles d'évolution chez les grands prédateurs et là... elle était en train de s'enfuir.

Comme une perdante !

Putain !

Des types étaient rentrés chez elle, ils avaient foutu le bordel, ils lui avaient tapé sur la gueule, ils l'avaient attachée dans l'obscurité d'une salle de bains puante, ils avaient peut-être fourré leur queue dégueulasse dans l'un ou l'autre de ses orifices et tout ce qu'elle trouvait à faire, c'était s'enfuir.

Dans le couloir sinistre de cet immeuble sinistre.

Marianne fit demi-tour. Elle arriva devant la porte de l'appartement qu'elle venait de quitter et elle rentra.

Sans hésitation.

Une détermination aussi parfaite qu'un tableau Excel.

27

Le groupe de Murder Metal Macabre avait écrit une de ses plus belles chansons en hommage à Kenneth Bianchi et Angelo Buono, deux tordus qui avaient passé pas mal de mois à massacrer des filles vers la fin des années soixante-dix. Jean-Jean se souvint qu'un des agents de sécurité avec lesquels il avait travaillé au début de sa carrière au centre commercial lui avait fait écouter les paroles pendant une pause.

Angelo and Ken were cousins and friends
Two cousins who liked prostitutes
Cruising the night, a girl they'd invite
In their car for a ride to the hillside
Abduction, rape and strangulation
That's how Kenneth and Angelo
got their sexual gratification.

Le même agent de sécurité avait ensuite montré à Jean-Jean la photographie du corps d'une des victimes, Diane Wilder, une prostituée de vingt-cinq ans, qu'il avait trouvée sur Internet et qu'il conservait précieusement dans son portefeuille pour, disait-il, « garder en tête ce dont les hommes sont capables ». Jean-Jean se souvenait avoir jeté un œil à la photographie granuleuse : un corps de femme ensanglanté allongé sur une table de médecin légiste, des fils de fer enroulés autour des seins, un balai en plastique vert enfoncé dans le vagin et, au pied droit, une chaussette d'un curieux blanc immaculé.

Jean-Jean s'était dit que le type qui gardait ça dans son portefeuille devait tout de même avoir quelque chose de détraqué dans le système central et il avait décidé de purger au plus vite la petite zone de sa mémoire où la photographie de la fille morte s'était imprimée.

Des années plus tard, alors qu'il se trouvait devant la porte entrouverte de l'appartement dans lequel il avait été attaqué par quatre loups aussi balèzes que des chars Sherman et qu'il avait fui en laissant sa femme en plan, cette image lui revint du fond du local à poubelles de sa mémoire.

La veille, il s'était laissé gagner par une étrange ivresse, celle de la perspective d'une vie sans Marianne. Il se souvenait qu'à la terreur provoquée par l'agression avait succédé une joie dont il avait eu presque honte mais qui n'en était pas moins réelle, comme si ces quatre jeunes loups qui avaient sans doute assassiné Marianne avaient été les quatre incarnations de la chance qui lui souriait enfin.

Mais à présent que l'image de Diane Wilder lui était revenue en tête, Jean-Jean sentait que ce qui l'attendait de l'autre côté de cette porte était très éloigné de l'idée qu'il se faisait du bonheur. Ce qui l'attendait de l'autre côté de cette porte, il le sentait aussi nettement que s'il s'était agi de deux plaques d'acier pressant contre ses tempes, ça allait être épouvantable. Ça le ravagerait. Ça l'anéantirait.

Il se disait tout ça et, aussi étrange que l'ivresse de la nuit, il sentait qu'il se mettait à en vouloir à Marianne qui, même morte, lui gâchait encore la vie.

Devant lui, « Tich » poussa la porte et entra. Jean-Jean attendit un moment sur le seuil. Le temps parut ralentir et devenir gluant. Il eut l'impression que toute sa vie, ce serait ça : attendre devant une porte qu'on lui annonce qu'une femme était morte par sa faute. Il eut l'impression très nette de rétrécir. Il baissa la tête.

Il était dégoûté par sa propre lâcheté : hier il avait fui, aujourd'hui, il faisait dans son froc.

Il s'apitoyait sur son sort.

Il se trouva nul.

Définitivement nul, trouillard et incapable.

« Tich » sortit enfin de l'appartement. Jean-Jean n'osait pas le regarder en face, dans sa poitrine, son cœur battait beaucoup trop fort. Il eut la conviction qu'il allait le lâcher d'un moment à l'autre.

— Y a personne, dit Tich. Y a du bordel, mais y a personne.

28

Blanc se souvenait de tout mais il aurait préféré ne se souvenir de rien. Blanc se souvenait de l'appartement dans lequel, en compagnie de ses trois frères, ils étaient entrés pour faire la peau à l'homme responsable de la mort de leur mère.

Il se souvenait que ça ne s'était pas passé comme ça aurait dû. Une espèce de furie incroyablement rapide leur avait sauté dessus dans le noir. Elle avait blessé Brun d'un coup de couteau au flanc. Gris l'avait touchée d'un coup de patte qui aurait dû lui briser tous les os du corps mais ça ne lui avait rien brisé du tout. Puis lui, Blanc, il avait attrapé cette fille par le cou et c'était là qu'il s'était fait mordre à l'avant-bras. Blanc n'avait jamais eu aussi mal de sa vie. Pourtant, sa vie était une grande tapisserie tissée autour de nœuds de douleur. Toutes les fois que la voisine qui les gardait lui avait cogné dessus, sur lui plus fort que sur les autres parce qu'elle savait que c'était lui le meneur. Tous les coups de pied, toutes les gifles et puis, plus tard, toutes les guerres avec les rouleurs de mécaniques de la cité qui voyaient d'un très mauvais œil s'étendre l'influence des quatre loups sur l'économie locale : les coups de bâton, les coups de feu. Il se souvenait comme si c'était hier de la douleur qu'il avait éprouvée quand cinq connards étaient parvenus à le coincer dans le parking de la tour des Petits-Culs et l'avaient tabassé avec des chaînes enroulées de fil de fer barbelé. Ce jour-là, il avait failli y laisser cinq doigts et un œil.

Oui, dans sa vie, il avait déjà eu mal, vraiment très mal, mais toutes ces douleurs n'avaient rien de comparable à ce qu'il avait éprouvé quand cette fille lui avait mordu le bras en lui injectant dans le sang Dieu sait quelle saloperie. Il se souvenait comment, juste avant la douleur elle-même, son champ de vision s'était rétréci d'un seul coup et puis comment, un millième de seconde plus tard, il avait eu l'impression qu'un train venait de lui percuter la poitrine et qu'il s'y était arrêté, des millions de tonnes d'acier qui ne voulaient plus bouger de son sternum. Ses bras et ses jambes l'avaient lâché. Il était tombé au sol. Malgré sa vue brouillée, il avait vu s'enfuir l'homme qu'il était venu tuer. Il avait vu ses frères poursuivre vers la cuisine la femme qui venait de le mordre. Lui, de son côté, il ne pouvait rien faire d'autre que d'essayer de ne pas perdre connaissance. Dans son corps, des foyers de pure douleur s'allumaient un peu partout, pareil à des galets de phosphore. Il avait l'impression d'être une montagne en feu. Il respirait à petites bouffées mais la quantité d'oxygène n'était pas suffisante. Un moment, il eut l'impression que son cœur cessait de battre. Il eut la certitude de rater un ou deux battements, c'était la sensation étrange d'avoir un moteur noyé à l'intérieur de la cage thoracique.

Puis on l'avait soulevé. Il avait reconnu l'odeur de Noir. On l'avait jeté sur le fauteuil arrière de la Peugeot 505 familiale. À côté de lui, Brun ne disait rien. Son frère observait du sang couler entre les doigts de la main qu'il tenait collée contre ses côtes. Gris avait pris le volant. Noir était assis à côté de lui et se retournait régulièrement vers Blanc qu'il regardait d'un air préoccupé.

Blanc tremblait. Il ne comprenait pas pourquoi mais il tremblait. De longs et puissants tremblements contre lesquels il ne pouvait rien. Le poison agissait comme une force étrangère prenant le contrôle de son corps, molécule après molécule, atome après atome.

Il eut un moment l'impression qu'il allait perdre connaissance. Il savait que si cela se produisait, cela signifierait sans doute qu'il allait mourir. Puis, au moment où il s'était senti s'enfoncer dans les ténèbres, il avait senti une odeur.

Une bonne odeur.

La même odeur que celle qu'il avait sentie, quelques dizaines de minutes plus tôt, lorsqu'il était entré dans l'appartement.

Une odeur qui venait du coffre de la Peugeot.

Une odeur qui semblait lui dire quelque chose de gentil, un peu comme si la vie lui faisait une promesse et qu'il ne fallait pas que se brise le mince fil de soie qui le tenait encore lié à elle.

Blanc avait fermé les yeux. Il s'était concentré sur l'idée de ce fil de soie.

Après un temps qu'il n'aurait pas pu évaluer, il trembla moins, il respira mieux.

Quelque chose en lui avait repris le contrôle.

Il s'était endormi.

29

C'est vers la fin des années cinquante que Temple Grandin se rendit compte qu'elle parvenait à penser comme une vache.

Elle était alors âgée d'une dizaine d'années et elle souffrait d'un autisme tel qu'elle concevait déjà les plans d'une « machine à serrer » dans laquelle elle se rassurerait des années plus tard : allongée sur le ventre dans une sorte de hamac, elle pouvait donner un coup de manette vers le bas pour être serrée plus fort par deux parois de mousse mues par un système à air comprimé. Un coup de manette vers le haut pour relâcher.

Temple Grandin avait été longtemps incapable de comprendre les humains qui l'entouraient : leur langage, l'expression de leur visage étaient des codes étranges et compliqués qu'elle ne parvint à percer qu'avec le temps et la persévérance. Par contre, les vaches, elle les comprenait. Le malaise d'un troupeau parqué dans un enclos à la géométrie maladroite, la panique provoquée par un simple papier de bonbon traînant au sol. Elle comprenait tout des vaches en compagnie desquelles elle pouvait passer le plus clair de sa journée. Avec le temps, elle s'imposa comme une spécialiste incontournable de l'âme bovine, si bien qu'au début des années deux mille, elle avait dessiné les plans de plus des deux tiers des élevages et des abattoirs américains.

Cette histoire avait flotté dans le subconscient de Blanc durant une bonne partie du temps qu'il passa sur le canapé, assommé par la douleur et les calmants que lui avaient donnés ses frères. Une histoire qui s'était accompagnée d'un sentiment de tristesse aussi grand et diffus qu'un nuage radioactif. S'il sentait que le câblage de son esprit mi-homme, mi-loup le privait de comprendre une bonne part des intentions des humains, sinon en y réfléchissant longuement, comme il aurait pu le faire pour une équation à chaque fois complexe, il n'était pas plus capable d'empathie avec les animaux.

Ses frères et lui, maudits par leur singularité génétique, étaient finalement seuls au monde.

Et cette solitude-là, définitive, immense et radicale, avait depuis toujours été le principal carburant pour faire tourner le moteur brutal de la fratrie.

Un monde dans lequel on ne pouvait pas rentrer serait malgré tout un monde sur lequel on pouvait cogner.

Et cogner, c'était mieux que rien.

Du fond de son sommeil douloureux et en ordre dispersé, des souvenirs de son enfance et de son adolescence lui étaient remontés le long du néocortex, magma d'images, de sons et de sensations sans rapport les uns avec les autres : une plante au feuillage poussiéreux abandonnée sur l'appui de fenêtre de la voisine, l'odeur savonneuse de sa mère qui partait travailler au centre commercial, le visage ricanant d'un enfant inconnu penché sur lui, se moquant de ses yeux jaunes et de sa pilosité neigeuse.

Et puis enfin, à la manière d'un dernier épisode, une image se superposa à toutes les autres et persista : une image où dominaient les tons roses et jaunes, l'image de la « petite boulangère ». Ce souvenir-là lui était remonté comme une bulle de gaz du fond de son hippocampe où il sommeillait sans qu'il le sache depuis des années, niché sous le paquet gélatineux de ses cent milliards de neurones.

Il la revoyait : elle, âgée du tout petit quinze ans réglementaire pour travailler le week-end dans le rayon *bake-off* que les petits génies du marketing olfactif saturaient d'une extraordinaire odeur synthétique de pain, de chocolat et de miel. Il avait douze ans, son duvet de louveteau était déjà devenu le poil dru qui serait le sien pour le restant de ses jours. Il passait ses journées avec ses trois frères à faire la guerre au monde entier et à découvrir l'amour sur des sites diffusant en streaming des milliards de vidéos porno où se répétait à l'infini le rituel pipe-pénétration-éjaculation faciale.

Il l'avait croisée un jour d'hiver où, profitant d'un large parka, il cachait près de vingt kilos de viande rouge qu'il avait piqués dans le rayon boucherie. Malgré le tablier réglementaire dont la coupe devait avoir été imaginée par un styliste haïssant le corps des femmes, il la trouva magnifique. Lui qui n'avait jamais lu le moindre livre, regardé le moindre tableau ou écouté la moindre musique, avait senti les émotions se bousculer en lui sans aucun référent valable. L'espace d'un instant, alors que la viande sous blister lui gelait le ventre et qu'un feu nouveau lui brûlait le cœur, il crut qu'il allait perdre l'équilibre.

Pour la première fois de sa vie, il s'enfuit.

Des jours avaient passé durant lesquels, désorienté, il n'était presque pas sorti. L'image de la petite boulangère stagnait derrière son nerf optique. Il imagina un moment qu'il devrait aller lui parler mais il ne savait pas comment on parle aux filles et il avait renoncé.

Sur Internet, il avait cherché le mot « amour » car, après un bref autodiagnostic, c'était bien ça qu'il avait. Il était tombé sur un site donnant tout un tas de citations et de déclarations types. Tout lui parut fade et insignifiant au regard de ce qu'il éprouvait et qu'il était certain que personne, jamais, n'avait éprouvé avant lui.

Il finit par demander conseil à ses frères. Personne ne se moqua. Ça ne serait venu à l'esprit de personne de se moquer. Les quatre jeunes loups, nés ensemble, battus ensemble, féroces ensemble, ne se seraient jamais moqués d'un des leurs. Ils ne se moquèrent donc pas, mais ils n'avaient pas d'idée… L'amour était un concept qu'ils ne comprenaient pas. Même chose pour les filles.

Blanc avait donc totalement improvisé et, s'inspirant de ce qu'il avait lu, de ce qu'il avait cru comprendre et de ce qu'il pensait ressentir, il était retourné au centre commercial le week-end suivant avec, dans la main droite, un bouquet de fleurs à l'allure chétive qu'il avait arrachées dans un terrain vague. Le cœur battant, il avait remonté les allées jusqu'au rayon pain. Elle était là, aussi lumineuse qu'une supernova, en train d'enfourner la pâte blême de baguettes tradition dans un four afin de garantir au client le label « cuit sur place ». Sous son vilain uniforme, Blanc imaginait un corps de déesse descendu sur terre pour activer son karma. Il s'était projeté dans l'avenir : il s'était vu parcourant avec elle un monde à bord d'une Audi R8 Spyder vert pomme, il l'avait imaginée nue sur une plage tropicale le remerciant de l'avoir sauvée de la vie misérable qu'elle menait quand elle travaillait à faire cuire et à ranger ses pains artificiels, il s'était imaginé répondant modestement que ce n'était rien, qu'à présent tout irait bien, qu'ils ne se quitteraient plus.

Avec son bouquet de fleurs molles, il s'était approché d'elle. Elle avait senti sa présence, elle s'était retournée. Blanc vit dans son regard qu'elle était fatiguée, qu'elle en avait marre d'être là depuis l'aube.

Il ne trouva rien à dire. Il tendit juste ses fleurs. Elle les regarda sans comprendre, elle regarda Blanc.

Elle avait dit :

— Laisse-moi tranquille !

Il avait dit :

— Elles sont pour toi…

Elle avait dit :

— T'as un problème. J'aime pas les gens qui ont des problèmes. Laisse-moi tranquille !

Et elle s'était éloignée.

Blanc était rentré chez ses frères. Il avait jeté les fleurs en chemin. Il n'avait rien dit et on ne lui avait rien demandé.

Il se souvenait que, pendant les jours qui avaient suivi, il s'était demandé comment il allait survivre à ce qui s'était produit.

Puis avec le temps, la douleur avait diminué et le souvenir de la petite boulangère avait été classé dans la zone de sa mémoire qui s'occupait de recycler les moments difficiles.

De cette histoire n'étaient restées que deux conclusions :

— Il était capable de tomber amoureux, mais il fallait éviter que cela n'arrive.

— La petite boulangère avait pour la première fois réussi à résumer le malaise qu'il ressentait depuis toujours : il avait un problème.

30

Le panthéon secret de Marianne se composait de pas mal de dieux : Anita Roddick, la fondatrice de la chaîne The Body Shop, Tom Monaghan, le fondateur de Domino's Pizza ou encore Sam Walton, le fondateur des hypermarchés Wal-Mart. Elle les aimait tous. Elle les admirait. Ils étaient des modèles. Évidemment, elle avait ses préférés.

Et parmi ses préférés, il y avait le préféré des préférés : Frederick Wallace Smith, le fondateur de Federal Express.

Elle ne l'aimait pas particulièrement pour l'empire de la livraison express qu'il était parvenu à créer en quelques décennies mais elle l'aimait pour un détail amusant de sa biographie : le premier mois d'exploitation de son affaire, après avoir acheté quatorze

Falcon 20 sur un coup de tête, il s'était retrouvé avec un minable cinq mille dollars pour faire le plein de kérosène.

La plupart des gens se seraient probablement pendus après avoir été pleurer chez un banquier ou l'autre. Mais Frederick Wallace Smith était parti à Las Vegas pour jouer au black-jack.

Il en était revenu avec près de quarante mille dollars et la possibilité de faire décoller ses avions. Il s'agissait d'une belle illustration de ce que le gourou du marketing Philip Kotler, dans son livre *Le Marketing selon Kotler, ou comment créer, conquérir et dominer un marché* appelait « savoir identifier les opportunités ».

Quand Marianne poussa la porte de l'appartement d'où elle venait de s'enfuir, c'était donc à Frederick Wallace Smith assis à une table de casino et jouant sa dignité qu'elle pensait. Elle se disait que, comme lui, ce qu'elle avait à perdre si elle ne tentait pas ce coup-là, c'était une des choses les plus précieuses qui soit pour progresser sur le chemin qui la menait vers le poste de *Senior Category Manager* : l'estime d'elle-même. Le manager, lui avait-on asséné lors des séances de coaching organisées par son entreprise, vit dans le risque. Il est comme un fauve que l'on chasse et il doit apprendre à aimer cette réalité. Le stress, dans sa carrière, sera aussi précieux que son air et que son sang. Le danger allait être la principale pâte dont serait faite son ambition.

Marianne était à présent debout dans l'appartement qu'elle venait de fuir. Elle avait fermé la porte derrière elle, le calme qui régnait était rythmé par le son de la lente et profonde respiration de la silhouette endormie. Elle s'approcha et souleva la couverture. Elle reconnut la toison blanche et les oreilles pointues d'un des loups qui les avaient agressés cette nuit. Elle retira complètement la couverture, le loup blanc émit un faible gémissement mais ne bougea pas. Elle vit que son bras était enveloppé dans un épais pansement artisanal. Ça la fit sourire : c'était celui qu'elle avait mordu, son ascendance de mamba vert avait fait du bon travail. De savoir qu'elle était capable de faire ça, c'était bon pour sa confiance, c'était bon pour sa carrière.

Durant un instant, elle ne fit rien. Elle savoura la sensation de dominer complètement la situation et l'idée qu'elle allait régler une partie du problème professionnel que son mari avait ramené à la maison. Il y avait bien encore trois autres loups qui n'allaient sans doute pas tarder à arriver, mais aidée par l'effet de surprise, elle se sentait assez forte pour en venir à bout.

Il lui fallait juste un peu de matériel.

Dans la petite cuisine crasseuse, elle rinça une casserole où les restes d'un repas à base de viande achevaient de pourrir puis, la portant à hauteur de sa bouche, elle en mordit fermement le rebord. Comme elle s'y attendait, un léger frisson parcourut l'arrière de son palais, là où se trouvaient vraisemblablement ses glandes à venin et elle laissa couler un filet de salive dans le fond de la casserole. Quand elle jugea la quantité suffisante, elle y trempa les pointes d'une série de couteaux à steak. Elle savait que le mamba vert pouvait, en quelques secondes, arrêter le cœur d'un buffle avec une simple goutte de ce venin, cela devrait donc être parfait pour faire très mal à cette bande de loups dégénérés.

Il suffirait d'être rapide.

Il suffirait d'être déterminé.

Il suffirait d'agir comme un manager.

Elle glissa la série de petits couteaux dans la poche arrière de son pantalon et retourna dans le salon. Elle allait en finir avec le loup qui était déjà à moitié mort sur le canapé. Durant un bref instant, quelque chose qui ressemblait à de l'étonnement traversa son esprit : l'idée qu'elle allait tuer quelqu'un de sang-froid ne lui faisait rien. Ça ne lui faisait pas plus d'effet que si elle s'était apprêtée à éplucher un fruit.

Le loup blanc dormait toujours d'un sommeil qui semblait aux portes de la mort.

Marianne saisit un des couteaux à deux mains.

Elle allait le lui planter dans le cœur.

Ça serait radical.

Pour assurer sa prise, elle s'assit à califourchon sur le loup qui gémit encore une fois. Le dominant complètement, elle observa un moment son visage où se mélangeaient de manière étrange douceur et sauvagerie. Entre ses jambes, elle sentait la chaleur de son corps et le mouvement lent de sa cage thoracique.

Marianne leva le couteau et inspira.

31

Comme émergeant d'un marécage opaque, la conscience de Blanc redémarra lentement, pareille à un très vieux disque dur d'un très vieil ordinateur.

Ce n'était pas terrible, mais c'était pas mal de sentir qu'il n'était pas mort.

Et puis, même s'il n'en était pas vraiment certain, il eut l'impression qu'il se sentait mieux.

Les terribles douleurs qui l'avaient transpercé comme des épées de feu semblaient être à leur générique de fin. Il avait, bien entendu, encore l'impression d'avoir été moissonné et battu, mais ce n'était rien par rapport à ce qu'il avait enduré.

Enfin, ce qui était vraiment bien, c'était de sentir, une fois encore, toute proche, cette odeur singulière et délicieuse qu'il avait sentie alors qu'il était entré quelques heures plus tôt dans l'appartement. L'odeur qui, pour une raison qu'il n'aurait pas pu expliquer, l'avait sauvé de la mort lorsqu'il sombrait sur le siège arrière de la Peugeot 505.

Finalement, Blanc avait ouvert les yeux.

Et il avait vu la femme assise à califourchon sur lui.

Avec étonnement, Blanc s'aperçut qu'il avait les bras tendus vers l'avant : l'un tenant la femme au cou, l'autre au poignet.

Dans sa main prisonnière la femme tenait un couteau dont la pointe effleurait le torse de Blanc.

Il était moins une.

Blanc se demanda un instant comment il avait réussi ça. Le temps d'un flash, dans son esprit apparut l'idée que l'étude des réflexes animaux était un champ de recherche certainement intéressant, puis il se concentra sur la femme.

Il s'agissait de la femme qui leur avait si bien résisté lors de l'attaque de l'appartement. Il ne l'avait vue qu'un bref instant, mais il était certain que c'était elle. Il se demanda ce qu'elle faisait là, puis il comprit que ses trois frères avaient dû la ramener et l'attacher quelque part avant de ressortir.

Et la bonne odeur venait d'elle.

Elle sentait vraiment bon.

Une odeur où se mêlaient une exotique acidité vénéneuse et la douceur de blanc d'œuf.

Une odeur qui semblait s'adresser personnellement aux quelques gènes de loup qui traînaient dans ses chromosomes et qui se souvenaient des forêts, de la nuit et des festins de viande crue.

Il se rendit également compte qu'il bandait, ce qui était étrange vu son état de faiblesse et la configuration de la situation.

Lui dessous, elle dessus avec sur son visage une expression où se mêlaient peur et colère : Blanc se dit qu'il devait faire quelque chose. Il se demanda quoi.

Toutes sortes d'options assez brutales défilèrent dans son esprit. Il les élimina une à une et parla :

— Écoute, dit-il en lui tenant toujours le cou et le bras, on peut rester comme ça un certain temps. Mes frères vont finir par arriver, honnêtement je ne sais pas quand, mais en tout cas dans pas très longtemps, et là ce sera compliqué pour toi.

La femme parut réfléchir mais ne dit rien. Blanc continua.

— Ce que je te propose, c'est de lâcher ce couteau et qu'on parle un peu. Chacun explique son problème et expose son point de vue.

Un moment passa où il sembla à Blanc que le regard de la femme se perdait dans la contemplation du mur, puis il la sentit se relâcher.

— Oκ, dit-elle.

Prudemment, tout en tenant à l'œil la main qui tenait le petit couteau, Blanc la lâcha. La femme prit une série de couteaux qu'elle tenait dans sa poche arrière et les déposa sur la table.

— Tu comptais nous tuer avec ça ?

— Ils sont empoisonnés ! répondit la femme, qui lui sembla vexée par sa question. Blanc hocha la tête d'un air qu'il voulut admiratif. Il ne voulait pas que la situation dégénère encore une fois.

— Bon, écoute… C'est long et compliqué d'expliquer toute cette histoire… commença Blanc.

— Est-ce que vous m'avez violée ? Est-ce que vos frères m'ont violée ?

— Franchement… Euuuh… Je n'en sais rien… Je ne crois pas… Brun est blessé… Ils l'ont sans doute accompagné à l'hôpital pour qu'on lui fasse des points de suture. Quelque chose comme ça…

La femme hocha la tête.

— Je ne crois pas qu'ils m'aient violée… Je le sentirais, je crois… De toute façon je m'en fous… Ce que je ne comprends pas, c'est pourquoi ils m'ont ramenée ici… Ils auraient aussi bien pu en finir chez moi… Ou bien ici…

— Je n'en sais rien, dit Blanc, j'étais un peu dans les vapes quand tout ça s'est passé. J'imagine qu'il doit y avoir une bonne raison.

— Peut-être qu'ils voulaient me violer pendant plusieurs jours et me tuer après.

— Je ne crois pas. C'est pas leur genre.

— Le viol ?

— Non, la séquestration… C'est tout de suite compliqué, ça attire des ennuis. De toute façon… Ce que je disais, c'est que c'était compliqué, toute cette histoire… Ce que je veux dire, c'est que ce n'est pas après toi qu'on en a…

— Je sais bien tout ça. C'est pour votre mère. Elle est morte à cause de mon mari et vous voulez la venger… Un truc débile comme ça… Alors vous êtes venus chez moi et vous l'avez tué. Vous êtes des brutes dégénérées.

Blanc fronça ses gros sourcils aux poils aussi épais qu'une brosse à vaisselle.

— Comment tu sais ça ? Pas que nous sommes des brutes dégénérées, mais pour la mort de ma mère ?

— Une espèce de conne du service Synergie et Proaction est venue nous trouver il y a deux jours. Elle nous a expliqué que la femme qui était morte avait quatre enfants complètement cinglés qui braquaient des fourgons blindés et qui allaient sans doute vouloir tuer celui qui était responsable de la mort de leur mère.

Blanc eut l'impression que le sol se liquéfiait sous ses pattes.

— Elle était au courant pour le fourgon… Elle savait que c'était nous ?

— Oui… Elle a des photos et tout… Mais elle a dit qu'elle n'en avait rien à foutre… Que les assurances allaient payer et que les flics n'avaient pas vraiment envie de s'en occuper dans la mesure où personne ne leur mettait la pression…

— Est-ce que tu… Est-ce que tu te souviens du nom de cette personne du service Synergie et Proaction ?

Marianne sembla réfléchir un moment.

— Non.

— Écoute… Ce que je veux te dire c'est que moi, je m'en fous de cette histoire… Mais ce sont mes frères… Surtout Noir… c'est Noir qui avait besoin qu'on le tue, ton mari. C'était pour le groupe qu'on a dû faire ça… Je suis désolé, tu comprends ?

— Non. Ça a l'air très con votre truc.

— Ce n'est pas con… Il faut voir ça globalement…
Disons comme un système chimique à l'équilibre…
Un système où toutes les variables de température, de
pression ou d'activité chimique ne changent jamais…
Il ne faut pas toucher à ces variables… Il ne faut pas
les exciter… Sinon, on va… On pourrait aller vers
une catastrophe… Et cette histoire avec notre mère…
Noir ça l'a fait un peu chauffer… Tu comprends ?

— Oui. Mais c'est con quand même. Et sinon, on
fait quoi maintenant ?

Blanc se posait la même question depuis un moment.

— Je ne sais pas… Peut-être que le mieux, c'est
que tu t'en ailles. Peut-être que maintenant que ton
mari est mort, Noir sera un peu calmé.

— Super.

— Je suis vraiment désolé… Il faut que tu essayes
de voir ça comme un accident de la vie.

— Un accident de la vie ?

— Oui.

— Que mon mari ait été massacré par tes frères,
qu'ils m'aient ramenée ici pour me violer pendant
des semaines…

— Non… Pas pour…

— Tu appelles ça un accident de la vie. Putain
de bordel mais t'es complètement con ou quoi !
Marianne avait hurlé sur la fin. Son odeur était
devenue plus forte. Tellement délicieuse que Blanc
eut un léger vertige.

— Oui. Je suis sans doute complètement con.
Mais je ne sais pas quoi te dire d'autre. Je te propose
de rentrer chez toi.

Un long moment passa.

— C'est tout ?

— Oui.

— Fin de l'histoire ?

— Ben oui.

— Vous n'avez pas peur que je rentre chez moi et que je prévienne les flics ? Je connais votre adresse.

— Je vais devoir courir ce risque parce que je suis incapable de te tuer.

— Ah bon… vous avez plutôt l'air de quelqu'un à qui ça ne pose pas de problème.

— En effet… Mais tu sens… Tu sens bon… Te tuer ce serait comme me couper un bras… Encore que me couper un bras, je pourrais le faire s'il le fallait vraiment. Te tuer, ce serait pire. Ce serait comme si je mourais.

Marianne sembla troublée. Blanc remarqua une légère coloration verte au niveau du cou et des joues.

— Donnez-moi une raison pour ne pas vous balancer aux flics quand je serai rentrée chez moi ? demanda Marianne.

— Je ne sais pas. Sans doute qu'à ta place je dirais tout. Je ne sais pas. Je n'ai pas de bonne raison… Il n'y en a sans doute aucune. Tout ce que je sais, c'est que je ne peux pas te tuer.

— Vous pourriez me retenir ici de force.

Blanc trouva étrange la façon dont cette femme plaidait contre elle, puis il se dit qu'elle était sans doute simplement méfiante.

— C'est vrai que ce serait une bonne solution. Mais ce serait exercer une forme de violence sur toi…

Rien que cette idée me donne envie de vomir... C'est vraiment bizarre...

— Bon. À mon avis vous avez un gros problème... Je ne sais pas lequel, mais je m'en fous, finit par dire Marianne en se levant. Le cœur de Blanc se serra, c'était exactement ce que lui avait dit la petite boulangère.

— Je sais... On me l'a déjà dit.

Cette fois Marianne ne répondit pas. Elle se contenta de hocher la tête en se dirigeant vers la porte.

Avant qu'elle ne l'eût atteinte, celle-ci s'ouvrit en grand.

Gris, Brun et Noir venaient d'arriver.

32

L'appartement de Blanche de Castille était sombre, en désordre et minuscule.

Quand elle avait proposé à Jean-Jean et son père de s'asseoir pendant qu'elle leur faisait un café, ils avaient dû, un peu embarrassés, déplacer les tonnes d'objets qui traînaient sur le canapé : des assiettes, des tasses, des vêtements fripés, des dossiers ou encore des factures qui semblaient avoir échoué là après une longue et violente tempête.

Pendant qu'elle fouillait un placard à la recherche de café instantané (« Je n'en fais jamais, mais je suis certaine d'en avoir », avait-elle dit) Jean-Jean s'était demandé s'il ne devrait pas être un peu plus « proactif », s'il n'aurait pas dû *faire* quelque chose, prendre une initiative, mais cette situation, qui le dépassait déjà la veille, le dépassait toujours aujourd'hui.

Après la visite à son appartement, Tich, ce policier qui avait l'air aussi motivé par son travail qu'une caissière de fast-food à l'heure de la fermeture, avait déclaré que « comme il n'y avait ni corps ni preuve d'agression, il ne pouvait rien faire pour l'instant mais qu'on pouvait l'appeler s'il y avait du neuf. » Blanche de Castille avait vainement essayé de lui expliquer l'histoire des quatre jeunes loups, de leur mère, de sa mort, de la vengeance probable... Tich avait haussé les épaules en disant qu'il comprenait tout ça, mais que dans la police, si on commençait à écouter tout ce que les gens « supposaient » on n'en finirait plus.

Blanche de Castille avait réfléchi un moment et puis elle avait fini par dire :

— Je crois que ce serait plus prudent si vous veniez chez moi. J'espère que ça ne vous ennuie pas. Je vais essayer de rapidement trouver une solution.

— Et pour Marianne ?

Blanche avait pincé ses jolies lèvres.

— Je ne sais pas... Il va falloir que je trouve quelque chose...

Ils avaient été récupérer la voiture du père de Jean-Jean devant le commissariat et puis ils avaient suivi Blanche jusqu'à son appartement.

Elle revenait à présent avec un café servi dans des tasses dépareillées dont l'une s'ornait du texte : « Souvenir de Prague » et d'une illustration figurant un pont Charles stylisé.

— Je dois passer un coup de fil, avait-elle dit avant de s'éloigner, portable à la main, dans un coin encore plus sombre de son appartement.

Jean-Jean l'avait entendue parler une langue étrangère. Il avait cru reconnaître de l'allemand, mais il n'était pas certain. À côté de lui, son père buvait son café les yeux mi-clos. Jean-Jean s'était senti un peu coupable : son père était vieux, sa vie tout entière n'était qu'une simulation et cette plongée brutale dans la réalité devait l'avoir épuisé.

— Tu sais, je n'ai jamais compris ce que tu faisais avec cette fille, avait fini par lui dire son père sans lâcher sa tasse de café.

Jean-Jean avait haussé les épaules.

— Je crois que la plupart des gens se mettent ensemble par accident. Sur des malentendus. Et puis, on reste ensemble parce que c'est moins compliqué que de ne pas rester ensemble.

Son père hocha la tête.

— Tu as raison. Le pire, c'est tous ces films qu'on nous montre. On finit par croire qu'il faut absolument être amoureux et tout et tout... En fait, il n'y a pas grand monde qui soit vraiment amoureux. Excuse-moi de t'avoir posé cette question... Je suis fatigué... Je pense tout haut, dit-il.

— Mais c'est vrai que Marianne... Souvent... Parfois... Parfois, c'est vraiment difficile...

Il n'alla pas au bout de cette phrase qu'il ne savait de toute façon pas comment terminer. Blanche était revenue :

— J'ai appelé le siège... En Allemagne... Vous n'irez plus travailler tant que toute cette histoire ne sera pas terminée... C'est trop dangereux.

— Heuuu... Merci... Mais on fait quoi, maintenant ?

Blanche s'assit par terre, devant eux. Sous un rayon de lumière égaré qui éclairait sa joue selon un angle improbable, sa peau prenait une teinte dorée. Elle répondit.

— Pendant ma formation, on m'a fait suivre quelques séminaires de coaching. Des trucs de base, évidemment, l'essentiel de ce qu'on faisait était plutôt orienté « sécurité » et ce genre de choses... Mais bon, malgré tout, il y avait quand même des choses intéressantes. Par exemple, l'approche systémique... Je sais bien que ce n'est pas nouveau, mais c'est une approche utile dans les situations de crise... L'approche classique est constructiviste, elle distingue clairement les deux niveaux de la réalité d'une situation : d'un côté, le niveau des faits « objectifs » et puis, d'un autre côté, le niveau des valeurs, le niveau du sens, de l'interprétation... Vous voyez.

Jean-Jean et son père hochèrent la tête. Elle continua.

— Et puis il y a la systémique qui cesse d'envisager la réalité des relations humaines comme quelque chose de linéaire où un élément a induit un élément b, mais plutôt comme quelque chose de circulaire : a a une action sur b qui va rétroagir sur a, etc. Les scientifiques appellent ça le *feedback*. Du coup, les situations ne sont plus perçues comme résultant de l'addition d'une série d'éléments mais comme un écosystème.

Elle marqua un temps, comme si elle s'était attendue à ce qu'on lui pose une question. Comme aucune question ne venait, elle reprit.

— Ce que je veux dire, c'est qu'à un moment, si on veut parvenir à « piloter la crise » plutôt qu'à la subir, il faut peut-être parvenir à réfléchir à qui nous sommes, à qui était Martine Laverdure, à qui sont les jeunes loups, réfléchir à ce qui les anime, réfléchir à leurs désirs et à leurs peurs. Il faut qu'on ait une vision systémique de notre situation, vous comprenez ?

Jean-Jean posa sa tasse de café vide sur une pile de vieux journaux.

— Je crois… Mais concrètement, je ne vois pas très bien où on va…

Blanche de Castille sourit, sans doute était-ce la bonne question à poser. Elle se leva, fouilla quelques instants dans le tiroir d'une armoire de bureau Ikea qui avait dû être démontée et remontée un trop grand nombre de fois. Elle finit par en extraire une farde en plastique.

— Regardez, dit-elle avec une pointe de fierté dans la voix.

Jean-Jean ouvrit la farde. Il s'agissait d'une photo d'identité agrandie au format A4. C'était une vieille femme à l'air vaguement dur, les cheveux gris ramenés derrière la tête en une boule qui aurait voulu être un chignon, des lunettes bon marché et le début du col d'un tablier.

— C'est la voisine de Martine Laverdure ! fit Blanche.

— Ok, dit Jean-Jean sans comprendre.

— C'est elle qui a élevé les quatre frères, c'est elle qui les connaît le mieux.

— Essayer de connaître leur interprétation, leur niveau de sens… dit le père de Jean-Jean.

— Exactement. Une fois qu'on aura ça, on pourra, peut-être, avoir une idée claire du scénario à écrire.

— Vous ne croyez pas qu'on se complique la vie ? Est-ce qu'il ne vaudrait pas mieux, je ne sais pas… Rester ici un moment… En attendant que ça se tasse ? demanda Jean-Jean.

À l'expression de Blanche, il regretta immédiatement sa question. Elle répondit avec dans la voix les accents de quelqu'un qui prend le temps de faire de la pédagogie.

— J'ai un exemple si vous voulez : au milieu des années deux mille, un président américain s'est lancé dans une guerre dans un pays du Moyen-Orient. Il avait les meilleures armes, il avait plus d'argent, il avait la puissance des médias avec lui et pourtant, il l'a perdue. Est-ce que vous savez pourquoi ?

— Non, reconnut Jean-Jean.

— Il l'a perdue parce que même si ses services de renseignements l'avaient parfaitement informé de la puissance réelle de ce pays, ils n'avaient pas envisagé une seule minute le niveau symbolique, le niveau du sens. Du coup, ce président fut incapable d'imaginer ce qui se passerait une fois qu'il aurait commencé à bombarder ce pays, il ne comprenait pas qu'attaquer ce pays allait en modifier la nature profonde et que cette modification allait, par feed back changer sa nature à lui, sa nature de président... Cette guerre qui aurait dû être une balade de santé est devenue un cauchemar. Rien ne s'est passé comme prévu. Tout est allé de travers. Ce président a tout perdu dans cette histoire, jusqu'au soutien de son propre parti qui a perdu les élections quelques années plus tard.

— Je comprends, dit Jean-Jean en essayant de paraître convaincu. Blanche sourit.

— Alors, dans la mesure où vous avez envie de survivre, dans la mesure où vous avez envie que votre épouse survive et que toute cette histoire ait une fin heureuse, nous sommes obligés maintenant de nous compliquer un peu la vie. Est-ce que vous êtes d'accord ?

— Oui... On va faire comme vous dites, dit Jean-Jean.

Quand il avait dit ça, il avait très nettement ressenti cette émotion qu'il redoutait.

Cette émotion qu'il avait déjà sentie au moment où Blanche de Castille était rentrée dans son appartement, moins de quarante-huit heures plus tôt : une sensation de léger vertige se mêlant à celle d'une aiguille de tristesse piquant un point du cœur.

La sensation mixée d'une exaltation fonctionnant à vide et de la proximité immédiate de la mort.

Il était amoureux.

Vraiment amoureux.

Désespérément amoureux.

Il se demanda si ça changeait quelque chose à l'histoire dans laquelle il était embarqué.

Il se dit que oui.

Mais il ne savait pas quoi.

33

Pendant le court instant qui suivit l'apparition de Gris, Noir et Brun, Marianne crut que quelque chose de violent allait se produire. Elle crut qu'un de ces loups dégénérés allait lui sauter dessus ou bien que Blanc, qui avait l'air encore plus perturbé que les autres après la tirade impossible qu'il lui avait sortie sur sa « bonne odeur », allait se battre avec ses frères. Elle ne savait pas exactement ce qui allait se passer, mais en prévision, tout son corps se tendit aussi durement qu'un câble d'ascenseur.

Mais il ne s'était rien passé. Les trois loups qui venaient d'arriver eurent bien l'air surpris mais Blanc, qui s'était levé, avait simplement dit :

— Ça va, c'est rien. Laissez-la.

Les loups se détendirent. Le gris alla dans la cuisine et revint avec une bière. Le brun s'affala dans le canapé et termina le reste de lasagnes. Le noir semblait bien un peu plus tendu, mais sans véritable hostilité à son égard. Marianne supposa qu'il devait y avoir de la communication non verbale entre eux. Elle se dit qu'un truc pareil dans la gestion des ressources humaines d'une grosse boîte, ce serait autrement plus efficace que les week-ends de motivation du personnel et les autres gadgets que les psychologues d'entreprise inventaient pour justifier leur salaire.

— On est retournés sur place, dit Gris. On voulait voir s'il était revenu.

Marianne, qui avait la main sur la porte, se retint.

— Vous parlez de… de mon mari ?

Gris se tourna vers elle.

— Oui. Une vraie couille molle celui-là. Hier soir, quand on vous a rendu visite, il a profité de tout le bordel que vous faisiez…

Il s'interrompit pour sourire et indiquer du menton le gros pansement sur le flanc de Brun qui haussa les épaules.

— Bref, il en a profité pour foutre le camp et vous laisser tomber comme une merde.

217

— Moi, je serais marié, personne pourrait faire chier ma femme, dit Brun depuis le canapé.

— Il est vivant ? Vous ne l'avez pas tué ? fit Marianne.

— Non. On n'a tué personne. C'est pour ça qu'on vous a prise avec nous hier soir, parce qu'il avait filé. On s'était dit que vous alliez nous aider…

Nous donner des informations sur les endroits où il pouvait être.

— Je ne vous aurais rien donné du tout ! dit Marianne.

— Mon frère vous aurait cassé les bras et les jambes. Il vous aurait arraché les yeux avec une petite cuillère. Vous auriez tout dit. Soyez pas vexée, personne n'aime avoir mal… dit Brun.

— Surtout pour protéger une couille molle ! fit Gris. De toute façon, on y est retournés ce matin. Discrètement je veux dire. Et il est revenu avec un vieux type, les flics et une fille… Une blonde, jolie. Et puis les flics l'ont planté là et il est reparti avec la fille et le vieux type.

— La fille, elle était le genre un peu slave ? Pâle, les yeux clairs ? demanda Marianne avec un goût d'inox froid dans la bouche.

— Le genre pute polonaise, répondit Brun.

— Et qu'est-ce qui s'est passé après ? fit-elle encore.

— Eh bien pas grand-chose. Votre mari, il est parti avec cette pute et le vieux type.

Marianne eut un léger vertige. Cette connasse du service Synergie et Proaction, elle l'avait détestée à la seconde où elle avait passé la porte de son appartement. Elle avait détesté son allure, son odeur et plus généralement son « genre ». Mais, plus que tout, elle avait détesté ce qu'elle avait vu dans les yeux de Jean-Jean : Jean-Jean bandait pour cette fille, il avait bandé dès qu'il l'avait vue. Merde ! C'était son mari et son mari n'avait à bander pour personne excepté elle ! Et maintenant qu'il était parti avec elle, ils allaient passer du temps ensemble, il allait certainement faire « son gentil », faire « son charmant ». Il allait certainement bander de plus en plus pour cette fille qui, si ça se trouve, se laisserait tenter. Nom d'un chien ! Quel crétin. Il l'avait laissée tomber quand elle avait eu besoin de lui, il avait foutu le camp comme une « couille molle » !

La colère gagnait Marianne à la manière d'un grand feu de joie allumé par des scouts se préparant à un sacrifice rituel. Elle ne fit rien pour essayer de limiter sa propagation, au contraire, elle l'encouragea en versant sur les flammes quelques réflexions hautement inflammables : Jean-Jean était un lâche, Jean-Jean ne l'avait jamais aimée, Jean-Jean n'avait aucune ambition personnelle, Jean-Jean avait un travail minable et sans avenir alors qu'elle, Marianne, alignait les promotions et serait manager régional dans moins de deux ans. Et maintenant Jean-Jean la trompait, non elle n'était pas folle, elle connaissait la vie, elle savait comment ça allait, et maintenant Jean-Jean la trompait avec une pute polonaise. Il ne fallait pas que cette situation dure trop longtemps. Jean-Jean était *son* mari, c'était *elle* qui décidait de ce qu'il fallait qu'il fasse ou qu'il ne fasse pas. C'était à *elle* de décider s'il devait être heureux ou malheureux, présent ou absent, mort ou vif. Jean-Jean lui *appartenait*. Nom d'un chien. Il fallait faire quelque chose. C'était à elle de mener le jeu. Arnold Schwarzenegger dans *Pumping Iron* avait dit que « la seule chose importante dans la vie, c'était de rester aux commandes. Et si c'était pour crasher l'avion, c'était bon aussi, du moment que c'est ce qu'on avait décidé. »

Marianne eut la très nette et très agréable sensation d'être à l'un de ces moments de la vie où l'on tient les commandes à deux mains et que l'on décide de brutalement changer de cap. De la « prise de risque » identique à celle de Frederick W. Smith de Federal Express s'asseyant à la table d'un casino.

— Cette fille, c'est la fille du service Synergie et Proaction, dit-elle à Blanc.

— Oui, sans doute, répondit-il.

— Je vous ai menti tout à l'heure. Je sais comment elle s'appelle.

Blanc posa sur elle un regard étrange. Un regard d'une incroyable douceur fauve. Elle eut un frisson. Elle sentit qu'elle avait pris la bonne décision :

— Elle s'appelle Blanche de Castille Dubois.

Noir se tourna vers elle, il avait le regard vide et effrayant d'un cauchemar nocturne.

— Nous irons chez elle. Nous la tuerons, nous tuerons ton mari. Mais toi, on ne te tuera pas. Tu es une fille comme il faut.

— Prends ça comme un compliment, dit Blanc.

Marianne s'assit sur le canapé à côté de Brun.

— Je prendrais bien un café, dit-elle.

34

Le père de Jean-Jean s'était endormi assis, le menton posé sur la poitrine, la bouche un peu molle, avec dans sa respiration un léger ronflement pareil au murmure de travaux de rénovation dans un appartement voisin.

C'était la fin de l'après-midi et le ciel gris semblait se préparer à lâcher quelque chose de mouillé.

Ils avaient laissé dormir le père de Jean-Jean et ils étaient partis à la rencontre de Bérangère Moulard, l'ancienne voisine de Martine Laverdure, la femme qui avait élevé les quatre jeunes loups.

Blanche n'avait pas dû chercher beaucoup pour obtenir cette information, il lui avait suffi de poser quelques questions aux anciens collègues de la caissière cap-verdienne. Elle n'avait pas de secrets, elle aimait parler et Blanche trouva rapidement quelqu'un à qui elle avait confié qu'elle éprouvait du regret à n'avoir pu s'occuper de ses enfants comme elle l'aurait voulu et d'avoir dû compter sur une voisine.

Trouver le nom et l'adresse avait été une formalité.

Blanche avait conduit en silence jusqu'au pied de l'immeuble où avait habité Martine Laverdure, un bloc de béton sans âme sur lequel un architecte anonyme avait cru bon de tracer des formes géométriques à la brique orange.

Durant le trajet, Jean-Jean n'avait pas trop su quoi dire. Il aurait voulu poser des questions sur Blanche : d'où elle venait, comment elle en était venue à faire ce travail, si elle avait quelqu'un dans sa vie, des choses comme ça, mais il n'osa pas et il fut presque soulagé quand elle finit par garer sa voiture.

Bérangère Moulard n'était pas chez elle. Un petit garçon, dont le training crasseux s'ornait du logo du jeu Call of Duty, leur dit qu'elle était sans doute au « parc » avec les « petits ».

Le parc en question était une plaine de jeux plantée au milieu d'un bac à sable dont le dernier entretien devait remonter à une époque reculée. Quelques balançoires grinçantes, un tourniquet avec une tête de chien de dessin animé à qui il manquait les oreilles et un toboggan en plastique vert dont l'extrémité cassée avait l'air aussi coupante qu'une lame d'Opinel. Une poignée d'enfants hagards circulaient là-dedans, paraissant s'amuser autant que s'ils étaient perdus dans le hall d'un hôpital.

Assise sur un banc tagué d'une appréciable quantité d'insultes, Bérangère Moulard regardait fixement l'écran minuscule d'un iPod d'un modèle ancien.

Blanche et Jean-Jean s'approchèrent, elle leva vers eux des yeux de carpe.

— Bonjour, dit Blanche en sortant un billet de 20 euros, on voudrait vous parler quelques minutes.

Les yeux de carpe devinrent brièvement méfiants mais elle rangea l'iPod dans un sac en plastique du centre commercial, tendit une main aux doigts blanchâtres et se saisit du billet.

— Pas longtemps, hein, j'aimerais terminer mon épisode avant de ramener tous ceux-là chez eux, dit-elle en indiquant les enfants d'un mouvement de tête. La dernière saison des *Experts*. J'aime bien cette série. Au moins il y a des flics.

— On ne va pas vous déranger longtemps, fit Blanche avec un sourire doux et gentil. Nous aurions voulu savoir si vous vous souveniez des enfants de Martine Laverdure.

Une expression de dégoût profond passa sur le visage de Bérangère Moulard.

— Évidemment que je m'en souviens. Quatre petits loups dégénérés et méchants. J'ai rien pu en faire. Des crétins. Je les ai gardés pendant deux ans parce que leur mère travaillait à la grande surface.

Blanche hocha la tête.

— Ce que je voudrais savoir, c'est comment ils étaient… Au quotidien… Entre eux… Avec les autres…

— Avec les autres… J'en sais rien… Quand ils étaient avec moi, ils ne sortaient pas… Avec leur sale tête, tout le monde se moquait d'eux… Alors je les gardais à la maison et j'essayais de les tenir. Entre eux… Ben, c'est le blanc qui commande… Ça a toujours été comme ça.

— Et les autres ?

— Le gris, c'est le plus vicieux. Déjà que je ne les aimais pas, mais lui, c'est celui que j'aimais le moins. Un frustré, un jaloux, un envieux… Je suis certaine qu'il a toujours détesté le blanc. Et puis, il y avait le petit brun, un suiveur pas très malin. Et puis le noir. Je crois que le noir n'était pas normal, termina-t-elle en montrant son crâne.

Blanche l'avait remerciée et ils quittèrent la plaine de jeux et ses enfants poussiéreux.

— Ça vous a donné une idée, demanda Jean-Jean, je veux dire d'un point de vue systémique ?

— Et si on allait manger quelque chose ? Je meurs de faim, fit Blanche en guise de réponse. On parlera en route.

Dans la voiture, Jean-Jean resta longuement silencieux, mettant toute son énergie à essayer de trouver un sujet de conversation. Il voulait essayer de trouver quelque chose d'autre que toute cette histoire, il voulait trouver quelque chose qui le rapprocherait un peu de Blanche, quelque chose qui pourrait initier une dynamique de confidences par laquelle, peut-être, il parviendrait à être aux yeux de la jeune femme autre chose qu'un « travail ».

— Et, au fond, comment vous en êtes venue à travailler pour le service Synergie et Proaction ?

— J'ai envoyé mon cv, j'ai passé une interview.

— Ah... fit Jean-Jean, qui se sentit un peu idiot.

— Excusez-moi... C'est vrai que c'est assez particulier comme travail. Disons que j'ai une sorte de vocation.

— Une vocation pour la sécurité ?

— En quelque sorte. Mais je ne crois pas que l'histoire soit vraiment intéressante.

— Mais moi elle m'intéresse !

— Bon... Si vous voulez... Disons que ça commence avec ma grand-mère... Ma grand-mère était russe, toute ma famille vient de Russie...

— Ah, c'est ça votre genre slave ?

Blanche sourit.

— Sans doute. Bon. À l'époque, l'Union soviétique attachait beaucoup d'importance à l'image qu'elle pouvait donner à l'étranger et une des meilleures façons d'avoir une bonne image était de briller au niveau du sport international. Les Jeux olympiques, par exemple, étaient une vitrine parfaite du « miracle socialiste ».

— Ahhh... Les fameuses nageuses russes ! dit Jean-Jean.

— Non, les nageuses étaient bulgares. Les Russes c'était la gymnastique... Comme les Roumaines aussi, d'ailleurs.

— Ah.

— Enfin bref, pour les Russes le truc consistait à donner à de très jeunes filles la chance de devenir championnes. En clair, ça voulait dire que des recruteurs sillonnaient le pays à la recherche de gamines de cinq ou six ans, issues de familles pauvres pour lesquelles elles représentaient un fardeau, et de proposer à ces familles de prendre en charge l'éducation de leurs filles. Ma grand-mère était l'une d'elles.

L'image d'une toute petite Russe de six ans montant dans une grande voiture noire et quittant ses parents pour toujours traversa l'esprit de Jean-Jean. Blanche continua.

— Ce qui attendait ces gamines n'avait rien de très drôle. Des heures d'entraînement et de souffrance quotidienne dans l'espoir d'en faire des machines à rapporter des médailles. Comme ma grand-mère était bonne et solide, elle finit par être sélectionnée pour les championnats du monde. Elle avait quatorze ans.

— Votre grand-mère a fait les championnats du monde de gymnastique ? fit Jean-Jean impressionné.

— Oui. Ce qu'elle ne savait pas, c'est ce qu'on faisait aux gamines pour qu'elles soient au top de leur forme.

— On les dopait ?

— En quelque sorte… Disons que la science du dopage n'était pas encore très au point, du coup, la technique des médecins du sport était de mettre les gamines enceintes.

— Enceintes ?

— Oui, juste avant la compétition. La grossesse provoque un choc hormonal qui rend la femme plus « performante ». Après la compétition, il suffisait de les faire avorter et le tour était joué.

— Mais elles étaient enceintes de qui ?

— De n'importe qui… Les garçons de l'équipe, un soigneur, le médecin lui-même… On leur expliquait bien qu'il ne s'agissait ni de plaisir ni d'amour, c'était dans la logique de leur entraînement… On leur bourrait le crâne avec tout un baratin idéologique et dans la plupart des cas, les filles se laissaient faire.

— Dans la plupart des cas ?

— Ma grand-mère s'est laissé faire la première fois. La seconde fois, elle est tombée enceinte du préparateur physique, un type de cinquante ans qui massait les filles après les entraînements, et elle a décidé de foutre le camp et de garder le bébé. Et ce bébé, c'était ma mère.

— Incroyable !

— J'ai dû vous raconter ça pour que vous puissiez bien comprendre la suite. Il faut comprendre comment ma mère a été élevée : comme une survivante, cachée et assez misérable. Ma grand-mère était très jeune, elle ne savait pas vraiment comment s'en occuper, elle a manqué de pas mal de choses. Ma mère a grandi en ayant l'impression que sa vie ne tenait qu'à un fil. Du coup, quand à son tour elle est tombée enceinte, elle a eu envie que son enfant soit… Le plus solide possible…

— Elle a fait un upgrade ?

— Oui… Enfin, elle a pris ce qui était disponible… En Russie, le premier à avoir été sur le marché, ça a été le conglomérat industriel de Gazprom. Il avait racheté le copyright de pas mal de rongeurs et de petits mammifères qu'on trouvait à l'Est : des rats, des souris, des blaireaux, etc.

— Et votre mère, elle a pris quoi ?

— La loutre.

— La loutre ? Vous avez des gènes de loutre ?

— En effet…

— Mais pourquoi la loutre ? Ma femme, elle était… Enfin, elle, c'est avec du serpent… mamba vert… Ses parents avaient peur des maladies dégénératives. Mais une loutre ?

— Une loutre, c'est increvable, dit Blanche en se garant devant un Pizza Hut. Je rêve d'une pizza, dit-elle en coupant le contact. Maintenant, il faut que je vous explique ce que je compte faire avec les quatre loups.

35

Il était passé toute une journée et puis toute une nuit.

Une journée étrange, une journée, Marianne devait le reconnaître, un peu effrayante mais une journée dont la multitude de perspectives nouvelles qui s'offraient à elle lui donnait l'impression d'être un conquistador de légende s'apprêtant à prendre possession d'un continent nouveau. Une journée aux contrastes violents : la sensation de chute libre qui avait suivi sa décision définitive de rester avec les quatre jeunes loups qui la dégoûtaient autant qu'ils la fascinaient. La sensation de colère brûlante à l'égard de Jean-Jean qui lui apparaissait comme une ancre pesante et profondément enfouie dans une vase nauséabonde qui l'avait maintenue figée durant tant d'années. Jean-Jean qui lui avait, par son inertie, sa mollesse, son manque d'ambition, gâché ce qu'elle supposait être « ses plus belles années ». Et puis cette sensation qu'elle ne se résignait pas à définir comme de la jalousie, c'était bien plus que ça, c'était bien plus profond, c'était un dégoût qui s'inscrivait en elle au niveau cellulaire, une aversion épidermique pour cette Blanche de Castille Dubois avec laquelle Jean-Jean passait son temps depuis vingt-quatre heures.

Il y avait bien entendu eu la nouvelle de la mort de ses parents. C'était Blanc qui lui avait dit. « Je préfère être honnête, je veux que tu saches que tu peux me faire confiance, alors je te montre que je suis honnête, je vais te dire quelque chose, c'est quelque chose qui s'est produit et sur quoi on ne peut pas revenir. Quelque chose qu'on a fait, avec mes frères, à un moment où les choses étaient différentes. » Et puis, il lui avait raconté leur expédition nocturne, comment ils étaient rentrés par le jardin, comment ils les avaient trouvés endormis et comment ils n'avaient pas souffert. Marianne avait fermé les yeux. Elle avait senti qu'elle était un peu triste, pas beaucoup, pas comme on s'imagine qu'on l'est quand des parents meurent, plutôt triste comme lorsqu'on a perdu une paire de boucles d'oreilles qu'on n'a plus portées depuis longtemps et qu'on sait qu'on ne retrouvera plus. Et puis, avant même qu'elle ait rouvert les yeux, cette petite pointe de tristesse était descendue vers son estomac qui s'était chargé de la digérer.

Elle avait dit que « c'était peut-être le mieux qui puisse leur arriver », qu'ils « étaient malades depuis longtemps », que « pour eux, ce n'était pas une vie » et que « pour elle, ça coûtait les yeux de la tête ».

Noir avait été, il lui semblait, réellement touché par la sobriété de sa réaction. Il lui avait parlé de son enfance douloureuse, de son père inconnu, de la cruauté de la voisine à qui sa mère les confiait quand elle partait travailler, jour après jour, dans le matin cafardeux, pour gagner en neuf heures de caisse dans le centre commercial à peine de quoi mal les nourrir et mal les vêtir, de cette mère qu'il adorait simplement parce qu'elle était sa mère et qu'elle n'avait pas mérité de mourir comme ça, comme une vache que l'on abat, dans l'indifférence générale d'une arrière-cour.

En ce qui concernait les lamentations, les excuses et les confidences, Marianne et les quatre jeunes loups en étaient restés là. Tout le monde était conscient que tout avait été dit, il était inutile d'en dire davantage, qu'on n'irait pas plus loin et que ce qui comptait à présent était de regarder devant soi et non derrière, d'essayer de faire en sorte que, pour les uns comme pour les autres, l'avenir soit plus heureux que le passé.

Marianne avait passé la fin de la journée à regarder la vie minable de la cité suivre son cours minable à travers la fenêtre de l'appartement minable des jeunes loups. Mais que tout cela soit si minable, ça ne lui pesait pas trop, elle sentait au fond d'elle que ce moment flou de sa vie, et tout ce qu'il comprenait d'effets secondaires, était propre aux « moments d'articulation » d'une vie, qu'il fallait sans doute toucher le fond pour pouvoir prendre un nouveau départ, que ce qui comptait vraiment, ce n'était pas ce décor de désolation sociale que lui offrait la vue sur l'extérieur mais plutôt la chaleur de ce feu qui s'était allumé au-dedans d'elle et qui la réchauffait si bien depuis quelques heures.

Cette chaleur, cette lumière, ce feu, ça allait être ce qui la guiderait. C'était sa décision, elle avait trop perdu de temps et elle ne changerait pas.

En regardant par la fenêtre le temps couler lentement sur la cité, pareil à un pus blême à la surface d'une blessure, elle réfléchit aux aspects pratiques de sa décision. En réalité, elle ne risquait pas grand-chose. Pour le moment, Jean-Jean devait la croire enlevée, captive, peut-être morte. D'après Blanc, les flics n'allaient sans doute pas remuer ciel et terre pour la retrouver. Ils n'allaient même, sans doute, ne rien remuer du tout dans la mesure où dans le meilleur des cas, ils attendaient, selon la formule consacrée, que les « ravisseurs se manifestent ». Mais même cela, ce n'était pas certain. « Les flics, avait expliqué Blanc, sont aussi crevés et mal payés que n'importe qui. Ils font le strict minimum. Ils ne se lancent pas dans des enquêtes qui leur demanderont une vraie dépense d'énergie. Les flics, ils sont là pour arrêter les crétins qui volent dans les rayons des grands magasins parce que voler dans les rayons des grands magasins, ça, ça fout vraiment le bordel dans le système. Une fille supposément enlevée, ça ne fout le bordel nulle part. »

Marianne se disait que le plus embêtant, c'était par rapport à son travail. Elle supposait que, durant toute cette journée qui venait de se passer sans elle, cette journée où elle avait d'ailleurs une présentation de son projet de cross selling dans le rayon *bake-off* du centre commercial, ses collègues avaient dû d'abord rager contre son retard et puis carrément s'inquiéter. Ils avaient dû essayer de l'appeler, elle ne pouvait pas dire combien de fois car son téléphone était resté à l'appartement, mais ils avaient dû insister, elle les connaissait. Elle se demanda si, à présent, elle n'aurait pas dû téléphoner aux ressources humaines pour dire qu'elle ne se sentait pas bien et qu'elle serait absente encore quelques jours, mais elle se ravisa. Ça ne collait pas du tout avec l'agression dont elle avait été victime la veille. Il valait mieux ne rien dire du tout. Elle était certaine que Jean-Jean, ce crétin, allait téléphoner lui-même aux RH pour expliquer son absence. Ou que ce seraient les RH qui finiraient par téléphoner à Jean-Jean.

Finalement, Marianne avait décidé de ne pas donner signe de vie durant quelques jours. Elle avait tout à y gagner : la rumeur de son agression, de son enlèvement et de sa séquestration allait circuler. À son retour, elle serait digne et flegmatique. Le sang-froid dont elle ferait preuve serait vu comme celui d'une *grande professionnelle* qui ne laisse pas ses problèmes personnels, si importants soient-ils, venir entamer son engagement vis-à-vis de la société.

Lorsque ces idées et ces réflexions eurent terminé de circuler et que son esprit les eut évacuées dans le compost des problèmes ayant trouvé une solution, lorsqu'elle fut parvenue également à évacuer l'embryon de sentiment de culpabilité qui était, à son grand dégoût, apparu dans un espace indiscipliné de son cerveau quand elle s'était mise à penser à la mort prochaine de Jean-Jean, ce lâche, ce traître, ce voleur de vie, ce menteur, cet hypocrite, elle se laissa aller à penser à deux choses :

Blanc.

Blanc et le paquet de fric du braquage qui devait être quelque part.

36

Ils s'étaient arrêtés dans un Pizza Hut. Blanche avait dit qu'elle adorait ça. Elle prit une Sweet Chicken Curry Medium Cheezy Crust qu'elle avala avec un Coca. Quand elle avait vu le regard de Jean-Jean, elle avait dit en souriant que les loutres étaient de vraies poubelles, ça pouvait quasi tout avaler sans tomber malade et que comme le grand requin blanc pouvait l'être pour les océans, la loutre pouvait, dans une certaine mesure, être vue comme un éboueur naturel. Jean-Jean fit une tentative de compliment :

— S'il y avait plus d'éboueurs comme vous et moins de grands requins blancs, le monde serait formidable à regarder... Mais en le disant, il se rendit compte que ça ne voulait pas dire grand-chose et que, sans doute, c'était même un peu bête.

Blanche sourit malgré tout. Jean-Jean essaya de revenir à la réalité.

— Vous aviez dit que vous aviez une idée… Je veux dire… pour que tout ça se termine.

Blanche hocha la tête.

— Oui… Je crois. Même si ce n'est pas encore très clair dans ma tête… Elle mordit dans une tranche de pizza. Du fromage fondu tomba sur son pantalon. Elle ne sembla pas s'en soucier. Elle finit par répondre.

— Ce que nous a dit cette affreuse bonne femme, Bérangère Moulard, a confirmé ce que je savais déjà : ces quatre loups, ils constituent une famille, une meute, un « système » et ce système a l'air de fonctionner comme toutes les autres meutes de loups, c'est-à-dire avec un mâle dominant, alpha auquel les autres sont soumis.

— Ok.

— Bon… Je ne sais pas si vous avez déjà entendu parler de Gregory Bateson ?

— Ce n'était pas un photographe ?

— Non, c'était plutôt un scientifique, un type qui s'est pas mal baladé du côté de l'anthropologie, de la biologie, de l'éthologie et de la psychologie.

— Quand je pense que je n'ai même pas commencé mes études de commerce…

— Tant mieux pour vous. Les études de commerce sont des tombeaux pour l'esprit ! Bref, Gregory Bateson est un des pères de la cybernétique. Entre 1942 et 1952, il a fait partie des intervenants réguliers des conférences Macy et en tant que cybernéticien il s'intéressait plus aux relations entre les éléments d'un système qu'aux éléments isolés. C'était un réflexe qui lui venait de sa formation de biologiste pendant laquelle on lui avait appris à tenir compte des relations entre les différents éléments d'un organisme plutôt qu'aux éléments pris de manière isolée. En clair, si un canari est capable de voler, chaque élément isolé du canari en est incapable. C'est la mise en relation des différents organes du canari et leur façon de mobiliser l'énergie qui rendent le vol possible.

Blanche s'interrompit un moment pour regarder la carte des desserts. Après s'être décidée pour un Trio de crêpes glace vanille, elle continua.

— Avec la cybernétique, l'étude des systèmes, Bateson va dire qu'il existe deux types de système : les systèmes vivants et les systèmes qui ne le sont pas. Un canari est un système vivant, une famille est un système vivant, un radiateur n'est pas un système vivant, un moteur à explosion non plus. Les systèmes non vivants sont sujets à l'entropie, c'est-à-dire qu'ils ont une tendance physique à aller de l'équilibre au chaos. Le radiateur finit à un moment ou à un autre par refroidir, le moteur à explosion finit par tomber en panne. Pour les systèmes vivants, c'est l'inverse, ils ont une tendance à chercher d'eux-mêmes, « naturel-lement », à maintenir l'équilibre, le statu quo, c'est ce qu'il appelait la néguentropie.

Les crêpes arrivèrent, Blanche les attaqua avec enthousiasme.

— Évidemment, en particulier au sein d'un système aussi complexe qu'une famille ou qu'une société, l'équi-libre est dynamique, c'est-à-dire qu'il existe des éléments qui vont tendre à maintenir le statu quo et d'autres qui seront porteurs de changement. C'est ce qu'il a appelé la schismogenèse. La schismogenèse est le point le plus intéressant de la théorie de Bateson pour ceux qui veulent étudier le comportement des individus. Comme il le disait lui-même, la psychologie sociale, ça reste finalement « l'étude des réactions des individus aux réactions des autres individus ». C'est ce dialogue, cette communication permanente entre les tendances au statu quo et les tendances aux changements.

— La schismogenèse ! tenta Jean-Jean.

— Exactement !

— Et qu'est-ce qu'on va faire avec tout ça ?

— Eh bien on va faire comme j'ai dit, on va considérer les quatre loups comme un système cybernétique vivant. Avec ce que nous a dit Bérangère Moulard, je crois qu'on peut conclure que si Blanc est le leader, il est certainement un élément qui résiste aux changements alors que si Gris est le frustré, il est celui qui au contraire aura tendance à aspirer aux changements.

— Donc ?

— Donc… je crois qu'étant donné que c'est le système formé par les quatre loups qui nous pose pour le moment un problème, ce qu'il faudrait c'est… encourager son changement. Il faudrait encourager la schismogenèse.

— Super. Je suis avec vous à cent pour cent mais concrètement je ne vois pas trop ce que ça donne.

— Il faut foutre le bordel dans les structures d'autorité.

— Oui. D'accord. Mais comment ?

— Est-ce que vous avez déjà entendu parler des phéromones ?

37

Blanc avait passé la journée à réfléchir et il était arrivé à la conclusion que tout était toujours plus compliqué qu'on ne l'avait imaginé. Que les plans, les projets, les stratégies ou les programmes qu'on pouvait élaborer, quel que soit le domaine, une fois mis en pratique, trouvaient toujours dans la réalité, mille raisons de ne pas se passer exactement comme on l'avait voulu. C'était quelque chose qu'il savait, c'était d'ailleurs quelque chose que tout le monde savait et pourtant c'était quelque chose qu'il avait oublié et quelque chose que tout le monde oubliait.

C'était toujours comme ça.

Le vol du fourgon était quelque chose de simple, de carré, aussi joli que le calcul d'une intégrale à l'aide des primitives usuelles, et puis des complications inattendues étaient apparues, des grains de réalité étaient venus polluer tout ça, des vecteurs surprenants et nouveaux s'étaient mis à agir dans des directions qui s'opposaient et à le faire dévier dans des lieux inconnus et dangereux.

Tout est toujours plus compliqué qu'on ne le prévoit.

Tout est toujours plus difficile.

Et tout prend toujours plus de temps.

Juste après l'opération contre le fourgon, Blanc s'était dit que, avec ses frères, ils allaient attendre un peu, quelques mois maximum. Qu'ils allaient placer cet argent « en bons pères de famille », le faire fructifier, l'investir avec intelligence et qu'enfin la vie allait changer. Que tous les quatre, ils se tireraient de cette cité, de cet appartement, des plans qui sentaient les pieds, qu'ils pourraient vivre autrement, dans un confort digne d'une bande d'ingénieurs commerciaux avec quinze ans d'ancienneté.

Et puis il y avait eu cette histoire avec leur mère.

Et puis il y avait cette tempête à éteindre dans l'esprit de Noir.

Et puis il y avait eu Marianne.

Blanc vivait ce paradoxe douloureux de l'amour qui vous apporte à la fois l'ivresse et le chaos. Le bonheur d'avoir découvert quelque chose et la tristesse de laisser tout un monde derrière soi.

Après avoir ruminé tout ça, Blanc avait fini par conclure que toute situation chaotique finissait à un moment ou un autre par trouver un nouvel état d'équilibre, cette idée toute simple avait même valu un prix Nobel au type qui lui avait donné le nom ronflant de « structures dissipatives ».

Cela dit, avant de le trouver, ce nouvel équilibre, il fallait essayer de passer correctement dans les turbulences.

Il fallait essayer de « s'habituer ».

Brun qui dormait d'un sommeil lourd sur le canapé du salon.

Assis par terre, l'air morne face à la télé, Noir et Gris qui jouaient à un Call of Duty non identifié.

À tout ça, Blanc était habitué.

Mais assise à côté de Brun, Marianne qui relevait ses emails sur le portable que Blanc lui avait prêté.

À ça, Blanc n'était pas habitué du tout et là, debout dans son salon à regarder cette fille consulter ses emails, il ne savait pas ce qu'il devait faire.

Pas du tout.

Des tas d'idées lui étaient passées par la tête : devait-il l'inviter au restaurant ? Aller au cinéma ? Faire des plaisanteries ? Proposer un cocktail sophistiqué ? Il ne savait pas. Il était complètement perdu.

Marianne avait levé la tête un moment, leurs regards s'étaient croisés. Blanc la trouvait d'une incroyable beauté vénéneuse. Elle avait esquissé un vague sourire, le genre de sourire poli qu'on fait dans un train quand quelqu'un s'assied en face de vous. Puis, elle s'était replongée dans la contemplation du petit écran.

Que voulait-elle exactement ? se demanda Blanc qui se sentait un désagréable goût d'eau de mer dans la bouche. Pourquoi une fille comme elle restait avec des types comme eux ? Il n'arrivait pas à se dire que c'était par simple accès de mauvaise humeur, simplement pour voir son mari se faire étrangler par les grosses pattes de Noir.

Il ne comprenait pas bien.

Il n'aimait pas ça.

Et puis, il s'était demandé s'il ne devait pas réfléchir plus simplement : peut-être que Marianne était avec eux, avec lui, parce qu'elle était comme eux ?

Comme lui ?

Peut-être qu'elle aussi, elle avait un « problème » ?

De s'être dit ça, ça l'avait calmé.

Et de s'être calmé, ça avait relâché des choses.

Et d'avoir des choses qui se relâchaient, il s'était mis à bander.

Et de s'être mis à bander, il avait eu envie de s'approcher de Marianne.

Il s'approcha donc et jeta un œil curieux au mail que Marianne était en train de lire. Ça disait : « Hello Marianne, à propos de la réunion de mardi, j'ai vu Jean-Marc qui m'a fait tout son numéro de top manager, il insiste sur le fait qu'il veut qu'on lui parle avant d'y aller. Il faut qu'on accorde nos violons sur la stratégie de contact qu'on compte mettre en œuvre. Je suis dispo demain pour un déjeuner. Ça te va ? »

Blanc bâilla. Tous ces trucs avaient l'air incroyablement chiants. Ce petit email d'un collègue de Marianne puait la mort. Ça puait l'esclavage. Il frissonna, c'était tout ce qu'il détestait.

Marianne se retourna et vit qu'il regardait par-dessus son épaule. Elle ferma le portable.

— C'est ce qu'on appelle travailler, dit-elle d'un ton coupant.

Blanc eut un frisson, personne ne lui avait jamais parlé sur ce ton. Pendant un instant, il se demanda si l'un de ses frères avait entendu.

— Je crois qu'il faudrait qu'on parle, dit-il.

C'était bizarre. Lui non plus n'avait jamais parlé sur ce ton.

— Tu veux dire une vraie conversation sur le passé, le présent et l'avenir ? Tu veux qu'on fasse « le point », c'est comme ça que ça s'appelle, ce que tu veux ? dit Marianne.

— Oui, c'est ça. En privé, ajouta-t-il en désignant du menton la chambre.

Marianne eut un sourire bizarre. Un sourire comme en aurait eu un serpent si les serpents savaient sourire. Le sourire de quelqu'un qui aime voir de la souffrance et qui va justement être servi.

Elle posa l'ordinateur sur la table basse et le suivit dans la chambre.

38

En rentrant dans la chambre crasseuse, Marianne savait qu'elle allait baiser. Ça tombait bien, elle en avait justement envie. C'était d'ailleurs autant de l'envie que de la curiosité.

Comment est-ce que ça pouvait être fait, un grand loup blanc comme ça ?

Blanc avait refermé la porte, elle s'était approchée de lui et l'avait embrassé avant qu'il n'ait pu dire quoi que ce soit.

Elle n'avait pas du tout envie de parler. Les derniers jours avaient été particulièrement pénibles : la préparation de sa présentation professionnelle avec des collègues trop peu motivés, Jean-Jean qui lui tapait sur les nerfs, l'agression et l'enlèvement. Elle avait besoin de quelque chose qui lui permette de décompresser un peu et baiser, si c'était « comme il fallait », ça lui ferait cet effet-là.

Marianne avait donc embrassé Blanc qui l'avait embrassée en retour. Ça lui avait fait un drôle d'effet d'embrasser un loup, c'était bizarre, ça sentait le gibier, ça goûtait le jus de viande et elle avait senti une inhabituelle série de dents pointues.

C'était bizarre, mais c'était bien.

Ça lui plaisait.

Elle sentait qu'elle commençait à décompresser.

Bon, elle n'avait aucune envie que Blanc commence à l'emmerder avec des heures de préliminaires à la con et elle le lui dit :

— Bon, tu vas pas m'emmerder avec des heures de préliminaires à la con, ce que je veux, c'est décompresser.

Blanc eut l'air un peu désemparé.

— Je voudrais qu'on mette quelques trucs au point. Entre toi et moi…

Marianne le gifla. Nom d'un chien, il n'allait quand même pas commencer à la faire chier, putain !

Elle le poussa sur le grand matelas qui traînait par terre. Les loups ne devaient pas s'en servir souvent, il était recouvert de caisses en carton, d'emballages, de linge sale et d'autres choses qu'elle renonça à essayer d'identifier. Elle parvint à baisser le pantalon de Blanc et ce qu'elle trouva la laissa un moment perplexe : son ventre, ses jambes et même son sexe étaient recouverts du même poil blanc et soyeux qui recouvrait son visage. Ce type était vraiment un animal.

Un animal peut être, mais un animal qu'elle faisait bander.

— On parle après alors ? demanda Blanc.

Elle ne répondit pas.

39

Blanc avait déjà baisé plein de fois. Il aurait été incapable de dire combien de fois, mais si on lui avait demandé : « Combien de fois ? », « Plein ! », c'est ce qu'il aurait répondu.

Cela dit, s'il avait déjà baisé plein de fois, le nombre de partenaires qu'il avait eues n'était pas si énorme : trois filles dans les caves de la tour des Petits-Culs. L'une d'elles, complètement camée et à la limite du retard mental, aurait baisé avec des cafards si les cafards lui avaient filé quelque chose à sniffer. Alors quatre loups... Il n'y avait aucun problème. Avec celle-là, Blanc comme ses frères avait baisé des dizaines de fois. La prenant dans un sens ou dans l'autre, quand ça leur chantait, à n'importe quelle heure du jour ou de la nuit. Elle était moche, elle était crasseuse, elle avait la peau grumeleuse, mais bon, une fois « dedans » et avec un peu d'imagination, elle pouvait passer pour n'importe qui.

Et puis, un beau jour, elle avait disparu de la circulation, elle était peut-être morte, elle avait peut-être été placée en institution, elle avait peut-être simplement déménagé... Le résultat était le même, les quatre jeunes loups n'avaient plus rien à baiser.

Il y avait eu une autre fille, vraiment jolie, une espèce d'ange pâle et blond dont la peau mouchetée de taches de rousseur faisait supposer des ascendances irlandaises.

Quand les quatre jeunes loups l'avaient croisée, ils étaient dans un tel état de frustration sexuelle que, comme une fièvre, ça leur donnait des vertiges. Elle était seule, elle était descendue au mauvais arrêt de bus, elle n'était pas du quartier. Plus tard, la lecture des journaux leur apprendrait que « Manon se rendait chez une amie afin de préparer un exposé pour l'école ». Toujours est-il que les quatre jeunes loups n'en avaient fait qu'une bouchée et que le souvenir brûlant de ce festin de larmes, de sexe et de sang avait pour un moment calmé leur désir.

Et puis il y avait eu cette voisine bizarre qui avait entendu parler d'eux et qui était venue frapper à la porte de leur appartement et qui avait demandé « de la démonter bien comme il fallait ». C'était le genre de petite bonne femme dont il est à peu près impossible de deviner l'âge, sans doute entre vingt-cinq et quarante. Elle occupait un poste assez obscur dans le service comptabilité du centre commercial, elle était mariée à un type qui était commercial dans une petite société qui sous-traitait des pièces de tableaux de bord pour voitures, elle avait deux enfants qu'elle accompagnait et qu'elle allait chercher tous les jours à l'école et les longues journées passées chez elle avaient fini par lui faire comprendre que ce qu'elle voulait, c'était qu'on la « démonte ».

Les quatre jeunes loups la « démontèrent » donc avec entrain et énergie pendant des mois, peut-être des années, jour après jour. Elle arrivait chez eux propre, douchée, parfumée et repartait ravagée, puante et dilatée reprendre une douche avant d'aller chercher les enfants à l'école.

Et puis, un beau jour, sans que personne comprenne pourquoi, elle n'avait pas été chercher les enfants. La secrétaire de l'école avait laissé des messages sur son répondeur puis, n'ayant pas de réponse, avait appelé le père qui était revenu dare-dare d'un rendez-vous avec un client. Ne comprenant pas où sa femme était passée, il était rentré avec les enfants et, après avoir fait quelques pas dans l'appartement, il l'avait retrouvée pendue dans la cuisine, à la gaine d'évacuation de la hotte dont il s'était dit plus tard, quand le choc avait fait place au chagrin, qu'elle était plus solide qu'il l'avait pensé, pour ne pas avoir cédé sous le poids des soixante-neuf kilos de sa femme.

Blanc repensait à ces trois filles en regardant dormir Marianne et il se disait que c'était la première fois qu'une fille faisait l'amour avec lui parce qu'elle en avait envie. Pas parce qu'elle était camée, pas parce qu'il l'avait forcée ni parce qu'elle était dingue. Non, simplement parce qu'elle en avait envie.

Et puis, et ça aussi c'était nouveau, cette fille-là, il n'avait pas envie de la partager avec ses frères. Cette idée le faisait frissonner de dégoût et de rage au point qu'il se sentait venir en bouche le goût sucré du sang.

Il s'était levé, il avait enfilé un jean et un tee-shirt et il était allé dans le salon.

40

Trois journées passèrent. Des journées que Jean-Jean n'hésita pas à ranger parmi les journées les plus heureuses de sa vie. Il était logé chez Blanche de Castille et il n'avait pas grand-chose d'autre à faire que de la regarder organiser une opération compliquée censée leur permettre d'en finir avec les quatre jeunes loups.

Il avait plusieurs fois demandé s'il pouvait « faire quelque chose » mais Blanche de Castille lui avait répondu que c'était « un peu technique ».

L'inaction de ces quelques jours fut paradoxalement propice à l'apparition d'une grande fatigue, presque d'un épuisement. Il s'endormait tôt, sur le canapé du salon bordélique de Blanche, et se réveillait tard. La journée, il n'arrivait que très difficilement à sortir d'une somnolence où sa tête semblait peser des tonnes et où ses membres paraissaient remplis d'une matière étrangement molle.

Blanche lui dit que la tension de ces derniers jours y était sans doute pour quelque chose. Jean-Jean n'osa lui répondre que, selon lui, son apathie présente était peut-être le résultat de ces longues années passées aux côtés de Marianne. Des années passées sur ses gardes, des années passées dans la crainte des explosions nerveuses de sa femme, de ces nuits où, inépuisablement, elle lui imposait, à travers mille reproches, sa volonté de « mises au point » et de ces journées où tout cela, dans ses souvenirs, le poursuivait, le tirant vers le fond d'une humeur invariablement marécageuse comme l'aurait fait du plomb placé dans ses semelles.

Contrairement à lui, son père ne semblait pas être troublé le moins du monde par la situation. Quand Blanche de Castille lui avait dit que, par sécurité, il ne devrait pas rentrer chez lui jusqu'à nouvel ordre, il avait simplement demandé si elle pouvait mettre un ordinateur à sa disposition. Elle lui fournit un vieux laptop, il y installa War of the Goblin World, introduisit son login et son password. Il retrouva le jeu tel qu'il l'avait laissé et put à nouveau s'immerger dans l'univers virtuel.

Blanche de Castille passait ses journées dans les bureaux de l'administration du centre commercial, à organiser le « règlement du problème » que posaient les quatre jeunes loups. Jean-Jean ne posait pas de questions. Il essayait de ne pas penser au jour où, justement, le problème serait réglé et où Blanche de Castille s'occuperait d'autre chose, ailleurs, et qu'il devrait rentrer chez lui.

Cependant, le deuxième soir, alors que réunis autour de la table ils mangeaient le contenu dégelé d'un émincé de dinde pommes charlotte que Blanche avait rapporté du centre commercial, Jean-Jean avait malgré tout posé une question. Espérant sans doute une réponse romantique ou une phrase dans laquelle il aurait pu trouver une allusion à une quelconque attirance à son égard, il demanda pourquoi elle faisait tout ça. Il ne comprenait pas bien : dans la mesure où lui, Jean-Jean, devait être le cadet des soucis des frères Eichmann ?

Blanche avait pris un ton pédagogique : en effet, aux yeux des frères Eichmann, il aurait très bien pu disparaître de la surface de la terre, ça ne changerait rien. Mais ce qui était important, c'était l'équilibre du système du centre commercial lui-même. La mort de Martine Laverdure avait induit quelque chose qui mettait en péril cet équilibre : quatre jeunes loups qui feraient tout pour lui faire la peau à lui, Jean-Jean, mais une fois cela fait, ces loups se retrouveraient sans doute face à ce grand vide émotionnel qui succède à une vengeance consommée et là...

— Et là quoi ? avait demandé Jean-Jean.

— Et là, il est probable qu'ils cherchent un autre coupable, quelqu'un à qui faire porter le chapeau du malheur fondamental qui est le leur. Ça peut être le chef de caisse, le directeur des ressources humaines, un responsable exécutif national ou même les frères Eichmann en personne.

Jean-Jean avait hoché la tête. Il avait compris : cette femme éprouvait pour lui ce qu'on éprouve pour un dossier à traiter et à clore.

L'espace d'un instant, il eut la vision de la longue vie solitaire qui s'ouvrait devant lui.

Malgré tout, il parvint à sourire à Blanche.

41

Pendant que Marianne dormait, Blanc avait réfléchi et il était arrivé à la conclusion qu'il n'y avait plus rien à faire là : ni lui, ni ses frères, ni Marianne. La fille du service Synergie et Proaction savait qui ils étaient et où ils étaient, ça voulait dire qu'il y avait un risque, pas un grand risque, mais un risque que ses projets de tranquillité soient réduits à néant par Dieu sait quoi.

Le mieux restait donc de partir. Loin. Vers un autre territoire de chasse où ils ne seraient connus de personne et où ils pourraient, avec le fric du braquage, essayer de reconstruire quelque chose.

La Thaïlande, Pattaya en particulier, pouvait se révéler un bon choix. WikiLeaks avait révélé des messages d'ambassades américaines soulignant que la corruption généralisée des forces de police en avait fait une destination idéale pour ceux qui voulaient qu'on les laisse tranquilles. Sinon, il y avait aussi le Brésil, Albert Spaggiari n'y avait-il pas trouvé le bonheur après le braquage de la Société Générale de Nice ? Ou bien le Canada, les millions de kilomètres carrés de forêt boréale avaient toujours fait rêver ses gènes de loup.

Partir serait facile, parmi ses frères, aucun n'était vraiment attaché à quoi que soit, il suffirait de se payer les billets d'avion et de partir.

L'idée de ce départ, d'une nouvelle vie et, en filigrane, du cul de Marianne qu'il pourrait défoncer jour après jour procura à son esprit quelques instants de paix et puis revint le souvenir de l'impérieuse nécessité d'offrir à Noir la mort de ce crétin que Marianne appelait Jean-Jean.

Il s'était dit qu'il fallait faire ça vite et bien.

Et puis qu'il serait temps de partir.

42

Blanc avait estimé que le mieux, c'était de parler de tout ça à cœur ouvert, avec Marianne et avec ses frères, dans un lieu qui serait propice au calme et à l'harmonie. En fin de journée, il avait proposé à tout le monde d'aller au restaurant chinois La Planète du dragon. Il avait bien vu que Marianne tirait un peu la gueule, il lui expliqua que, depuis toujours, déjà au moment où ses frères et lui étaient de misérables louveteaux à qui la vie n'avait offert que souffrances et privations, ce restaurant chinois à la devanture jaune, rouge et or apparaissait comme l'ultime récompense de la réussite sociale. Aujourd'hui, bien entendu, ils avaient compris qu'il y avait mieux, sauf peut-être Noir, que l'endroit plongeait chaque fois dans une insondable nostalgie. Il y avait peut-être mieux mais l'endroit leur plaisait, l'endroit les apaisait et l'endroit était propice à la tenue d'une conversation sérieuse.

Marianne avait hésité, elle n'avait pas envie de croiser un collègue. Après tout, on la croyait enlevée ou morte et être repérée en train de se taper du kroepoek l'aurait mise en mauvaise posture. Blanc avait haussé les épaules, il lui avait demandé de quoi elle avait peur. Marianne aussi s'était demandé de quoi elle avait peur et comme elle ne sut pas vraiment quoi répondre, elle conclut que son inquiétude était sans fondement.

Après tout, elle ne faisait rien d'illégal.

Jusqu'à présent.

Finalement, ils s'étaient tous retrouvés au restaurant. Il était presque vide, il n'y avait qu'un couple de vieillards dînant côte à côte et en silence. Une très jeune Asiatique au physique chétif, le nez surmonté de lunettes aux verres épais, était venue prendre leur commande puis Blanc avait pris un air sérieux :

— Comme vous le savez, à présent on nous connaît… Je ne sais pas si c'est vraiment inquiétant, si on avait voulu nous arrêter, j'imagine que ce serait déjà fait, mais je crois que nous devons également tenir compte du principe de précaution et nous en aller…

Noir eut un frémissement. Blanc continua.

— Mais bien entendu, avant cela et comme Noir en a émis le désir, nous tuerons l'homme qui est responsable de la mort de… Il hésita sur la dernière phrase.

— De maman, l'aida Noir.

— C'est ça… Donc, le mieux, c'est de faire ça vite et puis de partir. Ça vous va ?

Noir, Gris et Brun hochèrent la tête.

La petite Asiatique arriva avec les plats. De la viande baignant dans une sauce anthracite. Marianne se demanda si la légende de la bouffe pour animaux dans les restaurants chinois était fondée. Elle se servit sans être certaine qu'elle allait manger.

— Et moi ? demanda-t-elle aux loups.

— Toi quoi ? demanda Gris avant que Blanc n'ait eu le temps de répondre.

— Eh bien oui, moi ? Moi j'ai un travail, une position, un statut, des responsabilités, des collègues qui comptent sur moi, une entreprise qui a des projets et des investissements en cours et un contrat à durée indéterminée. J'ai bossé comme une dingue, moi, j'ai mis au point des stratégies qu'on va mettre en œuvre dans les semaines qui viennent, vous avez déjà entendu parler du *bake-off*, le rayon boulangerie dans les grandes surfaces ? C'est ma spécialité, j'ai plein d'idées pour développer le cross selling et faire exploser les ventes. Je suis une machine de guerre, je vaux du fric.

Blanc essaya de dire quelque chose, mais elle le coupa avant même qu'un son ne sorte de sa bouche.

— Ce que je vous dis, les gars, c'est que je ne suis pas comme vous du tout : je suis parfaitement intégrée au système, j'aime le système et le système m'aime alors… Je voudrais savoir ce que vous avez à me proposer de mieux que ça ?

— Tu es en train de négocier quelque chose ? C'est ça que tu es en train de faire, négocier avec nous ? demanda Gris dans la voix de qui on sentait autant de surprise que de colère.

— C'est normal, je comprends, intervint Blanc, étonné que son frère soit si agressif avec Marianne. Il ne fallait pas que l'arrivée d'une femme le laisse battre en brèche son autorité de chef de meute.

— Non ! Ce n'est pas normal ! Réfléchis, réfléchis bien ! Est-ce que tu te souviens de la dernière fois où quelqu'un a négocié avec nous ? Non ! Bien entendu que tu ne te souviens pas ! Tu ne te souviens pas parce que personne n'a jamais négocié avec nous et que nous n'avons jamais négocié avec personne ! Si on commence à négocier, on met les doigts dans une machine qui va nous broyer. On va se mettre à accepter des trucs qui vont contre nos intérêts, on va se ramollir, le groupe va perdre son essence, putain ! Tu sais ce qui s'est passé quand John Lennon s'est pointé avec Yoko Ono ? Les Beatles ont disparu en six mois ! En six mois ! Les Beatles ! Et ça, je ne le permettrai pas !

Il était parti pour continuer longtemps. Blanc se leva, fit un pas jusqu'à son frère et écrasa sur sa tempe un poing aussi dur qu'un bloc de schiste. Gris eut un frémissement étourdi, sur son visage apparut une expression indéchiffrable et assez laide. La petite serveuse qui s'était approchée pour débarrasser s'était figée au milieu du restaurant. Elle n'aurait été agitée d'un léger tremblement, on aurait juré une statue faite de cire jaune pâle. Le vieux couple faisant semblant de n'avoir rien vu, s'absorbait dans la contemplation des restes luisants de gras d'un porc sauce aigre-douce.

Blanc regagna sa place, saisit un morceau de viande avec les doigts et le mâcha durant ce qui sembla une éternité. Marianne, saisie d'une vague excitation sexuelle, se dit qu'il avait vraiment l'étoffe d'un leader. Après un moment, il prit la parole et parla d'un ton définitif :

— Marianne a raison de se poser des questions sur son avenir et voici ce que nous lui proposons : quand toute cette histoire sera terminée, elle viendra avec nous. Nous mettrons à sa disposition une somme d'argent suffisante pour qu'elle puisse développer, là où nous serons, sa propre société. Je crois qu'avec son expérience et son talent, il faut pas considérer ça comme une dépense mais comme un investissement. Sur du moyen terme, je crois que ça pourrait s'avérer très rentable. Je vous demande de considérer Marianne comme une opportunité professionnelle. Marianne, est-ce que cet arrangement te convient ?

Marianne regarda Blanc puis Noir puis Brun puis, un peu inquiète, Gris. Mais ce dernier ne semblait plus vouloir dire quoi que ce soit. Elle ferma les yeux, c'était une vraie opportunité et les opportunités, on lui avait appris à les reconnaître et à savoir les saisir, c'était comme ça qu'étaient nées les plus belles épopées industrielles.

— Je suis d'accord, avait-elle dit.

Pareille à une grande vague tiède, son excitation sexuelle redoubla. Dès qu'ils seraient de retour à l'appartement des loups, il faudrait qu'elle refasse l'amour avec Blanc.

43

— Est-ce que ça vous va ? lui avait demandé le directeur des ressources humaines.

Jean-Jean n'avait pas su quoi répondre, il avait à peine écouté tout ce qu'on lui avait dit, il ne savait d'ailleurs pas du tout depuis combien de temps on s'adressait à lui. Il battit des paupières, sourit en espérant donner le change et prit un air concentré qui lui paraissait de circonstance.

Il était dans la salle de réunion du centre commercial, en réalité le bureau du DRH, un bureau qui était la copie conforme de celui exposé dans un show room Ikea : une table Vika, une chaise noire en similicuir Torkel, un gros et vilain PC HP. C'était un bureau propre, fonctionnel, parfaitement anonyme. Des millions de DRH devaient être assis au même moment sur cette même chaise et face à ce même bureau. Même le fond d'écran n'avait pas été personnalisé et affichait l'éternelle colline verdoyante prise en photo par Charles O'Rear en 1995. Cette colline qui était devenue, à force d'être affichée dans tous les bureaux du monde, jetée à la face d'employés aux âmes broyées par leur travail, l'image la plus déprimante du monde.

Le DRH portait son éternel costume Celio marron grâce auquel il marquait son appartenance à l'univers des cadres. Le chef de caisse, également présent et assis à la droite du DRH, jambes légèrement écartées, le tronc en avant, bras sur les cuisses, dans l'attitude virile de celui que ça ne gêne pas de chier en public, se contentait lui du tee-shirt bleu réglementaire avec l'écusson brodé aux initiales du groupe des frères Eichmann.

Si Jean-Jean n'avait pas su quoi répondre, c'était parce qu'il n'avait pas entendu tout ce qui avait précédé la question « Ça vous va ? » et s'il n'avait pas entendu tout ce qui avait précédé cette question, c'était parce que, face à lui, à côté du chef de caisse et du DRH, Blanche de Castille était là et que quand elle était là, il ne pouvait pas faire grand-chose d'autre que la regarder.

Avait-elle connu une grande histoire d'amour ? Des aventures ? Avec quel genre d'homme ? Quels étaient ses rêves ? Quel effet cela pouvait-il faire de lui tenir la main ? Quelle odeur pouvait avoir son cou ? Une odeur de loutre sans doute. Mais quelle était l'odeur des loutres ? Une odeur tiède et velue, une odeur marine, une odeur de lac et de grande montagne, une odeur de conifère, une chaude odeur de terrier et de tourbe ? Et surtout quel effet cela pouvait-il faire de caresser son visage ? Certainement rien à voir avec le contact froid et vaguement visqueux de la peau de Marianne. La peau de Blanche de Castille devait avoir la chaleur soyeuse propre à celle des mammifères. Une peau sous laquelle on devait pouvoir sentir vibrer et pulser les mouvements de la vie en circulation.

— Excusez-moi, je n'étais pas concentré, dit Jean-Jean.

Le DRH soupira et prit l'air agacé d'un instituteur de maternelle.

— Vous allez reprendre le travail. Vous allez revenir au centre commercial. Bien en évidence. Et quand ces petits cons vont venir vous chercher, madame de Castille les arrêtera. Est-ce que ça vous va ?

Jean-Jean se pinça les lèvres.

— Mais… Ils sont… quatre. Et ils sont… Ils ont l'air un peu dingues…

— Pas au point de venir faire les malins dans un centre commercial rempli de monde, avec des caméras de surveillance, des agents de sécurité… Ils essayeront de vous atteindre lorsque vous serez à l'extérieur, par exemple quand vous monterez ou descendrez de votre voiture.

— J'ai été préparée à des situations de ce genre. Le tout est de ne pas aller chez eux mais de les faire venir à nous. Vous vous garerez exactement là où je vous dirai de le faire et tout sera prêt. J'ai reçu l'autorisation du secrétariat des frères Eichmann, nous allons faire venir quelques types entraînés et eux aussi seront prêts. Vous comprenez, c'est une stratégie aussi vieille que la guerre elle-même. C'est une première chose. Une seconde chose, c'est que j'ai préparé le terrain.

— Ah… De quelle manière ?

— Vous vous souvenez quand je vous parlais de l'importance des phéromones ?

— Oui oui, la schismogenèse, déséquilibrer le système et tout ça…

— Exactement. Eh bien j'ai commencé.

— Vous avez été… Sur place ? Chez eux ?

— Oui.

— Mais c'est extrêmement dangereux !

— Je ne suis pas vraiment rentrée. Les phéromones sont très volatiles, il suffit d'en vaporiser un peu dans les couloirs, les cages d'escaliers et les ascenseurs de leur immeuble et ça va agir tout seul.

— Vous êtes certaine ? demanda Jean-Jean.

— Non. C'est la première fois que j'essaye ce truc-là, mais je suis assez confiante.

— Mais pourquoi est-ce qu'on ne va pas chez eux, avec vos types entraînés et puis on pourrait les…

— Non, non… Surtout pas. Le service Synergie et Proaction est un service de protection et pas d'attaque. Ce serait totalement illégal.

— Est-ce que ça vous va ? demanda une dernière fois le DRH sur un ton qui n'appelait qu'une seule réponse.

— Hé bien… euuuh… Oui… Ça me va.

44

Blanc savait que ça ne servait à rien de revenir sur l'incident du restaurant chinois, mais il devait bien reconnaître que la façon dont Gris, durant un instant, lui avait tenu tête ne lui plaisait pas du tout.

Pire, ça l'inquiétait. Il ne s'expliquait pas du tout comment le socle de son autorité, jusque-là sans faille, semblait soudain s'effriter. Il n'y avait encore rien de grave évidemment, c'était clair qu'il restait le leader incontesté de la fratrie, mais il devait rester vigilant. Il ne fallait pas que cela se reproduise.

Gris était intelligent, cela ne faisait aucun doute, mais il était également ambitieux et cette ambition polluait son intelligence, elle l'asservissait à des projets idiots de conquête du pouvoir, à des rêves stériles de luxe et d'ostentation. S'il prenait l'ascendant sur lui, c'était tout le groupe qui était menacé, Blanc en avait la certitude et cela renforçait encore sa détermination à empêcher que cela arrive.

Et ça renforçait aussi la conviction qu'il fallait en finir rapidement avec cette histoire de vengeance à laquelle il ne croyait pas mais qui était la condition sine qua non de l'équilibre de Noir et donc du groupe.

Et puis, cette histoire de vengeance avait aussi l'air de faire plaisir à Marianne et faire plaisir à Marianne, par cet étrange phénomène qu'il découvrait à peine et auquel il n'aurait pas pu donner de nom, lui faisait plaisir à lui.

Il pensait à tout ça allongé nu sur son lit. Marianne et lui venaient de faire l'amour une telle quantité de fois que son sexe montrait quelques signes d'irritation. Il se dit qu'en ayant baisé Marianne comme il venait de le faire, il lui avait prouvé quelque chose, il aurait été incapable de dire quoi, mais il en avait la certitude.

Marianne rentra dans la chambre. Elle était nue et humide de la douche qu'elle venait de prendre. Blanc était fasciné par son corps : un corps qui présentait d'incroyables qualités athlétiques, un corps dont le contact aussi dur et froid qu'un mur de ciment donnait une impression de puissance.

Et Blanc savait qu'il ne s'agissait pas que d'une impression.

Il la regarda s'habiller. Elle fouillait dans les sacs de vêtements neufs qu'ils avaient été lui acheter le matin même dans une série de boutiques exagérément chères où des vendeuses les avaient accueillis en singeant la morgue qu'elles imaginaient être de circonstance lorsqu'on travaille dans le luxe.

Marianne enfila une culotte à la coupe stricte, un pantalon en coton gris et un pull à col roulé fait d'une matière incroyablement douce. Pas besoin de soutien-gorge, ses seins étaient aussi fermes et menus que des balles de golf.

Elle attacha ses cheveux longs en les tirant vers l'arrière et en les fixant à la manière d'une joueuse de tennis qui va rentrer sur le court. Elle s'assit sur le coin du lit et le regarda avec une gravité sans appel.

— Tu as réfléchi ?

Blanc hocha la tête, il avait réfléchi.

— L'ennui, c'est qu'on ne parvient pas à mettre la main sur cette Blanche de Castille. Ils ont l'air discrets dans ce service Synergie et Proaction. Ça complique un peu les choses... Mais on finira par trouver.

— Tu n'as pas réfléchi ! jugea Marianne.

— Mais... Si... !

— Non... Si tu avais réfléchi, tu saurais que je ne vais pas pouvoir rester ici des siècles. Cet appartement est dégueulasse, j'ai mis des heures à prendre ma douche parce que j'évitais de toucher quoi que ce soit, le mur ou le bord de la baignoire. La vue me déprime, le quartier me déprime et l'idée de tous les pauvres chômeurs qui vivent de l'autre côté de ces murs, à quelques centimètres de moi, me rend malade. J'ai étudié des années, j'ai passé des dizaines d'examens, je me suis levée tôt et couchée tard pendant des années pour arriver à la tête d'un pool de commerciaux qui fait à lui tout seul presque trente-cinq pour cent du chiffre d'affaires de la société, c'est pas pour être ici et attendre que « quelque chose » se passe. « Attendre que quelque chose se passe », c'est vraiment l'attitude que je déteste le plus, c'est une mentalité d'assisté ! Comme si le destin allait faire quelque chose pour toi ! Putain, le destin ça n'existe pas, il n'y a que la volonté.

Un frisson de plaisir parcourut le corps de Blanc. Il était vraiment dingue de cette fille.

— Donne-moi quarante-huit heures. Je suis certain que d'ici quarante-huit heures il se passera quelque chose !

Marianne sembla réfléchir.

— S'il ne s'est rien passé dans quarante-huit heures, je me barre et je te demanderai un dédommagement.

Le sens des affaires de cette fille avait dû faire des morts, avait pensé Blanc.

— Ok. Quarante-huit heures, répondit-il en se demandant si elle serait d'accord de re-baiser encore une fois.

Manifestement elle ne l'était pas car elle s'était levée, avec l'air de conclure un conseil d'administration et elle avait rejoint le salon.

45

Jean-Jean commençait à avoir faim.

Il regarda l'heure sur l'écran de son téléphone portable, le temps passait d'une manière qui lui sembla anormalement lente.

Il soupira.

Après tout ce qui s'était passé ces derniers jours, ça lui avait fait une étrange impression de revenir au travail. Retrouver son quotidien après une longue absence lui donnait presque des allures exotiques. C'était sans doute, dans une certaine mesure, ce qu'avait dû ressentir Michel Siffre quand il était remonté à la surface après être resté seul pendant deux mois au fond du gouffre de Scarasson et qu'il avait ouvert son frigo pour se servir une bière.

Malheureusement, cette sensation d'exotisme se mêlait à une sensation d'inconfort, de léger malaise, car il savait que tout le monde, des caissières aux chefs de rayon, était au courant de ce qui s'était produit : la mise sous surveillance de Martine Laverdure, la décision de son renvoi et de celui de Jacques Chirac Oussoumo, le drame dans le bureau du DRH, la colère des quatre jeunes loups et l'agression nocturne à son domicile, sa fuite, l'enlèvement et la disparition de Marianne... Rien de glorieux, tout un ensemble d'événements qui devait lui donner une réputation de gros naze malchanceux.

Mais Jean-Jean n'y pouvait rien, ce qui était fait était fait et à présent il n'avait pas d'autre choix que d'être là, dans sa tenue dont la couleur aubergine d'origine virait sur l'orange foncé, stratégiquement posté entre les caisses et la sortie, afin de décourager les voleurs et de rassurer les caissières.

Les vingt degrés de l'air chaud de la soufflerie toute proche et la mélodie sans fin de la musique d'ambiance plongeaient son esprit dans un état proche de la léthargie, un état où les pensées complexes n'avaient pas leur place. Seules les plus simples d'entre elles parvenaient à s'imposer : « Bientôt le quart d'heure de pause », « J'ai un peu faim », « Douleur dans les pieds », « Visages des clients »... À l'horizon de ces pensées toutes simples, il y avait l'appréhension du soir qui approchait et de l'espace qui séparait la porte de sortie, à l'arrière du centre commercial, de sa vieille Renault 5 Campus bordeaux. Cet espace dans lequel il y avait la possibilité imminente d'être agressé par quatre jeunes loups furieux auxquels il n'aurait servi à rien d'essayer d'expliquer quoi que ce soit.

Blanche de Castille lui avait pourtant dit qu'il ne risquait pas grand-chose : durant les quinze prochains jours, cinq « collaborateurs » du service Synergie et Proaction seraient là pour assurer sa protection et la neutralisation des loups. Il y en aurait deux sur le toit plat du centre commercial, deux dans une camionnette banalisée, un dans l'angle invisible d'une porte de service et il y aurait aussi Blanche, dans sa voiture à elle, en communication avec le groupe au cas où il faudrait coordonner quelque chose. Ces cinq « collaborateurs » que Jean-Jean avait à peine croisés la veille, cinq types plutôt athlétiques paraissant aussi excités par leur travail qu'aurait pu l'être un plombier venu déboucher un évier, passaient la journée dans un coin de la réserve, assis sur des chaises de camping, à jouer aux cartes, à regarder des films sur leur iPad ou à jouer à Tetris.

Finalement, malgré son appréhension, Jean-Jean était assez impatient qu'il se « passe quelque chose » et que toute cette histoire soit enfin terminée.

Il regarda encore l'heure sur l'écran de son téléphone portable. À peine quelques minutes étaient passées.

Bon sang que le temps passait lentement.

Lentement, lentement, lentement…

Cette lenteur, c'était à la limite du supportable.

Il ferma les yeux et l'image de Blanche de Castille apparut instantanément dans son esprit. Il savait que quand toute cette histoire serait terminée, il ne la reverrait plus et qu'il lui resterait, pour le restant de ses jours, un regret de plus dans sa collection déjà importante : celui de ne pas l'avoir embrassée.

Il rouvrit les yeux. Quelque chose venait de le frapper de plein fouet, une idée, une évidence : il allait l'embrasser.

Il allait l'embrasser ce soir. Elle le repousserait probablement mais peu importait, n'ayant plus d'amour-propre, il était libre.

Il n'avait plus rien à perdre.

46

Marianne s'emmerdait.

Et le fait de s'emmerder, ça la mettait de mauvaise humeur.

Depuis sa plus tendre enfance, Marianne avait toujours eu la conscience très nette que son temps était une chose précieuse, une sorte de combustible rare qui devait être mis au service de sa carrière et se retrouver, comme c'était le cas aujourd'hui, dans une situation où elle le perdait, ça la faisait vraiment chier au plus haut point.

Depuis une heure que Blanc était parti chercher des produits de nettoyage pour s'occuper de la salle de bains (au moins, ses remarques concernant l'hygiène déplorable de cet endroit avaient-elles porté leurs fruits), elle essayait de rentabiliser son temps en consultant les articles du site lsa-conso.fr, le « magazine de la grande consommation ». Bien maîtriser ce genre d'articles et les informations qu'ils contenaient représentait un atout dans les réunions où il s'agissait soudain de fermer la gueule d'un cadre ou d'un commercial qui faisait le malin.

Depuis une heure qu'elle s'emmerdait, elle essayait donc d'apprendre par cœur le contenu d'un article intitulé « La confiserie de poche digère les concepts fraîcheur ». « Dans le creux de la vague après la fonte des concepts fraîcheur (feuilles, billes, drops), la PCP se cherche mais ne se prive pas d'innover. Même si le manque de place en devant de caisse demeure un problème crucial. »

Marianne nota mentalement les qualificatifs de « feuilles », de « billes » et de « drops ».

« Tic-Tac, pour séduire sur un marché d'achats d'impulsion, mise sur des goûts fruités et originaux. Elle lance cette année, en permanent, les variétés cerise acerola et fruit de la passion, tandis que le pamplemousse rose revient pour l'été. »

Marianne nota le terme « marché d'achat d'impulsion » et lui accorda deux étoiles sur trois dans son palmarès mental. Le terme « logique d'innovation », par exemple, en comptait trois. Le terme « îlot de résistance » n'en comptait de son côté qu'une seule.

Malgré ses efforts, elle sentait qu'elle avait du mal à se concentrer. Brun dormait (cet animal avait une capacité de sommeil qui forçait le respect, des douze heures par nuit et des siestes durant la journée). Noir, le front barré de quatre profondes rides horizontales, était complètement absorbé par un jeu vidéo où il s'agissait de faire évoluer « l'arbre de compétences » d'un personnage à l'apparence de guerrier nordique.

Gris, lui, allait et venait dans le petit appartement. Ne trouvant apparemment rien à faire, il était venu s'asseoir à côté d'elle et il s'était mis à lire par-dessus son épaule.

— Ça t'intéresse vraiment, ces trucs ? avait-il demandé avec mépris.

— Oui, vraiment.

Elle avait répondu d'un ton glacial. Elle n'aimait vraiment pas ce type. Sans savoir pourquoi, il lui inspirait du dégoût. Et puis un peu de crainte aussi.

— « Ce printemps, Herta a mis sur le marché un marbré au chocolat et joue la touche créative avec une pâte à crumble pour préparations sucrées et salées », lut Gris en ricanant. Ce sont des conneries. Personne ne peut s'intéresser à ça. On t'a mis dans la tête que c'était intéressant, mais si tu réfléchis deux secondes tu te rends compte que c'est aussi intéressant qu'un tas de merde ! conclut-il.

Marianne serra les dents.

— Et toi tu trouves que ton monde est intéressant ? Ton appartement merdique, tu le trouves intéressant ? Ta vie de petite racaille, tu la trouves intéressante ? Ta sale gueule, tu la trouves intéressante ?

— Personne ne me parle comme ça. Personne ne me parle comme ça chez moi. Si je voulais je t'arracherais la tête maintenant, je violerais ton cadavre, je jouirais dans la bouche de ta tête arrachée, je découperais ton corps et je mettrais les morceaux dans des sacs-poubelle.

— Oui… Mais tu ne veux pas.

— Non. J'ai envie de te baiser vivante… J'ai envie de t'entendre pleurer pendant que je te baise.

Marianne serra les cuisses, c'était un réflexe.

— Ton frère n'aimerait pas que tu me fasses ça.

— Mon frère ne va pas bien pour le moment. Et c'est à cause de toi. Putain, il est sorti chercher des produits de nettoyage, comme une espèce de pédale. T'as transformé mon frère en femme de ménage. Je ne sais vraiment pas comment t'as fait ! Alors moi, si je te baisais et que tu en mourais, je crois que je lui rendrais service, je crois que je lui sauverais la vie.

Ce qui avait fait le plus peur à Marianne, c'était que Gris avait parlé avec calme, un peu comme s'il lui avait parlé de ses projets de vacances. Il était clair que quelqu'un qui parlait avec autant de calme était quelqu'un qui faisait ce qu'il disait. Une image se forma dans son esprit, l'image de son viol par ce loup puant. Elle savait que ça n'allait pas être un bon moment mais elle se demanda si, comme le voulait Gris, elle finirait par pleurer. Sans doute que non. Et sans doute que ça ferait chier Gris si elle ne pleurait pas, et faire chier un violeur pendant son viol, c'était une sorte de victoire… D'ailleurs, on pourrait faire des coachings qui…

Elle aurait continué à réfléchir à tout ça si la grosse patte de Gris ne s'était abattue brutalement sur son visage. Marianne fut projetée en arrière, nom d'un chien, ça faisait super mal ! Elle sentit que quelque chose coulait de son nez. Sans même regarder, elle sut que c'était du sang. Elle pensa à ses vêtements neufs qui allaient être bousillés, elle ne parviendrait jamais à les récupérer. Ses yeux étaient pleins de larmes, elle savait que c'était un réflexe normal quand on se faisait écraser le nez mais elle espéra que Gris ne prendrait pas ça pour des larmes de détresse. En tout cas, avec ces larmes, elle ne voyait plus rien. Elle sentit que Gris la renversait sur le canapé, qu'il la faisait rouler sur le ventre et qu'il tentait de baisser son pantalon. C'était pas si facile, c'était un pantalon Agnès b. de bonne qualité avec de solides coutures. Elle se félicita de choisir de la qualité, un pantalon H&M se serait déchiré aussi facilement qu'un mouchoir en papier. À califourchon sur son dos, Gris s'énervait. Le poing du loup, aussi dur qu'un presse-papiers, s'abattit entre ses omoplates. Marianne eut le souffle coupé, elle se demanda un moment si Noir allait intervenir mais manifestement, ce genre d'intervention n'avait pas l'air de faire partie de ses impératifs moraux.

Le poing s'abattit une seconde fois et Marianne se dit que Gris était bien décidé à la faire pleurer. Rapidement, elle envisagea toutes sortes d'options pour parvenir à se sortir de là, mais toutes supposaient qu'elle parvienne à se retourner, ce qui était impossible.

Quand le poing s'abattit une troisième fois, elle sentit qu'elle allait perdre connaissance. Au moins, elle n'allait pas pleurer. Et au moins ne sentirait-elle rien quand Gris lui fourrerait sa bite puante un peu partout. Mentalement elle nota qu'elle devrait s'acheter un bain de bouche. Elle se souvint d'une présentation du bain de bouche Listerine Total Care lors de laquelle le commercial avait insisté sur ses propriétés antibactériennes. Elle se dit que ça devrait faire l'affaire sur les restes éventuels de sperme qui se trouveraient dans sa bouche. Sa mémoire lui livra aussi les quelques pages d'un dépliant Procter & Gamble dans lequel la multinationale de l'hygiène mettait en avant Tena, un gel intime enrichi en cranberry et sans parabène offrant aux utilisatrices un « pur moment de fraîcheur ». Ça aussi, dans les heures qui allaient suivre et si elle était toujours vivante, elle devrait s'en procurer.

C'est alors qu'on frappa à la porte.

Au-dessus d'elle, elle sentit Gris qui se figeait.

À côté d'elle, Noir mit le jeu en pause.

Elle sentit très nettement une vague d'inquiétude parcourir l'appartement, comme un frisson.

Gris et Noir attendirent un moment.

Noir, sa manette toujours en main. Gris, toujours à califourchon sur elle.

Mais sans bouger et en silence.

On frappa encore. Trois coups secs et clairs.

Elle savait ce qui se passait dans la tête des jeunes loups : on savait que c'étaient eux qui avaient volé l'argent du centre commercial, la blonde que draguait Jean-Jean était peut-être parvenue à convaincre la police d'intervenir.

Gris se leva. Elle respira et, malgré l'engourdissement de son dos, elle parvint à se mettre debout.

Quoi qu'il arrive, elle pouvait à présent se défendre.

Gris ouvrit la porte, révélant un grand homme noir dont la joue droite était barrée d'une cicatrice aussi rose et épaisse qu'une limace.

— Ah, c'est toi… dit Gris. L'homme hocha la tête.

Gris le fit rentrer et, contre toute attente, Noir se leva et le serra contre lui, comme un ami très cher retrouvé après une longue absence.

— Je suis venu parce que j'ai des nouvelles à donner, dit l'homme.

— Si vous voulez, on va attendre mon frère, fit Noir. C'est lui qui prend les décisions.

— Tu parles… grogna Gris.

L'homme s'assit sur le grand fauteuil où Marianne avait bien failli se faire violer. Il lui jeta un œil.

— Vous avez pleuré, mademoiselle ?

— Non, dit Marianne. J'ai les yeux un peu rouges, c'est tout.

47

Se frayant lentement un chemin à travers le temps poisseux de l'ennui, la fin de la journée était finalement arrivée.

Jean-Jean s'était changé dans les vestiaires, il avait écouté Akim, son collègue de 19 ans à peine, émettre toutes sortes de jugements sur la société qu'il estimait « moralement fichue ». Jean-Jean approuvait en hochant la tête pour ne pas devoir rentrer dans une discussion qui l'ennuyait. Puis il avait regagné sa voiture, la mâchoire serrée, le cœur battant, prêt à avoir mal, mais il ne s'était rien passé.

Une fois dans sa voiture, il regretta presque de ne pas avoir été tué car le fait d'être en vie allait l'obliger à tenir la promesse qu'il s'était faite à lui-même durant la matinée : embrasser

Blanche de Castille dès ce soir, quand l'occasion se présenterait.

Il était arrivé devant son immeuble dont elle lui avait laissé les clés. Il était monté et il avait retrouvé son père comme il l'avait quitté : collé devant l'écran du PC. Son humeur s'assombrit encore : comment allait-il pouvoir essayer d'embrasser cette fille alors que son père était là ? Nom d'un chien, comment un homme pouvait-il espérer être un minimum attirant pour une fille avec son père dans les parages ? Cela ne le transformait-il pas automatiquement en petit garçon ? Quelle fille est attirée par un petit garçon ?

Il fallait que, ce soir au moins, son père soit absent.

Il s'approcha de lui, sur l'écran du PC la carte d'un territoire inconnu était parcourue par les symboles d'armées rouges et bleues. Son père sélectionnait des unités et leur attribuait des tâches à accomplir.

— Papa ? dit Jean-Jean. En guise de réponse, les yeux de son père se posèrent brièvement sur lui avant de retrouver la luminescence de l'écran. Jean-Jean insista :

— Papa... Ce soir il faut que je parle à Blanche de choses... De choses privées...

Son père leva encore une fois les yeux, mais cette fois il les garda posés sur son fils.

Il le regarda un moment en silence puis finit par demander :

— Tu es certain de ce que tu fais ?

Jean-Jean se sentit gagner par le malaise : il ne voulait pas avoir ce genre de discussion avec son père. Il n'avait jamais parlé de ses sentiments avec lui et il n'avait pas l'intention de commencer.

— Est-ce que ce soir… (Il hésita)… Est-ce que ce soir tu ne pourrais pas simplement être ailleurs ? Ce n'est pas contre toi. C'est juste que je voudrais avoir un moment avec Blanche.

Son père hocha la tête.

— Je comprends, dit-il.

Il s'était levé. Pendant un court instant, au milieu du capharnaüm de l'appartement de Blanche, il avait cherché sa veste des yeux. Il l'avait retrouvée à côté du matelas pneumatique qui lui servait de lit depuis quelques jours, sous une pile de dossiers écrits en allemand et d'emballages de chips vides.

Comme il se dirigeait vers la porte, il sembla soudain se souvenir de quelque chose :

— Est-ce que tu te souviens, il y a des années, quand maman était encore en vie, j'en avais eu assez d'être category manager et j'avais voulu passer super-viseur pour que ma carrière prenne un peu son envol. Tu te souviens ?

Jean-Jean ne se souvenait pas et, surtout, il n'avait pas envie que son père lui fasse le coup du faux départ.

— Peu importe, continua son père, quand j'avais voulu devenir superviseur, il y avait eu une phase de recrutement pour laquelle la boîte avait fait appel à une société extérieure, histoire de ne rien laisser au hasard. Du coup, les autres candidats et moi, on nous avait fait passer plein de tests, plein de tests à la con : des tests d'intelligence concrète avec les

Matrices de Raven, le PM 38 où il faut compléter des séries de dessins, les tests de raisonnement, les tests de compréhension verbale de Bonnardel, le BV8, les tests des cubes de Kohs avec leurs faces colorées et les figures à reproduire. Et tu sais quoi ? Eh bien je t'assure que j'étais bon, ça m'avait étonné mais j'y prenais même du plaisir. Et puis… Et puis, il y a eu les tests de personnalité, ces conneries où il faut inventer des histoires : le Thematic Apperception Test de Murray, le Guilford-Zimmerman et ses trois cents affirmations auxquelles tu dois répondre par « oui », par « non » ou par un point d'interrogation. Mais le type qui nous faisait passer tous ces tests, son truc, le truc auquel il croyait dur comme fer, c'était le « test de l'arbre », tu connais le test de l'arbre ?

Jean-Jean ne connaissait pas.

— Le test de l'arbre consiste à te faire dessiner quatre arbres sur quatre feuilles blanches. Alors, tu dessines tes quatre arbres et le type, il te regarde faire avec l'expression débile du type qui ne veut pas avoir d'expression mais toi tu vois qu'il a une expression quand même, celle du type qui est en train de t'évaluer et qui se sent supérieur parce que, avec son test de l'arbre, il croit savoir plus de choses sur toi que tu en sais toi-même, tu comprends ?

Jean-Jean comprenait.

— Bref, le test de l'arbre, c'est une vraie connerie, autant croire au tarot, au pendule ou bien aux licornes. Mais bon, comme ça fait partie de la phase de recrutement, t'as pas le choix et tu le passes quand même. Et puis, quelques jours plus tard, tu reçois un courrier dans lequel on te dit que tu n'as pas été retenu. Et moi, comme j'avais réussi tous les autres tests, je sais que je les avais réussis, les tests de logique, c'est juste de la logique : tu sais quand c'est bon et tu sais quand c'est pas bon, eh bien j'ai compris que là où j'avais échoué, c'était au test de l'arbre. Alors j'ai essayé de comprendre et je me suis renseigné sur ce test, j'ai essayé de comprendre comment les gars qui te font dessiner ces quatre arbres font pour interpréter tes dessins. Et tu veux savoir comment ils font ?

Jean-Jean hocha la tête.

— Eh bien, le premier arbre est censé représenter tes réactions devant l'inconnu, le deuxième ton adaptation au quotidien, le troisième tes désirs et le quatrième les souffrances et les manques de ton enfance dont il y aurait des traces dans le présent... Quel tas de conneries ! Enfin bref, au moment où j'avais passé le test, j'avais senti que je devais être prudent, qu'il y avait une connerie de piège de psy derrière ces arbres et j'avais fait des arbres ni trop petits, ni trop grands, bien droits avec des feuilles mais pas trop... Des arbres tout ce qu'il y avait de plus normaux... Mais tu veux savoir pourquoi j'ai échoué au test de l'arbre ?

— Oui, fit Jean-Jean qui voyait l'heure tourner et qui sentait que Blanche n'allait plus tarder.

— J'ai échoué au test de l'arbre parce que je leur ai fait des racines. Des bêtes racines, des putains de racines.

— Et alors ?

— Et alors, dans les têtes pourries de ces psy à la con, les seuls qui dessinent des racines à leurs arbres sont les enfants, les alcooliques et certains malades mentaux, tu le crois ça ?

— Je… je ne sais pas…

Son père hocha la tête. Se souvenir de cette histoire semblait l'avoir réellement abattu. Il ouvrit la porte, Jean-Jean sentit qu'il cherchait encore quelque chose à dire et il pria pour que ce ne soit pas trop long.

— En tout cas, après ça, j'ai commencé à me poser plein de questions sur moi-même : sur la vie que j'avais eue, sur les choix que j'avais faits, sur mon enfance… Tout ça… J'ai essayé de sonder mon « moi profond » pour y découvrir le malade qui s'y cachait. Et comme je ne trouvais rien, j'ai commencé à paniquer, j'avais l'impression que chaque jour qui passait, je m'enfonçais un peu plus profond dans quelque chose de mou et d'obscur… À force de me demander pourquoi j'avais fait des racines à ces arbres, je t'assure que j'ai commencé à penser à la mort… Si ta mère n'avait pas été là… J'ai mis du temps à m'en sortir…

— Papa… commença Jean-Jean qui craignait vraiment que son père passe la soirée entière sur le pas de la porte. Son père leva un doigt signifiant qu'il avait encore une dernière chose à ajouter :

— Et finalement, ces tests, ça m'a fait réfléchir… J'ai tourné ça dans ma tête pendant des semaines… Et je me suis dit… Je me suis dit que TOUS CES TESTS ET CES QUESTIONS CE N'EST PAS POUR TROUVER LE MEILLEUR PROFIL. ÇA C'EST L'EXCUSE. C'EST POUR

PERMETTRE À UNE PETITE CASTE D'EXERCER SA VIOLENCE SUR UNE AUTRE… Et que si je devais les repasser, ces tests, eh bien à mes arbres, je leur referais des racines, parce que les arbres, qu'on le veuille ou pas, des racines ils en ont ! Tu comprends, les arbres ont des racines !

Il s'était énervé sur la dernière phrase, il retrouva son calme et déclara sur un ton définitif :

— Écoute, je ne sais pas ce que tu veux lui dire, à Blanche, ce soir, mais ne réfléchis pas trop, ne pèse pas le pour et le contre, si tu sens qu'il faut mettre des racines quelque part, fais-le, d'accord ? Fais-le !

— Je le ferai.

Quand son père disparut dans la cage d'escalier, Jean-Jean fila dans la salle de bains. Il examina son visage, il se brossa les dents. Il essaya de sourire à son reflet mais se trouva immédiatement ridicule.

Embrasser cette fille allait sans doute s'avérer plus compliqué que prévu.

48

Quand Blanc était rentré chez lui, il avait tout de suite senti que quelque chose de bizarre s'était produit en son absence. Bien entendu, il y avait Jacques Chirac Oussoumo qui attendait debout dans un coin de l'appartement, aussi grand et calme qu'une souche de séquoia de Yellowstone.

Mais ce que sentait Blanc, c'était autre chose : quelque chose chez Marianne qui, l'air absent, se mordillait la lèvre inférieure. Ou bien quelque chose chez Gris qui se tenait entre lui et elle, avec un air de défi dont il ne devait même pas se rendre compte mais qui déplut profondément à Blanc.

— Jacques Chirac a quelque chose à nous dire. Quelque chose d'important, dit Noir.

Blanc regarda vers l'homme qui avait été l'amant de sa mère et lui trouva un air encore plus triste qu'à l'enterrement. Sans doute le malheur était-il encore pire quand il durait.

— Oui ? fit Blanc qui se doutait de ce qu'il allait entendre.

— Il est revenu travailler. Il fait un plein-temps. Il est là tous les jours sauf le mercredi et le dimanche. De l'ouverture à la fermeture, dit l'homme.

— Tu es certain ?

— Oui. J'ai encore des amis là-bas. On m'a prévenu.

— Qu'est-ce qu'on fait ? On y va ? On y va maintenant ? demanda Noir en trépignant comme un enfant.

— Il faut qu'on s'organise un minimum. On ne va pas débarquer comme ça, en pleine journée, quand même ! le coupa Gris.

Blanc commençait à en avoir sérieusement assez des interférences de Gris dans la structure d'autorité de la meute. Qu'est-ce qui lui permettait de couper Noir ? Qu'est-ce qui lui permettait de penser à la stratégie du groupe ? Et puis, pourquoi Marianne tirait-elle cette tête ?

— Si, on peut ! déclara Blanc.

— Super ! fit Noir.

— Est-ce que tu te rends compte des risques ? insista Gris.

Blanc se rapprocha de lui jusqu'à le toucher. Poils contre poils.

— Qu'est-ce que tu essayes de faire ? Qu'est-ce qu'il s'est passé pendant que je n'étais pas là ? Marianne, il s'est passé quelque chose ?

— Non… La bonne ambiance habituelle, dit-elle avec ironie.

Blanc regarda Gris dans les yeux, il sentait que la rage qu'il avait dans le ventre lui donnait plus de force et d'autorité que jamais. Il sentait aussi que Gris était impressionné et cela lui donna encore plus d'aplomb.

— Si je dis qu'on peut y aller en plein jour, c'est qu'on peut y aller en plein jour. Explique-moi ce qui te gêne ?

— Rien… C'est juste que… commença Gris d'une voix mal assurée.

— Tais-toi ! Tu es ridicule !

Gris se tut. Son corps semblait avoir rétréci de quelques centimètres. Un léger tremblement agitait ses mains grises.

Jacques Chirac parla à son tour d'une voix si grave qu'elle évoquait le ronronnement d'une bétonnière.

— Je viendrai aussi. J'en ai besoin. Pour mon travail de deuil. Après ça, j'irai mieux.

— D'accord, fit Blanc un peu surpris par l'utilisation du terme « travail de deuil ». Tu trouveras certainement quelque chose à faire. Et toi, dit-il en se tournant vers Marianne, tu veux aussi venir ?

— Moi je suis un peu fatiguée. Je crois que si je reste toute seule ici je pourrai en profiter pour me reposer un peu.

Blanc sourit.

49

Jean-Jean avait tenté d'être dans l'attitude désinvolte de celui qui s'apprête à passer une soirée tout à fait normale. Il avait essayé d'être assis sur le canapé et de feuilleter un journal, il avait trouvé que ça sonnait faux. Il avait essayé d'être à la table de la salle à manger, le regard perdu sur la vue qui s'offrait à lui au-delà de la fenêtre, mais il craignit que regarder fixement des emplacements de parking vides ne passe pour un comportement de psychopathe.

Finalement, lorsque Blanche était arrivée, il était figé au milieu du salon, un journal froissé dans une main, une tasse vide dans l'autre. Elle sourit, Jean-Jean eut l'impression que son cœur, comme un lapin pris au piège, se tortillait nerveusement dans sa poitrine.

Le moment de vérité était arrivé : elle était là, devant lui et il se demanda comment il ferait pour oser l'embrasser. Il fut convaincu qu'il n'y parviendrait jamais. Pendant une fraction de seconde, il se dit qu'il allait se contenter d'accepter les petites choses minables que la vie lui offrirait durant les prochaines années, que Blanche n'était tout simplement pas faite pour lui, qu'il devait être complètement dérangé pour croire que Blanche serait heureuse d'être embrassée par un incapable comme lui. Quelque chose d'incroyablement puissant semblait déterminé à l'empêcher d'embrasser la jeune femme. Cette chose, en un instant, il l'identifia comme celle qui, depuis si longtemps s'était installée en lui et l'avait fait échouer à l'examen Atout +3 alors qu'un dernier effort lui aurait assuré la réussite, comme celle qui lui avait fait accepter avec résignation le dévolu que Marianne avait jeté sur lui pour des raisons qu'il ne comprenait toujours pas, comme celle qui l'avait poussé à rester toutes ces années avec elle malgré son foutu caractère de mamba vert, comme celle qui lui avait fait accepter l'idée de travailler toute sa vie comme agent de sécurité dans un centre commercial.

Jean-Jean déposa le journal froissé sur la table et, par-dessus le journal, sa tasse vide. La tasse glissa, roula, tomba sur le plancher verni et se brisa en un terrible bruit. Blanche sourit encore une fois et ouvrit la bouche pour dire quelque chose.

En trois pas, Jean-Jean était contre elle. Il la prit par les épaules et l'embrassa.

Jean-Jean n'avait aucune idée de la façon dont il y était parvenu, mais une chose était claire, il y était : sa bouche contre la bouche de Blanche. Sa langue contre ses lèvres et puis au-delà.

Pendant une fraction de seconde, sans savoir pourquoi, il se dit qu'il allait probablement mourir.

Puis l'instant d'après, il se sentit tout entier envahi d'un sentiment qu'il n'avait plus ressenti depuis des années : il était fier de lui.

Incroyablement fier.

Une question technique apparut dans son esprit : dans la mesure où Blanche ne le repoussait pas, au contraire, elle semblait accueillir favorablement ce baiser, combien de temps devait-il continuer ? S'il s'arrêtait maintenant, cela risquait d'être trop court et ce baiser pourrait apparaître comme une sorte d'impulsion irréfléchie qui ne serait pas destinée à être répétée. Trop long et Blanche risquait d'en avoir assez et de le repousser. Et ça, ça aurait comme conséquence inévitable d'installer entre eux un malaise où se mêleraient honte et embarras.

Jean-Jean essaya de trouver quelque chose. Sa mémoire lui fournit le souvenir de la scène de baiser dans le film *Titanic* de James Cameron : un beau baiser à l'avant du bateau, un baiser un peu inconfortable où Kate Winslet doit se tordre le cou pour embrasser Leonardo Di Caprio qui se trouve derrière elle. Un baiser, selon ses estimations, d'environ vingt secondes.

Compte tenu du fait que cela faisait à présent dix secondes qu'il embrassait Blanche, il se dit qu'il avait encore dix secondes devant lui pour rester dans la norme d'Hollywood.

Il compta mentalement… Les secondes passaient vite. Il eut très envie de caresser le sein de Blanche, voire ses fesses… Mais il y renonça. S'il sexualisait ce baiser, ça risquait de produire de funestes inter-férences dans l'esprit de la jeune femme. Pas néces-sairement, c'est vrai, mais ce n'était pas impossible et Jean-Jean ne voulait rien risquer.

Il compta donc dix secondes et puis relâcha son étreinte.

Blanche le regardait avec un sourire.

— Eh bien… dit-elle.

— J'en avais vraiment très envie.

— J'ai vu.

— C'était trop… long ? s'inquiéta Jean-Jean.

— Oh non, pas du tout ! Un vrai baiser de cinéma !

Une nouvelle fois, Jean-Jean s'approcha de Blanche. L'expression amusée de la jeune femme lui avait donné confiance. Comme il approchait son visage pour l'embrasser à nouveau, elle recula.

— Un moment… Un moment…

— Je suis… désolé… J'ai cru que…

— Ce n'est pas ça… C'était agréable…

— Est-ce que… on pourrait se tutoyer ?

— Je crois qu'on peut tutoyer tous les gens avec qui on a mélangé sa salive.

— Oui, je crois aussi.

— Est-ce que tu es d'accord que je te parle franchement ?

— Tu ne veux pas mélanger le travail et la vie sentimentale ?

— Non, ça je m'en fous… Ce que je veux dire c'est… Tu sais, les loutres sont des animaux assez solitaires.

Jean-Jean se sentit à quelques centimètres du désespoir, Blanche dut le remarquer car, cette fois-ci, c'est elle qui s'approcha de lui.

— Je n'ai jamais eu besoin d'être en couple… J'ai autant envie d'être en couple que de commencer une collection de dentelles de Bruges, tu comprends.

— Oui… Je crois…

Il se baissa et entreprit de ramasser les morceaux brisés de la tasse. Il se demanda pourquoi il faisait ça, mais vu qu'il avait commencé, il continua.

— D'un autre côté… Est-ce que tu savais que la loutre est le seul animal qui aime jouer… Je veux dire, même quand il est adulte ?

— Ah bon… Je ne savais pas… Et les chiens, les chiens aussi ça joue ?

— Non, les chiens ne jouent pas. Les chiens rapportent et encore, ils rapportent quand on les a dressés pour ça. Jamais tu ne verras jouer un chien à l'état sauvage… La loutre elle, elle éprouve un véritable plaisir à jouer, à tel point que la loutre rit.

— La loutre rit ?

— Oui… Enfin, elle fait une espèce de bruit qui est lié au plaisir du jeu et qu'on peut donc associer au rire.

— Je ne savais pas…

Il se redressa, les mains pleines d'éclats. Comme il ne sut où les mettre, il les déposa sur la table.

Cette fois-ci, ce fut Blanche qui l'embrassa.

Un baiser incroyable, totalement hors catégorie, Jean-Jean compta vingt secondes à la fin desquelles Blanche lui caressa la nuque.

Personne ne lui avait jamais caressé la nuque.

— On ne se connaît pas bien, mais je veux bien qu'on joue ensemble, dit-elle.

— Il y a des règles à ce jeu ?

— Interdiction de devenir un couple.

Jean-Jean réfléchit un moment. Elle le regardait en souriant, un sourire qu'il trouva formidable, un sourire qui lui rappela des vacances qu'il avait prises, enfant, dans une région de montagnes et de lacs, un sourire qui donnait envie de se rouler dedans, de se réchauffer à sa lumière comme à celle d'un soleil de printemps crevant les nuages après un long hiver, un sourire qui lui donna la certitude que les jours qui venaient allaient être les plus beaux de sa vie. Il l'embrassa encore, la serrant cette fois un peu plus contre lui. Il n'avait plus peur de rien.

— D'accord, dit-il.

50

La nuit avait passé lentement. Des heures blanches et douloureuses pendant lesquelles Marianne ne parvint à trouver qu'un sommeil aussi fragile qu'une feuille de soie trouée par l'usure.

Son dos pulsait d'une terrible douleur. Rien de grave, les coups de Gris n'avaient rien cassé, il en aurait fallu beaucoup plus que ça, mais un hématome de la taille d'un gros dictionnaire était apparu en quelques heures et la faisait, à présent, terriblement souffrir.

Blanc l'avait vu, il avait aussi vu qu'elle avait mal, mais il n'avait rien dit. Marianne avait déjà compris qu'il n'était pas du genre à éprouver de la pitié pour quelqu'un et sa colère contre Gris, après avoir éclaté durant l'après-midi, avait été neutralisée par la très puissante structure de relations propre à la fratrie des jeunes loups.

Pour Blanc, la page était tournée.

Marianne ne lui en voulait pas, elle n'avait jamais eu besoin de personne pour la défendre et ce n'était pas aujourd'hui que ça allait commencer. Et puis, après la démonstration d'autorité pure dont Blanc avait fait preuve à son retour, après la terreur qu'elle avait lue dans les yeux de Gris, elle était certaine que plus jamais il n'oserait s'en prendre à elle.

Et si jamais ça devait se produire, elle serait prête. Elle l'attendrait.

Au point du jour, les quatre loups se levèrent en silence. Ils s'habillèrent de ces vêtements fonctionnels qui étaient leur quotidien et ils descendirent sur le parking de l'immeuble. À cette heure, l'endroit était encore baigné de la lumière jaunâtre des ampoules au sodium, on aurait dit le fond d'un lac chargé de pollution.

La haute silhouette de Jacques Chirac Oussoumo les attendait. Il était immobile et semblait indifférent à l'atmosphère humide et glaciale qui avait déposé une mince couche de givre sur les pare-brises des voitures. Tous les cinq, toujours sans un mot, montèrent dans la Peugeot 505 familiale. La voiture démarra et disparut dans le brouillard de l'aurore.

Marianne sonda son esprit pour essayer d'y déceler une trace d'inquiétude, mais elle ne trouva rien.

Elle décida de prendre un bain brûlant. La chaleur soulagerait certainement un peu la douleur.

51

L'esprit de Jean-Jean lui semblait aussi léger qu'un nuage d'hélium. Le souvenir de la nuit était un brouillard confus entrecoupé d'éclairs qui illuminaient le souvenir de la soirée. Certains détails se détachaient de l'ensemble, pareils à des rochers au milieu d'un merveilleux océan : la douceur soyeuse de la peau de Blanche, son odeur de grande forêt, son regard brillant malgré l'obscurité, ses cheveux défaits, l'éclat ivoire de ses dents que dévoilait son sourire.

Et c'est à l'aube, dans cet étrange état psychique se situant quelque part entre l'ivresse de la nuit, les rêves lourds et confus qui avaient suivi et le manque de sommeil que Jean-Jean s'était préparé à aller travailler.

Mécaniquement, il avait enfilé sa tenue de gardien, il avait jeté un œil au canapé sur lequel il aperçut son père endormi et il avait quitté l'appartement.

Il ne gardait aucun souvenir du trajet jusqu'au centre commercial, il n'avait aucun souvenir de ce qu'il avait dit ou fait et ce n'était qu'à présent qu'il était presque 9 heures du matin que la réalité semblait reprendre doucement ses droits : la perspective sur la longue rangée de caisses, les « ping » des scanners, l'éternel tapis musical qui tentait de couvrir d'un peu de sucre l'atmosphère morose de l'endroit, les annonces à l'enthousiasme factice pour des « affaires du jour » sur des produits dont les noms prononcés lui évoquaient ceux des talismans les plus communs à sa civilisation (Dash, Gillette, Finish, Pampers, Nivea), le brouhaha où se mêlaient le chuintement métallique des caddies, les sonneries de téléphone et les voix des centaines de clients déjà présents.

Il se dit que Blanche devait avoir rejoint l'équipe de sécurité. Il eut très envie d'aller lui dire bonjour mais il voulait éviter à tout prix de donner l'impression d'être quelqu'un de collant, il voulait éviter à tout prix qu'elle regrette la nuit qu'ils avaient passée ensemble. Ce qu'il voulait vraiment, c'était lui démontrer par son attitude douce et respectueuse, présente sans être pressante, qu'il était « quelqu'un de bien ».

Alors peut-être, ce que Blanche envisageait comme un jeu pourrait devenir une histoire.

Une histoire d'amour.

Mais ce désir-là, Jean-Jean le garderait profondément enfoui dans son esprit.

C'était son secret.

D'ici là, Blanche et lui passeraient d'autres jours et d'autres nuits.

Et ce serait bien.

Et ce serait simple.

52

Quand vers 9h30, la Peugeot 505 familiale était arrivée sur le parking du centre commercial, la pluie avait cessé de tomber et un ciel bleu et lumineux perçait à travers des nuages couleur crème.

Blanc était sorti de la voiture et il avait respiré profondément le parfum de l'air humide. Nuage, soleil, le passage fugitif d'un oiseau, la vie était totalement indifférente à ce qui se préparait. Il se souvint des paroles du comte Nicolas Rostov, le jeune militaire de *Guerre et Paix* de Tolstoï, qu'il avait lu des années plus tôt. Par pudeur, il l'avait lu en cachette de ses frères et malgré la difficulté, il l'avait lu jusqu'au bout. Il sentait que ce roman, même s'il ne le comprenait que par bribes, lui nourrissait l'esprit et le transformait en quelque chose de meilleur. Ce roman l'approfondissait, l'affinait, lui donnait du monde une image nouvelle, plus grande, plus complexe, plus excitante. Et de ce roman il se souvenait donc de ce comte Nicolas Rostov qui, pendant une bataille, contemple le Danube, le ciel, le soleil et les forêts et se dit : « Je sens en moi tant d'éléments de bonheur, en moi et en ce beau soleil… Tandis qu'ici… des cris de souffrance… La peur… La confusion… La hâte… On crie de nouveau, tous reculent et me voilà courant avec eux… Et la voilà, la voilà la mort, au-dessus de moi !… Une seconde encore, et peut-être ne verrais-je plus jamais ni ce soleil, ni ces eaux, ci ces montagnes !… »

Blanc regardait ce qui était son Danube à lui : ce parking hérissé des panneaux numérotant les emplacements, le va-et-vient des clients, le souffle de l'autoroute toute proche, l'odeur de graillon du fast-food et la vision de tout cela lui procurait un sentiment fait de réconfort et de nostalgie. Ce monde qu'il connaissait si bien, ce monde qui l'avait vu grandir et qui, d'une certaine façon, faisait partie de lui, ce monde ne se doutait pas que les minutes qui allaient suivre seraient des minutes de feu et de sang.

Des minutes après lesquelles plus rien ne serait pareil.

Un silence ensommeillé régnait dans la voiture. Gris, Brun et Noir, les yeux mi-clos, semblaient être en train de terminer les rêves de la nuit interrompus par ce réveil matinal. Dans leurs mains velues, ils tenaient les armes d'acier dont le feu s'abattrait dans les minutes qui allaient suivre. Ils les caressaient distraitement, comme l'auraient fait à leur peluche de jeunes enfants que l'on conduit à la crèche.

À un moment, sans raison précise, comme si cela faisait partie du fil de sa pensée, Jacques Chirac Oussoumo laissa échapper un « ce sera terrible », et puis il se tut.

L'esprit de Blanc, qui était encore occupé à penser à Tolstoï, aux grandes forêts de Russie et à la désastreuse campagne de Bonaparte, bifurqua vers le souvenir de ce texte de Louis Viardot extrait de ses *Souvenirs de chasse*, un texte qui l'avait particulièrement frappé quand il l'avait découvert. Et s'il l'avait tant marqué, au point de se retrouver mot pour mot dans sa mémoire, c'était évidemment parce qu'il y était question de loups :

« Pendant l'année 1812, de fatale mémoire, un détachement de soldats (on dit quatre-vingts hommes), qui changeaient de cantonnement dans un gouvernement du centre, furent attaqués la nuit par une nombreuse troupe de loups, et tous dévorés sur la place. Au milieu des débris d'armes et d'uniformes qui jonchaient le champ de bataille, on trouva les cadavres de deux ou trois cents loups, tués à coups de balles, de baïonnettes et de crosses de fusil ; mais pas un seul soldat n'avait survécu, comme ce Spartiate noté d'infamie après les Thermopyles, pour raconter les horribles détails du combat. Une pierre tumulaire, élevée sur les ossements des victimes, conserve le souvenir de cet incroyable événement. »

Blanc se souvenait de la fierté qu'il avait éprouvée à la lecture de ce texte, la fierté pour ses ascendances de loup : un animal si rusé qu'il pouvait se déguiser en grand-mère, se glisser dans son lit parfumé aux odeurs de vieilles femmes et imiter sa voix pour dévorer des petites filles. Un animal si déterminé qu'il pouvait, comme l'avait fait l'armée du tsar, mettre en déroute un complet détachement de soldats armés.

Jacques Chirac Oussoumo avait raison : ce qui allait suivre allait être terrible. Il ne savait pas encore de quelle manière, mais ce ne pouvait être que ça : terrible. Être terribles, c'était le destin des loups et ce qui allait arriver, c'était avant tout dans l'ordre des choses.

Blanc s'aperçut que Jacques Chirac Oussoumo et ses frères attendaient qu'il dise quelque chose. Ils étaient sortis de la voiture et se tenaient debout dans la douce tiédeur du soleil matinal. Face à eux, se détachant sur le bleu du ciel, le centre commercial ressemblait au Sphinx.

Blanc pensa au corps de Marianne, à son incroyable odeur et à la vie qu'il passerait à ses côtés une fois que cette dernière corvée aurait été exécutée.

Une vie absolument parfaite qu'il aurait gagnée comme une bataille.

— On y va, avait-il dit.

Et ils y étaient allés.

53

Ce que Jean-Jean vit d'abord, ce fut la haute silhouette de Jacques Chirac Oussoumo. C'était tellement incongru de le voir là, dressé comme une stèle de quartz dans le grand hall d'entrée du centre commercial, à l'orée des caisses, au milieu du va-et-vient des clients poussant des caddies remplis à ras bord des mille couleurs de leurs achats, qu'il ne comprit pas tout de suite ce qui se passait.

Il fallut qu'il voie, à côté de lui, les visages velus de Noir, de Gris, de Brun et de Blanc pour qu'une vague d'adrénaline aussi puissante qu'une gifle le sorte de sa stupeur.

Pendant une seconde, il se demanda s'il devait aller leur parler pour dissiper le « malentendu », mais il se souvint de ce que Blanche avait dit : ces loups agissaient selon des codes et des valeurs qui leur étaient propres, des codes et des valeurs parmi lesquelles on n'avait aucune chance de trouver l'idée qu'une « conversation raisonnable » permet de régler tous les problèmes.

Malgré le fait qu'il se sentit aussi lâche que ridicule, Jean-Jean tenta de se cacher derrière une PLV en carton bleu faisant la promotion des vitamines Juvamine où la photo d'un skieur en pleine descente clamait : « Révélez votre vitalité. » Les quatre têtes des quatre loups étaient tournées dans sa direction et il vit avec effroi le doigt de Jacques Chirac Oussoumo indiquer la PLV.

On l'avait vu.

Il essaya de garder son sang-froid. Il ne voulait pas céder à la même panique que celle qui lui avait fait fuir son appartement quelques jours plus tôt.

Il devait faire quelque chose d'utile.

Quelque chose d'intelligent.

Quelque chose digne d'un homme qui a osé embrasser une fille comme Blanche de Castille.

Il se releva, décidé à aller prévenir Blanche et les cinq types du service Synergie et Proaction.

Il se mit à courir.

Derrière lui, il entendit une sorte de cri, il se retourna et vit les quatre loups courant eux aussi, les yeux furieux, sortant de dessous leurs survêtements de sport ce qui ressemblait à des armes à feu. Jean-Jean enjamba la barrière de la sortie sans achat qui se mit à sonner furieusement.

— Jamais, se dit-il, jamais ils n'oseront tirer dans la foule.

L'instant d'après, il entendit claquer un coup de feu et, devant lui, un écran Samsung 40 pouces en promotion à 299 euros vola en éclats. Sa voix intérieure lui cria :

— Nom d'un chien, ils tirent ! Ils tirent !

Des gens criaient. Devant lui, une grosse dame s'effondra dans un gémissement de pneu crevé, un homme couché par terre pleurait.

Quelque part, un bébé hurlait.

Jean-Jean eut le temps de bifurquer dans un rayon où des centaines de poêles et de casseroles garnissaient quinze mètres de linéaires comme l'auraient fait des grandes fleurs d'hibiscus le long d'un mur d'enceinte. Une rafale d'arme automatique crépita derrière lui, des balles percutèrent la fonte, la céramique, l'aluminium et l'acier en une jolie série de ding et de dong.

Jean-Jean était si intimement convaincu de sa mort imminente qu'il se prépara à la douleur d'une balle prise dans le dos. À travers le rideau de terreur qui le poussait en avant avec une surprenante énergie, il savait qu'il devait encore traverser le rayon surgelés. De là, il arriverait au fond du magasin, il irait vers le rayon boulangerie, là où planait le parfum de synthèse de l'acétylpyridine en aérosol imitant celui du pain chaud. Un rayon amiral pour le centre commercial, un rayon qui s'étalait de tout son long, vingt mètres arrogants débordant de baguettes traditionnelles ou à l'ancienne, de pains sept céréales, de moelleux au chocolat et de viennoiseries présentées en cascades dorées et putassières derrière des tiroirs en plastique.

Et au-delà de ce rayon, il y avait les portes de service, les réserves, l'extérieur, son salut.

Mais il n'y arriva pas : Jean-Jean entendit une détonation et sentit un souffle puissant le soulever du sol. Il s'écrasa durement parmi les éclats de plastique, les sachets de frites éventrés, au milieu d'un capharnaüm de croquettes que le froid avait rendues aussi dures que des cailloux. Sans doute perdit-il connaissance une fraction de seconde, l'univers entier sembla gondoler, il n'avait plus dans les oreilles que le bruit d'une sonnerie électrique, un tympan avait l'air hors service.

Il se retourna. Une épaisse fumée noire était en train d'envahir les linéaires du magasin, des *sprinklers* crachaient frénétiquement de l'eau mais cela ne semblait avoir aucun effet sur les flammes qui se gavaient des liquides inflammables du rayon droguerie : des rangées de flacons de térébenthine, de white spirit, d'acétone, de colles néoprène, de peintures en aérosol et de dégivrant pour vitres tressèrent des bannières de feu allant de l'orange vif au bleu roi.

Ça courait, ça criait partout. À gauche, du côté du rayon textile, un présentoir entier de petites chaussures de gymnastique blanches s'embrasa, les collants fondirent, le polyamide se muant en une sinistre sauce noirâtre qui dégoulina sur le carrelage immaculé.

Devant lui, traversant l'épaisse fumée toxique comme un tank aurait traversé le brouillard, Jean-Jean reconnut Jacques Chirac Oussoumo.

Jean-Jean comprit que rien ne pourrait plus lui venir en aide.

Jacques Chirac Oussoumo avançait vers lui avec la détermination d'un dieu vengeur venu punir les humains. Ses mains aussi grandes que des encyclopédies s'ouvraient et se fermaient, impatientes de serrer le cou de celui qui avait tué la femme qu'il aimait, et qui avait ruiné sa vie.

— C'était un accident ! Personne n'est responsable ! essaya de dire Jean-Jean qui eut presque honte de sa voix paniquée montant dans les aigus. De toute façon, avec le vacarme des coups de feu, de l'incendie, des cris et des explosions, il était impossible de se faire entendre.

Il y eut un encore un bruit d'explosion, très proche cette fois, qui éventra une des grandes armoires frigorifiques avec une violence extraordinaire, projetant en un arc-en-ciel coloré la majeure partie du rayon glaces à travers l'allée. L'odeur d'éther du tétrafluoroéthane satura un moment l'atmosphère. Le circuit réfrigérant avait dû exploser sous l'effet de la chaleur.

Jacques Chirac Oussoumo s'était arrêté, comme surpris par le bruit.

Il regarda vers l'armoire éventrée devant laquelle gisaient piteusement des boîtes Häagen-Dazs Snack Size, Coffee Almond Crunch.

Puis, il tomba à genoux et s'écroula, son grand visage noir s'écrasant contre le carrelage blanc.

Un peu de sang s'échappait d'un trou au niveau de sa tempe, là où une boîte de crème glacée Fermette d'un litre, aussi dure qu'un lingot d'acier l'avait percuté à la vitesse de deux cents mètres par seconde.

Jean-Jean essaya de se relever mais parvint à peine à bouger. Ses jambes qui refusaient de lui obéir donnaient l'impression d'avoir été transformées en plâtre. Il vit que, tout autour de lui, des projections de sang formaient quantité de marques étoilées d'un étonnant rouge vif.

Les loups n'allaient pas tarder.

Il essaya encore de bouger, sans succès.

Quelque chose dans son corps devait s'être cassé.

Il se rendit compte qu'il ne pouvait rien faire d'autre qu'attendre la mort.

Cette évidence le plongea dans une profonde tristesse : alors que justement quelque chose d'agréable semblait s'être produit dans sa vie, alors qu'il avait compris tant de choses, à commencer par le fait qu'il n'était peut-être pas si nul, pas si moche, peut-être même un peu sexy. Maintenant qu'il avait presque réussi à se débarrasser de toutes ces conneries que Marianne était parvenue à lui mettre dans la tête.

Maintenant que tout promettait d'être mieux, il allait mourir à cause d'un malentendu idiot !

Ses tympans endommagés lui transmettaient le son déformé de cris, de voix d'hommes et de femmes, d'autres coups de feu et une terrible douleur commençait à se faire sentir au niveau de ses jambes. Il se demanda si se cacher sous les sachets de haricots surgelés en conditionnement économique de trois kilos était une bonne idée. Il essaya de ramper jusqu'à eux.

Sans succès.

Allongé sur le dos, il restait incapable de bouger.

Une chaussure de sport apparut alors dans son champ de vision.

Il releva la tête et reconnut un des types du service Synergie et Proaction. Il roulait des yeux affolés qui ressemblaient à deux poissons prêts à lui sortir de la tête et tenait dans une main tremblante ce que Jean-Jean jugea être une arme de petit calibre avec laquelle il tirait en direction d'une cible indéterminée.

Soudain, sa tête parut se dégonfler, comme l'aurait fait un ballon que l'on aurait crevé d'un seul coup.

Du sang coula encore.

Jean-Jean sentit une main ferme agripper son bras et le tirer vigoureusement par la manche.

À la manière d'une carcasse de viande, il fut traîné sur quelques mètres, les led qui parsemaient le faux plafond du grand magasin parurent défiler à toute vitesse.

Il parvint un moment à tourner la tête, il vit que c'était Blanche de Castille pliée en deux qui vraisemblablement tentait de le mettre à l'abri.

Et puis enfin, avec beaucoup de douceur malgré la tension, elle l'installa contre un frigo du rayon boucherie.

— Tu perds du sang, dit-elle calmement.

Jean-Jean sentait une agréable sensation l'envahir, un doux vertige tiède, une espèce de rivière molle qui emportait avec elle la douleur.

— Tu perds du sang, répéta Blanche.

— Dis-moi quelque chose de gentil… Je crois que je vais mourir… Ce serait bien que tu me dises quelque chose de gentil…

— Tu ne vas pas mourir !

— Tu n'en es pas certaine. Ça se voit… Alors dis-moi quelque chose de gentil.

Blanche parut réfléchir. Il y eut une violente explosion très proche, suivie de plusieurs coups de feu.

Elle regarda au-delà du frigo.

— Nom d'un chien, dit-elle à elle-même. Puis elle regarda Jean-Jean : « Je t'ai toujours trouvé beau. À la seconde où je t'ai vu, je t'ai trouvé beau et j'ai eu envie de toi. »

Jean-Jean sentit qu'il souriait.

Ça lui fit mal.

Blanche l'embrassa.

— Je reviens, dit-elle avant de disparaître.

Il perdit ensuite connaissance sous le regard mi-clos d'un public constitué d'une cinquantaine de poulets morts.

54

Quand elle eut pris son bain et avalé une quantité déraisonnable d'ibuprofène, Marianne avait fini par plonger dans un vilain sommeil chimique dénué de toute forme de rêve.

Puis, après un temps indéterminé, ce sommeil se déchira d'un seul coup, dans un étrange bruit cérébral, et elle entendit la voix de Blanc crier dans le salon :

— Couche-le là ! Couche-le là putain !

Elle s'était relevée. Son dos lui faisait un peu moins mal, mais la douleur était encore bien présente. L'effet de sommeil coupé se conjuguant avec celui de la prise des analgésiques lui faisait un peu tourner la tête. Elle faillit perdre l'équilibre et posa une main sur le mur de la chambre.

Du salon, elle entendit encore une fois Blanc jurer :

— Putain !

C'était bizarre, il lui avait pourtant semblé que Blanc n'était pas du genre à perdre son sang-froid.

Elle arriva dans le salon.

Blanc, Gris et Noir entouraient le canapé où elle reconnut Brun.

Elle s'approcha.

Blanc appuyait un linge ensanglanté au niveau du foie de Brun. Brun, lui, ne bougeait plus. Son visage était complètement impassible, un peu de salive blanchâtre s'échappait de ses lèvres sombres. Ses yeux vitreux s'étaient figés, louchant légèrement.

Marianne comprit qu'il était mort.

Blanc recula. Une expression de désespoir profond s'était dessinée sur son visage velu. Il aperçut Marianne et hocha la tête d'un air désolé.

— Ça a été terrible et ça n'a servi à rien…

Marianne comprit que Jean-Jean avait survécu. Ça l'agaça.

Et cet agacement lui fit se dire qu'elle avait une âme de tueuse.

Et se dire qu'elle avait une âme de tueuse la fit se sentir assez fière d'elle : son hérédité de mamba vert et ses études de commerciale avaient fait d'elle une machine faite pour réussir dans les métiers de la vente. Blanc continuait à parler :

— On est arrivés, on l'a vu et il nous a vus. Il a paniqué, il s'est mis à courir. On s'est mis à courir et…

Noir le coupa.

— J'ai essayé le tir de loin. Je suis bon au tir de loin.

— Mais cette fois-ci, ça a raté, dit Blanc.

— L'émotion, je pensais à maman… Je crois que c'est ça…

Gris l'attrapa par le revers de sa veste et se mit à hurler :

— Des grenades ! Putain t'as balancé des grenades dans ce putain de grand magasin. T'as tué plein de gens ! Tu te rends compte de ça ? Est-ce que tu t'en rends compte ! Et lui, dit-il en désignant le corps de Brun, lui il est mort à cause de toi. Et de toi aussi ! dit-il à l'adresse de Blanc.

— Il n'est pas mort à cause de moi. Il y avait des types armés qui se sont mis à nous tirer dessus !

— Si on avait réfléchi deux secondes avant d'y aller, ça ne se serait pas passé comme ça ! Et c'est pour toi qu'on y est allés, fit Gris accusant cette fois Noir.

Ça alla très vite : sans prévenir, Noir se jeta sur Gris, toutes griffes dehors. Ses mâchoires énormes et sombres claquant comme des outils de chantier tandis qu'il essayait d'atteindre son frère à la gorge.

— Arrêtez ! Arrêtez ça ! Blanc tentait de s'interposer. Merde, Brun est mort. Il est mort, notre frère est mort.

Noir lâcha Gris. Il soupira, son corps tout entier sembla être soulevé par de grandes vagues invisibles.

Il pleurait.

— Ça n'aurait pas dû se passer comme ça… Ça n'aurait pas dû se passer comme ça, répétait-il d'une voix étrange qui aurait pu être celle d'un enfant.

Blanc le prit dans ses bras. Marianne trouva ce geste étrange, entre deux loups, mais cela calma Noir.

— On a plus rien à perdre maintenant… On a plus rien à perdre… On va le suivre… Même si ça met des années… On va le suivre et on va le tuer et on va le manger…

— Non, lui dit calmement Blanc, on ne va plus rien faire. On va prendre notre argent et on va partir loin, pour toujours.

— Non, dit Noir… On ne va pas faire ça… On va le suivre, on va le tuer et on va le manger. Après, on pourra recommencer à vivre si on a envie… Mais d'abord on va le suivre, le tuer et le manger, parce que c'est ça que font les loups !

Blanc se tourna vers Gris qui semblait encore sous le choc de l'agression dont il avait été l'objet quelques instants plus tôt. Il semblait avoir découvert à quel point Noir était vraiment le plus fort des trois. Gris ne répondit pas. Marianne eut l'intuition très nette qu'il avait peur.

— Écoute… tenta encore de dire Blanc à son frère… Mais Noir le coupa sur un ton qui n'appelait plus aucune réponse :

— Je dis : on le suit, on le tue et on le mange !

Blanc ne dit d'abord rien. Il regardait le sol d'un air piteux, puis, sans regarder Noir dans les yeux, il grogna.

— D'accord, on va faire ça.

Marianne sentit que quelque chose de bizarre venait de se produire. Quelque chose de tout à fait inattendu : la structure d'autorité semblait bien s'être modifiée.

Il y avait un nouveau chef.

Ce que Gris avait tenté sans succès, Noir y était parvenu.

Elle n'avait aucune idée de la façon dont une telle chose pouvait être possible.

Elle se demanda si ça changeait quelque chose pour elle, mais elle conclut rapidement que c'était peu probable : Noir n'avait pas le profil du mâle intéressé par le sexe ou par l'amour.

Noir ne s'intéressait qu'au monde que lui dessinait sa propre folie.

D'une certaine manière, ça la mettait à l'abri.

D'un autre côté, tant qu'elle ne serait pas parvenue à convaincre Blanc de laisser tomber ses frères, elle serait bien obligée de les suivre.

Il était trop tard pour faire marche arrière.

55

Avant même d'ouvrir les yeux, Jean-Jean sut où il se trouvait.

Cette odeur de chou se mêlant à celle du désinfectant, cette lueur bleuâtre perçant à travers ses paupières, le contact rêche de draps qui avaient dû être lavés à l'eau de Javel et bouillis un nombre incalculable de fois, ce ronron d'un conditionnement d'air vétuste où devaient batifoler des centaines de milliards de saloperies de germes : il était à l'hôpital.

Il se crispa.

Il détestait les hôpitaux. Les hôpitaux étaient des endroits qui l'avaient toujours mis mal à l'aise, il se souvenait de son adolescence et des premiers signes de la maladie sa mère. Il se souvenait des quelques jours qu'elle y avait passés, sans résultats, en observation.

Des jours pendant lesquels il lui avait rendu visite avec son père dont le dos, à peine passé le hall d'entrée, se voûtait encore un peu plus.

Ce que Jean-Jean adolescent détestait le plus, c'était qu'il y avait toujours des malades pour laisser entrouverte la porte de leur chambre. Sur le chemin de la chambre où sa mère avait été installée, à travers ces portes entrouvertes, il voyait fugitivement dépasser des bouts de vieilles chairs, des corps mous, presque des carcasses étendues, des bras amaigris se tendant vers des plateaux-repas sinistres. Jean-Jean n'avait jamais compris pourquoi personne ne pensait à fermer ces portes une bonne fois pour toutes.

Et puis surtout, avec la mort de sa mère qui était arrivée aussi inexorablement qu'une mauvaise saison, éveillant à peine l'intérêt des médecins, Jean-Jean avait acquis la conviction que les hôpitaux ne servaient à rien. Au mieux à retarder, un peu, le moment de la mort, mais la mort venait toujours. Un hôpital, finalement, c'était juste un moche endroit où souffrir et un endroit encore plus moche pour mourir.

Il ouvrit les yeux. C'était bien une chambre d'hôpital : les murs blanchâtres, les rideaux orangés choisis pour la qualité du textile facilement lavable, une petite télévision placée en hauteur et inclinée selon un angle bizarre, crucifiée sur un support métallique.

321

Physiquement, il ne sentait rien ou presque.

À peine, une lourdeur au niveau des jambes, une tension au niveau du ventre…

Il s'interrogea sur son état : peut-être ne pourrait-il plus jamais marcher. C'était à craindre si quelque chose lui avait brisé la colonne vertébrale. Il imagina rapidement comment il allait devoir organiser sa vie : il devrait faire des travaux chez lui, il devrait peut-être engager quelqu'un pour s'occuper de lui, il avait lu quelque part qu'on pouvait dresser des petits singes qui s'occupaient des paraplégiques dans leur vie quotidienne. Il n'aimait pas trop les singes. Surtout les petits qui devaient être du genre à mordre pour un oui ou pour un non. Peut-être était-ce son ventre qui avait été touché. Peut-être devrait-il porter un anus artificiel, comme ce pape qui s'était fait tirer dessus. Comment marchait un anus artificiel ? Est-ce que ça avait une odeur ? Combien de fois par jour devrait-il le vider ? Une femme pouvait-elle tomber amoureuse d'un homme avec un anus artificiel ?

Un murmure lui fit tourner la tête.

Il n'était pas seul dans cette chambre.

Un lit sur lequel il y avait manifestement quelqu'un avait été installé parallèlement au sien.

Il n'osait pas trop bouger, à la fois parce qu'il avait peur de ne pas y arriver (et de recevoir ainsi la confirmation de cette paralysie qu'il redoutait) et aussi parce qu'il avait peur de se faire mal, de rouvrir une plaie mal fermée, de débrancher une machine qui le maintenait en vie, de déconnecter l'anus artificiel qu'on lui avait posé.

Il n'osait imaginer ce que pouvaient être les conséquences d'une déconnexion d'anus artificiel.

Avec mille précautions, il se redressa.

Ce n'était pas suffisant pour avoir une bonne vue sur le lit d'à côté, mais c'était suffisant pour deviner qu'une silhouette se dessinait sous les draps. Un corps dont seule dépassait la nuque : une nuque portant quelques traces d'acné.

Une nuque dégagée à la tondeuse.

La nuque du directeur des ressources humaines.

Encore une fois, l'homme laissa échapper un murmure, un son très doux, à la fois mélodieux et nostalgique.

Jean-Jean se demanda s'il fallait qu'il engage la conversation.

— Excusez-moi ? demanda-t-il. Ça va ?

Un silence pour seule réponse. Il se dit qu'il devait être endormi ou bien inconscient.

Et puis soudain, l'homme cria.

Un cri déchirant.

Un cri bizarre, strident, aigu, pas tout à fait humain.

Un cri comme aurait pu en pousser, par désespoir et terreur, un petit animal pris au piège.

Jean-Jean sursauta.

Et de sursauter comme ça lui fit se dire qu'il n'était sans doute pas paralysé.

Et puis le silence retomba.

Un silence effrayant d'après le vacarme.

Jean-Jean s'était mis à transpirer : il aurait voulu savoir l'heure qu'il était, il aurait voulu savoir ce qu'il s'était passé dans ce foutu grand magasin, il aurait voulu savoir si quelqu'un allait venir.

À l'idée de passer encore des heures sur ce lit, avec toutes ces questions qui peu à peu se muaient en épouvante, il eut presque envie de pleurer.

La porte s'ouvrit. Une infirmière usée morose entra et jeta un œil morose au directeur des ressources humaines. Elle regarda sa montre, manipula un goutte-à-goutte suspendu comme un estomac de porc à une potence en inox, nota quelque chose et fit mine de s'en aller.

— Excusez-moi ! dit Jean-Jean.

L'infirmière s'arrêta.

— Vous êtes réveillé ?

— Oui…

— Vous êtes à l'hôpital. Vous avez été blessé à la cuisse, vous avez perdu du sang, on vous a fait une transfusion et on a recousu l'artère. Vous allez devoir rester quelques jours. Je vais vous apporter les papiers à remplir pour la Sécurité sociale. Vous avez une assurance ?

— Je ne suis pas paralysé ?

— Non.

Le directeur des ressources humaines gémit encore une fois.

— Et lui ? demanda Jean-Jean.

— Il a eu les jambes écrasées. Il y avait des lave-linge en promotion alors ils les avaient mis deux par deux. Il y a eu une explosion, un des lave-linge est tombé. Juste sur ses jambes. Un Miele Duostar. Cent dix kilos d'acier allemand.

— Et… Il va s'en sortir…

— Oui… Son état est stable… Mais comme on lui a coupé les jambes à mi-cuisses, il est sous morphine. Mais ça fait quand même mal. Et puis son cerveau ne comprend pas… Ses neurones, je veux dire… C'est pour ça qu'il fait du bruit… C'est toujours comme ça…

— Qu'est-ce qu'il s'est passé… ce matin ?

Le visage de l'infirmière se ferma sur une expression aussi opaque qu'un morceau de plomb.

— Je vais dire que vous êtes réveillé. On va venir.

Elle le quitta.

Jean-Jean attendit. Une timide lueur jaunâtre se faufilait à présent à travers les rideaux de la chambre. Ce devait être l'aube. Il se demanda qui allait venir.

Son père, sans doute.

Il attendit, espérant s'endormir, mais le sommeil ne vint pas.

Après un temps qui lui parut infini, la porte de la chambre s'ouvrit, laissant apparaître Blanche de Castille. Elle avait le visage épuisé de quelqu'un qui vient de passer un long et sale moment. Malgré tout, elle lui sourit.

— Ça va ? demanda-t-elle.

— Qu'est-ce qu'il s'est passé ?

— Ils sont venus en pleine journée. Je n'aurais jamais cru qu'ils oseraient. Ils sont venus en pleine journée, armés, avec des grenades. Ils ont tiré partout, n'importe comment… Il y a eu une vingtaine de morts et une centaine de blessés… On n'a pas encore les chiffres exacts, mais c'est une catastrophe…

— Merde, dit simplement Jean-Jean.

— Et c'est complètement de ma faute.

— Mais…

— Si… J'ai cru qu'en balançant des phéromones dans leur immeuble, ça allait affaiblir la cohésion de leur groupe… Qu'ils hésiteraient, que s'ils venaient ce serait le soir, mal préparés et qu'on les aurait facilement…

— Ce n'est pas de ta faute… Ce sont des dingues… C'est tout…

— Non. Avant, ils n'auraient jamais agi comme ça. Si je n'avais pas fait tout ça, ils auraient réfléchi, ils se seraient organisés et ils seraient venus le soir et on les aurait eus. J'aurais dû y penser. Je n'aurais jamais dû essayer un truc pareil. C'est ma faute, je le sais, tout le monde le sait !

— Ah…

— Le secrétariat des frères Eichmann m'a téléphoné. Je suis convoquée dans leur bureau pour la fin de la semaine.

— Les… vrais frères Eichmann ? Tu vas les voir… en vrai ?

— Oui… L'affaire est tellement énorme que je crois qu'ils voudront faire un exemple. Montrer qu'ils s'impliquent personnellement dans le règlement des problèmes graves. À l'heure qu'il est, le service Marketing doit avoir mis tous ses petits génies sur le coup pour essayer de récupérer la sauce. Ils vont envoyer de l'argent aux victimes, ils vont faire acte de contrition, lancer plein d'études sur la sécurité de leurs enseignes et surtout, surtout… crucifier le responsable… c'est-à-dire moi.

Blanche de Castille reprit son souffle. Elle avait l'air à deux doigts de craquer.

Avant de partir, elle passa ses doigts dans les cheveux de Jean-Jean.

— Je suis heureuse que tu t'en sois sorti.

Jean-Jean resta seul avec un poids énorme sur la poitrine. Il avait la triste conviction que sa vie était arrivée au bout de quelque chose.

Bizarrement, il pensa à Marianne et se demanda si elle était encore en vie. Il estima que si elle était morte, violée et démembrée par ces quatre loups, pour elle, tout était désormais plus simple, juste se laisser flotter dans le néant absolu, sans soucis, sans souffrance, débarrassée de toutes les peines qu'apportait l'existence.

Il éprouva presque de la jalousie puis il se demanda ce qu'il allait devenir. Il se vit très clairement vieillir avec son père, dans le minuscule appartement de celui-ci, l'appartement qui avait vu mourir sa mère, l'appartement qui le verrait devenir le dernier des minables : un vieux débris fauché qui un jour ou l'autre se mettrait à parler tout seul et à faire sur lui.

Jean-Jean s'apitoyait sur lui-même. Il s'en rendit compte, il se trouva nul.

Et il s'apitoya à nouveau.

Et puis, finalement, il s'endormit.

56

Cette fois, ils avaient été trop loin.

Blanc le savait et Gris le savait. Même Noir le savait, plus confusément, c'est vrai. Il le savait à travers les vapeurs de rage et de folie qui lui obscurcissaient l'esprit, mais il le savait aussi, ils avaient été trop loin. La destruction presque totale d'une grande surface, la mort de dizaines de personnes parmi lesquelles des femmes et des enfants étaient des actes bien différents d'un braquage proprement mené.

La police, peut-être l'armée, n'allait pas mettre longtemps à savoir qui étaient les auteurs du carnage, elles allaient venir les chercher chez eux, dans ce petit appartement auquel Blanc s'était finalement tant attaché au fil des années et elles allaient les en faire sortir à coups de gaz lacrymogène et de flash-balls.

Et ce serait la fin de tout.

Blanc avait suggéré à Noir, le nouveau leader, qu'ils partent tous, tout de suite.

Noir, tremblant d'une insondable exaspération, avait acquiescé.

Alors, précipitamment, dans un silence presque total, ils avaient chargé la Peugeot 505 de l'essentiel (quelques vêtements, l'argent du braquage, des bouteilles d'eau) et ils s'étaient mis en route.

Pendant que Blanc conduisait, les derniers millilitres de l'adrénaline qui saturait son organisme depuis le matin s'évacuaient lentement et la réalité de la situation lui apparaissait d'autant plus clairement.

Ce n'était pas joyeux : déjà, ils avaient perdu Brun. Le fidèle Brun. Brun, le frère préféré. Brun qui était certainement, à travers ses silences, sa simplicité et sa bonne humeur, son allant, un élément profondément structurant de la fratrie. Un élément qui avait, au fil des années, apporté un peu de légèreté, sans doute même un peu de joie dans la vie âcre des quatre loups.

Ensuite, comme si ça ne suffisait pas, et pour une raison qui lui échappait complètement, Blanc savait qu'il avait perdu le pouvoir. C'était un sentiment étrange, comme si une mystérieuse lassitude s'était rendue maîtresse de lui, quelque chose d'impalpable qui se serait emparé de son autorité naturelle et qui l'aurait, tout aussi mystérieusement, remise à Noir.

Et puis enfin, il y avait l'inconnu de tout ce qui allait suivre : ils allaient devoir se cacher, leurs déplacements seraient compliqués. Prendre l'avion étant désormais quelque chose d'impossible, il faudrait compter sur l'énergie déclinante de la vieille Peugeot qui ne saurait certainement pas les emmener au bout du monde.

Son seul réconfort, finalement, c'était que Marianne était encore là. C'était quelque chose d'à la fois surprenant et merveilleux. Sentir sa présence sur le siège passager, alors que la voiture fendait la nuit brumeuse d'un de ces petits bois maladifs qui semblaient avoir été oubliés par l'urbanisation, relevait presque du miracle.

Il était tenté d'y voir une preuve d'amour.

Il aurait tant voulu y voir une preuve d'amour.

— Arrête ici ! fit la voix de Noir assis derrière lui.

Blanc s'arrêta et descendit de la voiture.

C'était une clairière pouilleuse, entourée d'arbustes rachitiques dont la sève imprégnée de plomb et d'hydrocarbures empêchait la croissance. Il faisait froid, le sol spongieux exhalait une humidité qui emplissait l'atmosphère d'une odeur de fermentation. Sans la lumière des phares qu'il avait laissés allumés, l'obscurité aurait été totale.

Gris sorti le corps de Brun qui avait été roulé dans une couverture. Délicatement, il le posa par terre. Les trois loups commencèrent à creuser. Comme ils n'avaient pas de pelle, ils firent ça à la main.

Blanc eut un moment de lucidité très intense, durant lequel il se vit à genoux creusant l'humus gluant. Il trouva tout ça absurde, de rejouer cette scène qui avait été répétée depuis l'aube des temps. Mais quand avait-on commencé à prendre soin des cadavres ? Il y avait quinze ou vingt mille ans, les derniers Néandertal, les premiers *Homo sapiens*. Il se souvint de la formule de Marcel Mauss : « C'est la mort qui a appris aux humains à parler. » Cela aurait été le besoin de réagir à l'absurdité originelle de la mort qui aurait été le point de départ de toute culture. Blanc serra les dents, il ne savait pas si c'était vrai, mais ça sonnait bien comme théorie. D'ailleurs, comme la profondeur du trou avait l'air suffisante, Noir se releva, crasseux, en sueur et alla chercher un sac-poubelle dans lequel il avait mis quelques objets personnels ayant appartenu à Brun : la playstation, un disque dur bourré de musique et de films, un poster avec Rihanna en bas résille, un jean délavé, un sweat impression camouflage… Noir posa le tout au fond du trou.

C'était toujours la même histoire : l'intuition, depuis les premières inhumations, que le mort aurait besoin de ces objets dans l'au-delà. Parfois, cette intuition avait eu des conséquences assez douloureuses : au Gabon, le chef de village était enterré en compagnie de quatre de ses esclaves vivants. On leur brisait les membres, on en poussait deux dans la tombe. Puis on mettait le corps du défunt et puis encore deux autres esclaves vivants aux membres brisés. Enfin on rebouchait le tout.

Blanc se dit qu'il aurait peut-être fallu enterrer Brun avec une jolie fille vivante avec qui il aurait pu faire l'amour pour l'éternité. Puis il se dit qu'ils étaient des loups et que c'était absurde que des loups se soucient autant des cadavres de leurs congénères, que les loups n'étaient pas censés ressentir ce que Jung appelait le « numineux », l'impression du mystère primordial. Un loup abandonnait ses cadavres.

Il y était indifférent.

Pour un loup, en définitive il n'y avait que la vie.

Le reste n'existait pas.

Noir, qui avait insisté pour ce semblant de cérémonie, devait finalement être le plus humain d'entre eux.

Et c'était peut-être ça l'origine de sa folie.

57

Jean-Jean se réveilla en sursaut.

Des rayons très vifs de lumière du jour passaient au travers des rideaux de la chambre d'hôpital. À la télévision, un homme prenait son pied en se rasant, des chœurs chantaient : « La perfection au masculin ! »

Il jeta un œil au directeur des ressources humaines. Une femme et une petite fille étaient assises à côté de son lit, immobiles, comme deux poupées déposées sur des chaises de bois. La femme devait avoir une trentaine d'années, elle était habillée avec soin de vêtements sans doute assez chers et, au vu de sa coiffure qui maîtrisait à la perfection une masse de cheveux d'un blond artificiel virant sur le paille clair, elle devait entretenir avec son coiffeur d'excellentes relations. Son expression trahissait un état de profonde contrariété. Elle contrastait avec l'attitude générale de la petite fille, elle aussi pourtant habillée avec soin mais qui, poussée par l'ennui de la situation, s'était avachie sur sa chaise et cherchait dans son nez quelque chose qui paraissait être de la plus haute importance.

Le regard de la femme croisa celui de Jean-Jean. Elle fronça des sourcils subtilement épilés.

— C'est de votre faute, tout ça, vous savez, fit la femme.

Jean-Jean ne sut quoi répondre. Elle continua :

— Ce n'était pas son travail de s'occuper de tout ça. C'est de votre faute. Qu'est-ce que je vais faire avec ça ? demanda-t-elle en désignant du menton le bas du corps du directeur des ressources humaines.

— Je… je ne sais pas… dit Jean-Jean.

— Moi non plus je ne sais pas… Vous avez déjà vu un DRH handicapé ? Non ? Les handicapés sont des assistés… Il a toujours détesté ça et moi aussi ! Je ne comprends pas comment on peut être handicapé.

La petite fille trouva enfin ce qu'elle cherchait et elle le colla sous sa chaise.

— Carla ! dit la femme en faisant sursauter la petite fille. On y va, de toute façon il va encore dormir des heures…

La femme quitta la chambre sans un regard pour Jean-Jean. Sans ce mouvement de sa cage thoracique, le directeur des ressources humaines aurait eu l'air mort.

Jean-Jean laissa passer un moment puis se saisit du téléphone qui se trouvait sur la petite table d'appoint. Blanche décrocha à la seconde sonnerie.

— Je voudrais partir avec toi… Il n'y a plus rien pour moi ici, dit-il.

Il y eut un silence.

— Il n'y a rien là-bas non plus.

— Si on est ensemble, ce sera un peu plus que rien.

— Je ne sais pas si ça va encore ressembler à un jeu.

— J'essayerai d'être drôle !

Il entendit Blanche émettre un petit rire aussi léger qu'un duvet.

— Je vais réfléchir, je te rappelle.

Jean-Jean raccrocha, le cœur battant. Moins d'une minute plus tard, le téléphone sonna.

— Tu pourrais être prêt demain ? demanda Blanche.

— Je suis prêt aujourd'hui !

Quand il raccrocha pour la seconde fois, il souriait.

En fait, c'était simple d'être aux commandes de sa vie.

58

Marianne avait attendu dans la voiture qu'ils terminent leur truc sinistre avec Brun.

Elle s'était allumé une cigarette, elle était crevée, de mauvaise humeur, elle sentait qu'elle était passée à un cheveu d'une formidable nouvelle vie où, assise sur un paquet de fric, elle aurait pu lancer une affaire de consultance en marketing direct qui aurait marché du feu de Dieu.

À deux doigts !

Au lieu de ça, tout avait raté et si elle avait tout raté c'était parce qu'elle avait laissé à des incompétents la possibilité de choisir à sa place.

Jamais elle n'aurait dû laisser Blanc s'embarquer dans cette histoire de vengeance.

Jamais elle n'aurait dû lui permettre de suivre les idées complètement dingues de Noir juste pour court-circuiter l'autorité montante de Gris.

Elle aurait dû dire à Blanc de prendre l'argent, de partir avec elle, de se sortir de cette putain de relation bizarre avec ses frères.

Elle était certaine qu'elle y serait parvenue et tout aurait été plus simple.

Mais maintenant que Blanc semblait avoir perdu l'ascendant sur la meute, elle devait bien reconnaître qu'elle ne savait plus trop où elle en était. Elle se dit qu'elle allait simplement retourner à son travail dès le lendemain matin, qu'elle inventerait une histoire d'enlèvement et de séquestration.

Surtout pas de viol, ça lui donnerait une mauvaise image de victime au sein de l'entreprise.

Et puis les loups étaient remontés dans la voiture. Ils sentaient la transpiration, ils étaient crasseux. Cette fois, c'est Noir qui se mit au volant.

Juste avant de démarrer, il frappa violemment le tableau de bord et étouffa un sanglot.

— On va bien réfléchir, maintenant. On ne va plus faire n'importe quoi !

— On finira bien par le retrouver... dit Blanc.

— Oui... fit Noir en se calmant.

— Une simple question de temps... dit Gris.

— Du temps, oui... fit encore Noir.

Marianne en avait assez entendu, elle en avait marre de ces histoires.

— Dites les gars, moi je vais vous laisser maintenant. Vous faites ce que vous voulez, mais vous me déposez chez moi d'abord... Faudrait que je prenne une douche.

Le silence se fit dans la voiture.

— Mais tu es avec Blanc, fit Noir un peu surpris.

— Je suis avec qui je veux et quand je veux, dit Marianne.

— Ce que Noir veut dire, dit Gris, c'est que tu es avec Blanc. Tu ne peux pas le laisser tomber comme ça, ni lui ni nous. Tu es de la famille...

— Et ça, c'est une bonne nouvelle ! dit Noir.

— Déposez-moi chez moi ! dit-elle encore.

— On ne peut pas te déposer chez toi, fit Blanc, c'est trop tard maintenant.

Marianne se rendit compte que la situation était aussi bloquée qu'un boulon dans une porte rouillée et qu'elle n'avait rien d'autre à faire que d'attendre.

Elle eut envie de casser quelque chose, mais il n'y avait rien à casser et elle se contenta de se mordre l'intérieur de la joue.

Elle espéra que les loups mettraient rapidement la main sur Jean-Jean. Après ça, elle essaierait de faire comprendre à Blanc le potentiel d'une affaire de marketing direct dans « un monde en perpétuel changement où il s'agit de donner aux entreprises les moyens de leurs ambitions ».

Elle sentit le bras de Blanc passer autour de ses épaules. Un mouvement protecteur et tendre qui l'agaça un peu mais elle n'en laissa rien paraître.

Au contraire, elle se blottit contre lui.

Elle savait que ça lui donnerait confiance.

Et que s'il avait confiance, il serait d'autant plus réceptif à ses arguments.

Noir démarra.

Manifestement, il ne savait pas où il allait.

59

Jean-Jean passa encore une journée complète dans sa chambre, à côté du directeur des ressources humaines qui ne reprenait toujours pas connaissance. Plus que tout au monde, Jean-Jean voulait quitter cet endroit mais, malgré son insistance, il n'avait rien pu faire contre l'obstination d'un jeune médecin qui s'accrochait aveuglément au règlement de l'hôpital. Finalement, juste après l'aube du deuxième jour et après avoir signé une décharge, il put sortir.

Le cœur gonflé d'allégresse, la vie lui apparaissant désormais comme remplie de promesses, il avait pris un taxi jusque chez Blanche de Castille et il l'avait trouvée dans un appartement presque vide. Il ne restait que la table, le lit, quelques chaises et deux valises pleines de vêtements.

— J'ai tout jeté, je ne reviendrai pas, avait-elle dit... Il n'y a plus rien pour moi ici.

— Pour moi non plus.

— Tu ne le sais pas... Tu as encore une femme, quelque part...

— Un jour, je te parlerai de ma femme...

— Je me suis toujours demandé comment on pouvait passer tant d'années avec quelqu'un qu'on n'aime pas ?

— Parfois on rencontre quelqu'un et les choses s'installent petit à petit, malgré soi... Comme un piège... Je sais que ce n'est pas glorieux, mais c'est comme ça...

Blanche n'avait pas répondu, elle l'avait pris dans ses bras. Il ne savait pas si cela voulait dire qu'elle comprenait ou pas, mais c'était agréable. Il se demanda s'ils n'allaient pas finir par devenir un couple, un couple qui s'endort ensemble, qui se réveille ensemble, qui s'aime et qui se chamaille. Quelque chose de normal.

Ça lui aurait plu.

Il aida Blanche à ranger ce qui devait encore l'être, puis il repassa chez son père pour lui dire au revoir.

Il lui sembla que le vieil homme était ému. Il lui demanda quand il allait revenir, Jean-Jean haussa les épaules.

— C'est bien, dit son père, tu fais comme moi... Un jour tu comprends pour quoi tu es fait et tu le fais !

Jean-Jean embrassa son père. Il n'avait plus embrassé son père depuis son enfance, il aurait d'ailleurs été incapable de situer exactement à quel moment. Du coup, de le serrer comme ça, ça lui fit un drôle d'effet, des souvenirs et des sensations lui revinrent du fond des âges, aussi nombreux et confus qu'un banc de petites créatures marines pris dans un filet de pêche.

Sa gorge se serra.

Il repassa rapidement par son appartement. Les scellés de la police étaient encore là, il les décolla et entra.

Il faisait froid, le chauffage avait dû être coupé. Une légère odeur de pourriture en provenance de la cuisine flottait dans l'air. Il n'eut pas envie d'aller voir, cet appartement pouvait bien s'effondrer demain, il s'en fichait complètement.

Il se dirigea vers la chambre, il vit le lit que personne n'avait fait depuis la nuit où les quatre loups les avaient agressés. Il se remémora les quelques fois où il avait fait l'amour à Marianne sur ces draps en tergal pourpre. Ça n'avait jamais été glorieux, ça n'avait jamais été de l'amour, il avait toujours eu une impression bizarre, un peu comme celle que l'on éprouve quand on nourrit un poisson : corps froid, regard froid, activité purement organique.

Il se sentit vaguement honteux.

Il fourra quelques vêtements dans un sac de sport et s'en alla.

60

Blanc, ses deux frères et Marianne dormirent dans la voiture.

Il faisait froid. Ça sentait mauvais. De temps à autre, Noir faisait tourner le moteur pour avoir un peu de chaleur.

Avant cela, ils s'étaient arrêtés dans une station-service et, à la demande de Noir, c'était Marianne qui s'était occupée d'aller chercher les sandwichs, les cocas et de faire le plein d'essence. Ce genre de station était rempli de caméras de surveillance et c'était clair qu'ils auraient été reconnus en un clin d'œil.

Ils avaient encore un peu roulé puis ils avaient mangé sans quitter la voiture, sur une aire d'auto-route où une poignée de poids lourds à l'arrêt paraissaient, dans l'obscurité, des corps de pachydermes ayant connu une mort brutale.

À un moment, n'y tenant plus, Marianne s'était éloignée pour pisser sur un gazon crasseux, à peine dissimulée par un panneau indicateur.

De retour dans la voiture, elle s'était endormie en tirant la gueule. Blanc bandait encore une fois et il s'était demandé quelle aurait été sa réponse s'il lui avait proposé de baiser, mais il avait compris qu'elle n'était pas d'humeur. Et puis il était probable que la promiscuité avec Noir et Gris la refroidisse.

Il savait qu'elle ne supporterait pas longtemps cette situation.

Il fallait qu'il se passe quelque chose.

Il réfléchit pendant une bonne heure, luttant contre un sentiment d'abattement auquel il n'était pas habitué et qui le terrifiait d'autant plus.

Il se demanda s'il fallait y voir le premier signe d'un burnout.

Il savait que c'était le mal du siècle.

Il réfléchit encore.

Puis, alors qu'une aube couleur grenadine se levait au-delà de l'autoroute, il trouva.

Une idée toute simple.

Une bonne idée.

Une vraie.

61

La voiture de Blanche de Castille était aussi bordélique et crasseuse que l'avait été son appartement. Des sachets de biscuits, de bonbons, de sandwichs, des canettes vides et des papiers gras s'accumulaient en couches sédimentaires sur les tapis de sol et le siège arrière et il y planait une lourde odeur de tanière. Cependant, Jean-Jean s'y sentait bien : cette odeur mêlée à la grande perspective horizontale que lui offrait l'autoroute vers l'Allemagne excitait tous ses sens et donnait à cette journée les allures d'un très beau rêve.

Ils étaient partis vers la fin de la matinée, il faisait un temps totalement neutre, ni sombre ni clair, ni chaud ni froid, le genre de temps qui n'essaye même pas de ressembler à quelque chose.

Ils avaient traversé la grande banlieue et sa succession de centres commerciaux, de parcs industriels, de tours d'habitations et de zones pavillonnaires. Puis, à mesure qu'ils s'étaient éloignés, ils s'étaient engagés sur une de ces grandes autoroutes transeuropéennes tracées bien droites au travers des mornes paysages *openfield* propres à l'Europe du Nord. De longues parcelles jaunâtres succédaient à de longues parcelles d'un vert sans éclat où étaient semées, saison après saison les graines stériles de colza, de blé ou de maïs dont le code génétique avait soigneusement été élaboré en laboratoire par les géants de l'agroalimentaire comme Monsanto ou Basf.

Jean-Jean essaya d'imaginer le monde d'avant, celui où les génomes n'avaient pas encore été privatisés. Celui où les femmes elles-mêmes ne portaient encore aucune modification et où leur reproduction, à l'image du blé, du maïs ou du colza d'antan, était libre de droits. Cela devait certainement représenter certains avantages, un sentiment de liberté (peut-être), la gratuité de la reproduction dans un univers où la stérilité n'avait pas encore été imposée par les législations de la propriété intellectuelle. D'un autre côté, ça devait aussi être un peu le bordel : des hecto-litres d'insecticides et de défoliants déversés sur des plantes non modifiées, des femmes sujettes à toutes sortes de maladies… Enfin, c'est ce qu'on lui avait dit.

Finalement, il ne savait pas trop et à vrai dire il s'en fichait. Au Moyen Âge, les gens réfléchissaient assez peu à l'Antiquité. À la Renaissance, on se fichait du

Moyen Âge, tout le monde avait toujours fait avec ce que proposait le présent en pensant parfois à l'avenir, rarement au passé.

Évidemment, l'inconvénient, c'était quand l'un ou l'autre essayait de contourner le copyright, comme Martine Laverdure l'avait fait, et que venaient au monde des trucs aussi bizarres que ces quatre jeunes loups qui avaient bouleversé sa vie.

— Qu'est-ce que tu crois qu'ils font ? avait-il demandé à Blanche.

— Eh bien, au moins l'un d'eux a été blessé… Maintenant, ils sont vraiment recherchés… J'imagine qu'ils vont essayer de se cacher ou de fuir… S'ils y parviennent, on n'en entendra plus parler. Je crois.

— Tu crois ?

— Après ce qu'il s'est passé, je ne suis plus certaine de rien.

Ils roulèrent encore quatre bonnes heures et passèrent ce que le GPS leur indiqua comme des frontières. Le paysage, qui d'abord ne changeait pas, s'urbanisa peu à peu, retrouvant l'apparence à laquelle Jean-Jean était habitué : celui d'une infinie banlieue où se succédaient sur une partition monotone l'orthogonalité des parkings et des espaces dédiés aux centres commerciaux, les zones de chargement-déchargement, les immeubles de bureaux ou d'habitation parfois surmontés de publicités lumineuses.

La journée touchait peu à peu à sa fin et, à mesure que la lumière baissait, la circulation se fit plus dense. Les panneaux autoroutiers que suivait Blanche indiquaient des destinations aux noms compliqués :

Hannover/Arnheim, Kreuz Recklinghausen, Wulfen/ Lippramsdorf.

— Tu n'es pas inquiète à l'idée de rencontrer les frères Eichmann ?

— Non... Je les connais... Je les ai déjà rencontrés plusieurs fois... Ils sont très attentifs aux employés qui travaillent dans mon service...

Jean-Jean essaya d'imaginer ce que cela voulait dire. Blanche continua :

— Et ce qui va se passer, je le sais déjà. Une conférence de presse, des airs graves, des excuses, les leurs et les miennes et puis je suis virée.

— Et tu as pensé à ce qui allait se passer après ?

— Je crois que je vais prendre des vacances... Tu sais, je vais me faire virer mais il y a des assurances pour ce genre de... de problème... En gros, je vais recevoir un gros paquet d'argent.

Elle le regarda et sourit.

— J'espère ne pas prendre mes vacances toute seule.

— Et de quel côté tu voudrais aller ?

— Ma grand-mère était russe, je te l'ai dit, il y a quelque part une petite maison de famille dans laquelle il n'y a plus personne. J'ai toujours eu envie de voir dans quel état elle était.

— J'adore bricoler, dit Jean-Jean.

Blanche eut un petit rire, Jean-Jean lui caressa les cheveux.

Il était heureux.

Tellement heureux que soudain il eut un peu peur.

Il s'était souvenu que le bonheur avait un terrible défaut : à un moment ou à un autre, il disparaît.

62

Marianne avait écouté Blanc leur exposer son plan, elle l'avait trouvé foireux et con mais comme Gris n'avait pas réagi et que Noir, investi de sa nouvelle autorité, avait dit que c'était « un super plan », elle n'avait rien dit.

Blanc avait donc fait ce qu'il avait à faire et ça avait fonctionné.

Après ça, ils s'étaient tous mis en route.

Marianne râlait, Marianne n'avait pas envie de parler, Marianne en avait marre, Marianne avait envie de péter la gueule à chacun de ces loups de merde mais quelque chose, au fond de Marianne, était raide dingue de Blanc et cette chose commençait à prendre le dessus sur sa raison.

Marianne était complètement paumée. Marianne se sentait comme le Lygomme Tach Optimum, une espèce de produit merdique inventé par les laboratoires agroalimentaires Cargill dans le Minnesota qui, mélange d'amidon, de gélifiants et d'arômes, imitait à la perfection la mozzarella. Aujourd'hui, tous les crétins qui achetaient des pizzas surgelées ou qui allaient chez Pizza Hut, et qui croyaient avaler une pizza Casa Di Mama Quattro Formaggi cuite sur pierre, à la « saveur authentique », se tapaient en réalité une bonne quantité de ce fromage « analogue », une pâte sans âme qui avait avec les vaches autant de rapport qu'un planeur en avait avec les rhinocéros.

Marianne sentait que l'authenticité de ce qui avait fait jusque-là sa vie, ses valeurs de performances, d'excellence, de compétitivité, de flexibilité et de culture d'entreprise avait aujourd'hui disparu. Elle sentait que la personne qu'elle était en train de devenir était comme le Lygomme Tach Optimum : elle essayait de ressembler à Marianne, elle parlait et bougeait comme Marianne, mais son âme n'était plus celle de Marianne.

Son âme, elle ne savait plus vraiment de quoi elle était faite.

Et ça, ça la mettait en rage.

Et si c'était ça l'amour, alors elle détestait l'amour.

En pensant à ça, et pendant que la voiture filait sur cette autoroute sans nom au milieu d'une nuit plus noire que le pelage de Noir, elle s'appuya sur l'épaule de Blanc.

En réponse à ce geste, Blanc passa son bras autour d'elle.

Ils étaient assis tous les deux sur la grande banquette arrière de la Peugeot 505 familiale de Gris. Gris était au volant et à côté de lui, Noir, le museau écrasé contre la vitre dormait d'un sommeil qui avait l'air assez proche de la mort.

Marianne posa sa tête sur les genoux de Blanc et elle le sentit bander.

C'était assez impressionnant, l'engin de Blanc avait la dimension d'un flacon de Dreft vaisselle.

Elle eut envie de le sucer et elle le suça.

Blanc soupira et elle se dit qu'elle devait sans doute être une bonne suceuse.

Elle adorait ça.

Elle détestait adorer ça.

Comme le Lygomme Tach Optimum, elle ne savait plus qui elle était.

63

Ils étaient arrivés au milieu d'une nuit ornée de néons colorés qui la faisait ressembler à un jeu vidéo des premiers âges. Ils avaient passé quelques heures dans un hôtel Formule 1 où Blanche avait l'habitude de loger quand elle avait des réunions avec les frères Eichmann. L'endroit était cryogénisé par un air conditionné dont le murmure plaintif faisait penser à celui d'un veau à l'agonie. Il faisait tellement froid que Jean-Jean garda sa veste, se maudissant de ne pas avoir pris de vêtements de haute montagne. Par contre, cela ne semblait avoir aucun effet sur Blanche qui, sans un frisson, prit une douche et puis, à demi nue, regarda les informations sur une chaîne allemande. Il avait l'air d'être question d'un naufrage d'un bateau de pêche, de l'éternelle crise économique de la zone euro, d'une guerre lointaine... Jean-Jean essaya de suivre, mais il abandonna. Pendant un moment, il essaya d'imaginer les centaines ou, peut-être, les milliers de commerciaux, VRP, représentants, analystes, conseillers de clientèle, product managers, business developers et tous ceux dérivant dans la grande nébuleuse du marché, qui étaient passés dans cet hôtel et y avaient passé des nuits glaciales et solitaires, tendus par les réunions du lendemain et par la fragilité des avantages que leur offrait leur poste, s'offrant une branlette rapide devant les pornos en VOD, seule activité capable de relâcher un peu les tensions et de soulager les frustrations accumulées tout au long de la journée.

La route avait épuisé Jean-Jean qui s'était glissé dans les draps froids et raides du lit. Peu après, Blanche, aussi douce et tiède que le Gulf Stream, vint s'allonger contre lui.

Le matin, quand il sortit d'un sommeil sans rêve, il la trouva assise sur le coin du lit, coiffée, vêtue d'un tailleur strict qu'il ne lui connaissait pas, en train de relire des notes manuscrites où se bousculaient des petites lettres arrondies.

— J'ai rendez-vous avec les frères Eichmann dans une heure. J'aimerais être prête s'ils me posent des questions.

— Tu veux que je t'accompagne jusque-là ?

— Oui. Bien entendu. Mais j'ai peur que tu t'ennuies, ça ne va pas être passionnant.

— Au contraire. Voir les bureaux des frères Eichmann, même si ce n'est qu'une salle d'attente, c'est un peu comme pouvoir jeter un œil au mont Olympe !

Elle sourit.

— Ce sera un peu différent du mont Olympe.

À nouveau, ils prirent la voiture. Blanche avait l'air à la fois tendue et concentrée et Jean-Jean se laissa absorber par un paysage qui n'avait pourtant rien d'extraordinaire : des habitations vieillottes aux façades de béton nu, des immeubles courts sur pattes évoquant, par leur allure trapue, des corps de petits haltérophiles. La circulation se faisait plus dense, des voitures qui roulaient au pas dans la lumière rosâtre du matin. À travers les fenêtres baissées de certaines d'entre elles, Jean-Jean apercevait les profils des occupants, des hommes aux cheveux ras, des femmes apprêtées sommairement. Sans doute, la plupart se rendaient-ils dans les grandes surfaces ou les dépôts de marchandises qu'il avait vus en arrivant hier soir. Un bus scolaire rempli d'enfants les dépassa, il eut la vision fugitive de rires et de jeux, une petite fille aux cheveux presque blancs cherchant dans son nez, un garçon trop gros au regard fixe.

Jean-Jean pensa à l'expression « matériel humain » et il se sentit parcouru par une irrésistible onde de tristesse.

64

Finalement, Blanche s'arrêta.

— C'est ici ? demanda-t-il un peu surpris.

— Oui. Juste là. Tu es déçu ?

— Non. Mais je ne m'attendais pas à ça.

Blanche lui avait indiqué un des petits immeubles comme il en avait aperçu des quantités sur le chemin. Un immeuble terne dont le seul luxe semblait être une plaque cuivrée signalant la présence d'un dentiste.

— Comme tu le sais, les frères Eichmann n'aiment pas les dépenses inutiles. Ils sont nés là, ils sont bien là et ils ne voient aucune raison de déménager.

— Et les bureaux… Tout ça ?

— Leur affaire est grande, mais cela n'implique pas de grands bureaux. Suis-moi.

Blanche appuya sur un petit bouton argenté à côté duquel était écrit T und K Eichmann. La porte émit un grésillement électrique. On leur avait ouvert.

Ils pénétrèrent dans un hall minuscule où planait une puissante odeur d'eau de Javel. Des vélos d'enfants en plastique coloré encombraient une partie du couloir. Sur un radiateur s'amoncelait toute une pile de dépliants publicitaires.

— C'est au troisième, dit Blanche.

L'escalier était étroit, les marches de bois qui grinçaient sous leurs pieds avaient été, dans des temps qui semblaient immémoriaux, recouvertes d'un linoléum bleu ciel. Arrivés sur le palier, elle frappa à une porte qui s'ouvrit presque aussitôt, révélant un vieil homme à l'air grave.

— Bonjour Blanche, viens, entre, dit-il en français.

— Je suis venue avec un ami, fit Blanche en désignant Jean-Jean qui se tenait derrière elle.

Le vieil homme lui tendit la main et se présenta.

— Theo Eichmann.

Jean-Jean fut surpris par la douceur de l'épiderme de l'homme, comme si durant des années ses mains n'avaient servi qu'à caresser des chats.

Ils entrèrent. L'appartement était petit, quelques meubles d'un autre âge étaient posés çà et là : une table brune dont le formica brillait dans un rayon de soleil, un vaisselier presque vide. À travers une porte entrouverte, Jean-Jean aperçut une petite cuisine Ikea générique dans le petit évier en inox de laquelle une modeste vaisselle semblait attendre une main secourable.

Dans un salon à la simplicité presque monacale, un autre homme assis sur un fauteuil en skaï acajou semblait les attendre.

— Karl, Blanche a amené un ami !

Karl Eichmann se leva, salua poliment Jean-Jean puis se rendit à la cuisine d'où il revint avec une cafetière en fer et quelques tasses dépareillées.

Tout le monde s'assit.

— On sait bien que ce n'est pas de ta faute… commença Theo Eichmann. On sait bien comment ça se passe.

— Oui, on sait… Parfois ça arrive. Les événements échappent à tout contrôle et personne ne peut rien y faire, ajouta Karl.

Jean-Jean les observait avec fascination : ces types n'avaient absolument rien de particulier. Deux vieux Allemands à la peau fine et ridée, au front dégarni et dont les cheveux d'un blanc neigeux semblaient un peu tristes de n'occuper qu'une place réduite sur l'arrière et les côtés du crâne. Des vieux comme il y en avait des millions, à la seule différence près que ceux-là régnaient sur l'univers. Ce qui était étonnant, c'est que ce règne ne les avait pas changés, à peine Jean-Jean aurait-il pu percevoir ce léger éclat d'assurance qui flottait dans le regard de Karl comme dans celui de Theo. Cela dit, être classé par Forbes dans le top 10 des fortunes mondiales devait aider à en avoir, de l'assurance.

— Bon, mais là il va falloir qu'on communique, ça tu le sais… dit Theo.

— Je sais, fit Blanche dont la bouche s'ourlait délicatement lorsque ses lèvres touchaient le café brûlant. Jean-Jean fut pris de l'ardent désir de l'embrasser.

— Donc on va communiquer sur ton renvoi et on va faire reposer sur toi toute la responsabilité des événements. Il ne faut pas que la clientèle associe ce qu'il s'est passé avec nos magasins, mais comme il faut bien qu'elle l'associe à quelque chose, ce sera à toi. Cela ne changera pas l'affection que nous avons pour toi, nous espérons que tu le sais.

— Je le sais.

Karl et Theo hochèrent la tête. Ils avaient l'air franchement désolés pour Blanche.

— Dans les jours qui viennent, il y aura quelques articles qui parleront de ça dans la presse écrite, ta responsabilité, ta mauvaise préparation. On en parlera comme ça aussi à la télévision et c'est dans cette direction que vont s'orienter les commentaires sur les réseaux sociaux, nous avons une équipe pour ça, dit Karl.

— Et elle coûte cher ! ajouta Theo.

— Je suis désolée, fit Blanche.

Theo eut un geste mou de la main, signifiant que ce n'était rien. Jean-Jean se sentit soulevé par une bouffée de colère, tout cela lui paraissait d'un coup profondément injuste.

— Excusez-moi, dit-il, mais… Vous avez tellement d'argent… C'est vous qui décidez quand même… Qu'est-ce que ça changerait si…

Jean-Jean sentit que ses émotions prenaient le dessus et qu'il s'embrouillait. Tous les visages s'étaient tournés vers lui, à commencer par celui de Blanche dont l'expression de surprise le plongea dans un état proche de la panique.

— Pourquoi est-ce que vous ne la gardez pas ? Elle fait un travail magnifique ! dit-il si fort qu'il se sentit immédiatement honteux. Il y eut un court moment de silence pendant lequel le ronronnement de la circulation extérieure sembla se faire plus intense.

— Laissez-moi vous raconter une histoire, dit Theo Eichmann en souriant.

— Je sens que Theo va nous sortir sa fameuse histoire, dit Karl, également souriant.

— Oui… Une histoire que j'aime bien. Celle de Robert C. Baker. Parlez-moi de Robert C. Baker ! ordonna-t-il à Jean-Jean.

— Je… je ne le connais pas.

— Vous ne le connaissez pas ? Eh bien, c'est normal, personne ne connaît Robert C. Baker et pourtant Robert C. Baker a, à sa façon, changé le monde.

— Pas trop long, Theo ! dit Karl en débarrassant la table des tasses de café. Jean-Jean remarqua qu'ils n'avaient reçu ni sucre, ni biscuits. Économes jusque dans les moindres détails… Theo continuait sur un ton docte :

— L'histoire se passe dans les États-Unis du début des années soixante et Robert C. Baker est un modeste professeur de « sciences de la nourriture » à l'université de Cornell. Oui… Je sais, le terme « sciences de la nourriture » est étrange, mais c'est comme ça… Bref, sa spécialité portait sur l'organisation des élevages de poulets. Bon, ce qu'il faut savoir, c'est que comme tous les hommes de son âge, il avait été profondément marqué par la grande dépression des années trente. Il se souvenait de ces années terribles où une bonne partie des gens n'avaient pas assez à manger, il se souvenait de sa mère essayant de nourrir la famille Baker avec les maigres petites choses que les activités précaires de son mari lui permettaient d'acheter. Vous voyez un peu le décor ?

— Je vois.

— Bon, donc Robert C. Baker avait acquis la conviction que lorsqu'il s'agissait d'alimentation, il fallait parvenir à produire un maximum de calories pour le meilleur prix. C'était l'histoire de son enfance qui avait imprimé ça en lui. Et, ce qu'il faut savoir aussi, c'est qu'à cette époque, alors qu'il est devenu un brave professeur d'université, la demande de poulets était en chute libre…

— Pas évident à cuisiner, un poulet entier, surtout pour toutes ces femmes de l'après-guerre qui avaient commencé à travailler et qui avaient autre chose à faire que de dépiauter des poulets à longueur de semaine ! l'interrompit Karl…

— Non, pas évident et Robert C. Baker, qui connaissait la qualité alimentaire du poulet, voulait aussi rendre service aux fermiers et rendre le produit plus attractif pour les consommateurs et c'est comme ça qu'il a eu l'idée du beignet !

— Tout le monde aime les beignets, dit Blanche qui avait l'air de connaître l'histoire aussi bien que Theo et Karl.

— Oui, tout le monde ! Mais fabriquer des beignets de poulet était un fameux problème d'ingénierie nutritionnelle : il fallait éviter que la viande hachée du poulet se fragmente et ce, sans mettre de peau de poulet autour...

— Sinon, ça aurait fait des saucisses et les gens préfèrent les beignets, fit encore Karl.

— Et il fallait aussi s'assurer que la chapelure reste bien collée autour malgré les changements de taille du beignet de poulet quand on le surgelait ou quand on le cuisait.

En parlant, Theo faisait des petits gestes de la main, mimant les différentes phases du processus.

— Ils ont fait des tas de prototypes et ils ont petit à petit résolu les problèmes. En hachant la viande et en ajoutant du sel et du vinaigre pour lui faire perdre son humidité et en ajoutant encore du lait en poudre et de la poudre de céréale.

— Comme ça, ça tenait bien ensemble !

— Et puis, pour le problème du changement de taille, Robert C. Baker s'est rendu compte que s'il donnait à ses beignets la forme de petits bâtons plutôt que de beignets ronds, c'était gagné : la chapelure restait autour !

— La découverte du siècle !

— Oui ! Presque ! Et là, c'est là que l'histoire devient vraiment intéressante, je vous pose une autre question : à votre avis qu'est-ce qu'il a fait, Robert C. Baker ? Qu'est-ce qu'il a fait avec sa découverte ? La voix de Theo Eichmann avait vibré d'émotion quand il avait répété sa question.

— Je ne sais pas.

— Il a publié un article dans une revue scientifique ! Un article qui expliquait tout le processus. Il l'a publié dans un magazine gratuit qui était envoyé à toutes les sociétés agroalimentaires des États-Unis !

— Et alors ? demanda Jean-Jean.

— Et alors ? Et alors, il n'a jamais déposé le moindre brevet, jamais !

— Ce qui est surprenant, c'est que personne n'ait sauté dessus tout de suite, remarqua Karl.

— Oui, il fallut attendre vingt ans ! Mais vingt ans plus tard, Ray Croc, le patron de McDonald's, qui cherchait à vendre du poulet en plus du bœuf, tombe sur cet article et bang ! En 1980, McDonald's met les Chicken McNuggets sur le marché !

— Un succès incroyable !

— Des milliards de bénéfices !

— Et Robert C. Baker, à votre avis ?

— Je ne sais toujours pas, répondit Jean-Jean qui sentait monter en lui un léger agacement.

— Hé bien tout le monde l'a oublié et il n'a pas eu un centime ! Pas un !

— Et ça, ce n'est pas naturel ! Ce n'est pas dans l'ordre des choses ! Robert C. Baker n'a pas du tout su contrôler la chose à laquelle il avait donné naissance, il n'a jamais pensé qu'il y avait cette chose si simple et si belle qui s'appelle le copyright ! conclut Theo.

Le silence retomba. Theo et Karl semblaient méditer cette histoire comme s'il s'était agi d'un verset tiré d'un ouvrage saint.

— Je ne vois pas vraiment le rapport avec Blanche, osa Jean-Jean.

Theo ferma les yeux, comme s'il réfléchissait à la meilleure façon d'expliquer la différence entre un rond et un carré à un enfant de quatre ans.

— Ce qu'il faut, c'est arrêter de penser de manière segmentée, il faut voir les choses globalement, le fait de devoir se séparer de Blanche a, indirectement, un lien avec l'ordre des choses. Quand Ray Croc a mis la recette des nuggets sous copyright et qu'il a autorisé des centaines d'autres marques, moyennant des royalties, à vendre des équivalents surgelés dans la grande distribution, ça a eu un impact sur la croissance des grandes enseignes et donc sur le chiffre d'affaires de ces enseignes et donc sur les emplois et les salaires de leurs employés et donc sur le bien-être des enfants qui eux-mêmes, à travers leur formation, sont devenus des consommateurs actifs, acteurs de la croissance globale. Tout est dans tout, ne pas se séparer de Blanche fragilise l'image de notre marque, ce qui risque d'éroder, même légèrement, les marges bénéficiaires, ce qui fait que, parmi les deux millions de personnes travaillant ou dépendant de près ou de loin de nous, quelqu'un court le risque de perdre son emploi, affaiblissant par là la qualité de notre service et donc, encore une fois, l'image de notre marque.

— Un processus de feed back ! dit Karl.

— Un putain de processus de feed back ! précisa Theo.

Jean-Jean avait la gorge sèche. Le café avait laissé dans sa bouche un goût charbonneux. Il rêvait d'un verre d'eau mais il n'osait pas demander. Il se demandait combien de temps ce rendez-vous allait durer, il pria pour que cela ne soit plus trop long, mais Theo Eichmann semblait vouloir continuer.

— On a beau tourner la chose dans tous les sens, la seule réponse possible à la question de l'existence de l'homme sur Terre, c'est qu'il est là pour contrôler le système, c'est ce qu'il fait de mieux, c'est son plus grand talent. Et le contrôle du vivant n'a été qu'une étape dans un processus beaucoup plus large, un processus qui plonge ses racines dans cette longue évolution qui dure depuis la domestication du feu, la maîtrise de l'agriculture, l'économie de marché, le copyright de la recette des nuggets par Ray Croc, la privatisation de l'eau potable par Nestlé, la privatisation de l'eau de mer par Apple, la privatisation de la reproduction humaine et l'immense marché qu'elle a ouvert à tous les groupes industriels... Le vivant n'est qu'une étape et d'autres choses se passent à très très haut niveau !

— À très très haut niveau, répéta Karl.

Jean-Jean en avait assez. La logique implacable des frères Eichmann le déprimait au plus haut point. Il voulait sortir de ce petit appartement étouffant, il voulait prendre la route avec Blanche et partir le plus loin possible de tout cela. Il ne voulait plus jamais entre parler de « marché », de « marges », de « distribution » ou tout simplement de « commerce ». Il n'en pouvait tout simplement plus, il était arrivé à la limite de ce qu'il pouvait supporter.

Il se leva, sans doute trop brusquement, Theo et Karl Eichmann le regardèrent avec un peu de surprise, comme deux renards dérangés en pleine effraction de poulailler. Ça ne devait pas leur arriver souvent d'être interrompus comme ça.

De toute façon, Jean-Jean n'en avait plus rien à faire de l'impression qu'il pouvait donner.

— Je crois que nous allons y aller, dit-il, tout ça c'est intéressant mais nous avons une longue route.

Karl et Theo se levèrent à leur tour et avec une élégance aristocratique lui serrèrent la main et embrassèrent Blanche.

— Prenez soin d'elle, dit Theo.

Pendant une seconde, Jean-Jean se demanda s'il y avait de l'ironie dans ce conseil. Il n'en eut pas l'impression.

Ils quittèrent l'appartement. À l'extérieur, le soleil était aussi éblouissant qu'une ampoule halogène.

— Ils sont bizarres, un peu fermés, mais je les aime bien. Ils m'ont appris plein de choses... et ils ont fait beaucoup pour moi. À leur façon, ils sont généreux, lui dit Blanche.

Avant qu'ils ne montent dans la voiture, Jean-Jean l'embrassa. Le contact avec ses lèvres et son corps, couplé à la chaleur du soleil, lui donna l'impression d'être immortel.

— Allons-y, dit-il, on a une maison à retaper.

Blanche poussa un cri de joie et ouvrit sa portière.

65

D'abord, tout avait été facile.

L'idée que Blanc avait soumise à Noir, la nouvelle autorité de ce qui restait du groupe, s'était révélée excellente : Marianne leur avait donné l'adresse du père de Jean-Jean et ils avaient été attendre, cachés dans la Peugeot 505, juste au coin de sa rue.

Ça avait duré, Blanc avait craint s'être trompé mais, après quelques heures, il s'était finalement produit ce que Blanc avait prévu : Jean-Jean était arrivé, l'air exalté, il était rentré dans le petit immeuble et il en était ressorti presque aussitôt, traînant derrière lui une valise qui avait l'air d'être lourde.

Ensuite, il avait suffi de le suivre jusqu'à l'appartement de Blanche de Castille Dubois, cette conne du service Synergie et Proaction, d'attendre encore, en silence, dans l'atmosphère de plus en plus puante de la voiture et puis, quand la fille et Jean-Jean étaient ressortis et avaient démarré pour une destination inconnue, il avait suffi de les suivre.

Simple comme bonjour.

Noir était ravi, il avait l'impression de mener tout ça d'une main de maître, sa folie semblait être dans une phase positive où elle lui faisait voir le monde sous son meilleur jour, sans doute parce qu'il se doutait que bientôt, il pourrait accomplir ce qu'il considérait comme son destin, c'est-à-dire arracher la tête de celui qui lui avait pris sa mère.

Avachi sur la banquette arrière, sa grosse main velue caressant les cheveux de Marianne, Blanc sentait qu'il était un peu jaloux de son frère et de la simplicité de ses aspirations. Lui qui, il n'y avait pas si longtemps, avait mené le groupe vers le plus parfait des coups, lui qui avait cru que sa fortune et celle de ses trois frères étaient assurées, lui qui avait cru pouvoir vraiment changer de vie, se rendait compte qu'il n'avait, en réalité, rien dirigé du tout, que la vie avait été plus forte que l'esprit.

Gris conduisait en suivant la voiture de Blanche de Castille. Il était à la fois tendu et concentré car la perdre de vue dans la circulation complexe des autoroutes et des échangeurs aurait définitivement ruiné les espoirs de vengeance de Noir. Gris faisait d'ailleurs ça bien, suivre une voiture, imitant ce qu'il avait vu dans des millions de films : laissant au moins deux voitures entre eux, essayant d'anticiper les directions qu'elle prendrait, ne la lâchant pas des yeux.

Il n'y avait rien de plus monotone que ces heures passées à rouler pendant que le jour, lentement, déclinait vers l'obscurité bleuâtre des nuits autoroutières. L'esprit de Blanc, engourdi par le manque de mouvement imposé par l'espace réduit de l'habitacle, produisait des pensées aussi étranges que pénétrantes.

Blanc se souvint avoir voulu lire Friedrich Nietzsche, ce philosophe allemand dont les titres semblaient receler des réponses à des questions qu'il s'était souvent posées : il avait essayé *Humain, trop humain, Ainsi parlait Zarathoustra, Par-delà le bien et le mal* ou le *Crépuscule des idoles*, mais ces lectures s'étaient chaque fois soldées par un échec. Chaque fois, il avait eu l'impression de devoir rester sur le seuil de ces livres dont le sens profond lui demeurait caché par des mots trop complexes et des raisonnements trop sophistiqués.

Par contre, il se souvenait avoir été frappé quand il avait appris comment avait fini le philosophe : le 3 janvier 1889, alors qu'il était à Turin, il avait vu un homme battre une jument qui ne voulait plus avancer. Nietzsche, pris d'un soudain et puissant sentiment de pitié, avait sauté au cou de l'animal et, les yeux pleins de larmes, sanglotant comme un enfant, il lui avait embrassé sa grande joue de cheval. Puis, comme si c'était trop pour lui, comme si tout ça avait provoqué une surtension qui avait fait sauter un fusible, il s'était écroulé sur les pavés de Turin, hurlant des mots incompréhensibles.

La suite de l'histoire était tragique : il avait été placé chez sa mère puis chez sa sœur et il y avait attendu la mort, ne prononçant plus un mot, se ratatinant au fil des années comme se ratatine la souche d'un arbre arraché à la terre, offrant aux rares visiteurs la vue d'un corps figé dans des postures grotesques.

Ce qui avait marqué Blanc dans cette histoire, c'était le rôle joué par la jument et son maître. Pendant des années, des dizaines de commentateurs avaient glosé sur la nature de la folie Nietzsche. Était-elle due à la syphilis ? À un empoisonnement savamment orchestré par l'Église ? À une psychose qui aurait été là depuis toujours et qui, stimulée par la scène brutale du 3 janvier, aurait fait éclater son psychisme une bonne fois pour toutes ? Les exégètes du philosophe parlaient tous de cela mais aucun, jamais, ne parlait de la jument ni de son maître. Pourtant, c'est bien à eux que Blanc, lui, ne pouvait s'empêcher de penser. Il y avait même tellement pensé qu'une scène s'était formée dans son esprit : le mois de janvier 1889 avait été un mois particulièrement froid, le nord de l'Italie était comme un fruit oublié dans une glacière. L'hiver avait vidé de toutes leurs énergies les campagnes environnantes dont les terres durcies ne nourrissaient plus ni les hommes, ni les bêtes. Et là, dans une plaine sombre des premiers contreforts alpins, il y avait une de ces fermes comme il y en avait tant : un lieu misérable où vivotait bon an, mal an, entre les intempéries et les incessantes guerres d'Europe, une famille abrutie par le travail et les privations. L'union de la faim et de la fatigue est mère de toutes les sauvageries et, quand par désespoir, après plusieurs jours de marche sur des chemins givrés, le vieux fermier était arrivé à Turin pour y vendre quelques-unes de ces pommes de terre rougeâtres qu'on trouvait autrefois en Italie et que sa jument, elle aussi affamée, elle aussi épuisée, soudain s'était butée et avait refusé d'avancer, le vieux fermier avait laissé se déverser toute sa rage : sa rage contre des saisons qui n'apportaient que le malheur, contre un Dieu qui ne répondait jamais aux prières, contre sa vie trop longue et trop pénible, contre l'amour véritable dont il avait toujours été privé, contre ses sabots et ses engelures, contre son corps dont l'usure le faisait tellement souffrir.

Et il avait frappé sa jument.

Pire, il l'avait battue.

Et puis, cet Allemand à moitié fou avait déboulé de son hôtel élégant où l'on servait des petits pains dans des paniers d'argent et où on pouvait sonner des jeunes filles pour se faire apporter du café dans les chambres.

Et il était venu tremper de ses larmes le pelage brun de la jument.

Et puis la Philosophie était venue s'en mêler, marquant ce jour et ce lieu d'une pierre noire, geignant sur le sort de Friedrich Nietzsche et la perte que fut sa plongée dans la folie, sans jamais se demander ce qu'étaient devenus ce vieux fermier et sa jument, sans jamais se demander s'ils s'en étaient sortis de l'hiver, de la faim et de l'épuisement, s'en fichant même éperdument, comme si ce n'étaient même pas là tout simplement des questions.

Comme si c'était, tout simplement, du rien du tout.

Blanc, lui, avait l'intuition que cette histoire était comme la sienne, qu'elle était l'illustration que la réalité et tout ce qui la composait : le désordre, l'entropie, l'incontrôlable, l'inattendu, l'accidentel auraient toujours, quoi qu'on fasse, le dessus sur l'esprit.

Il était né avec l'envie de faire partie du monde des hommes, il était un loup.

Il avait toujours eu envie d'être aimé, sa mère l'avait abandonné.

Il avait monté les meilleurs coups du monde, il avait dû suivre la folie de son frère.

Il était le chef de la meute, il avait perdu son pouvoir.

Et puis, comme pour achever de brouiller les pauvres cartes de son esprit, il était tombé amoureux.

Nietzsche n'avait pas prévu une jument, lui c'était à un troupeau entier qu'il avait eu affaire.

Gris arrêta la voiture en face d'un hôtel Formule 1 minable, l'ultra bas de gamme du groupe Accor. La voiture de Blanche de Castille était garée un peu plus loin, sur le parking. Noir se retourna vers Blanc, comme s'il cherchait l'opinion de son frère. « Finalement, s'était dit Blanc, le pouvoir le rendait peut-être un peu plus sage. »

— Il faut encore un peu attendre. Il faut attendre le bon moment, dit Blanc.

— Plus de catastrophe… dit Noir.

— Non, plus de catastrophe.

Épuisé par ses heures de conduite, Gris s'était endormi.

Quant à Marianne, ça faisait plusieurs heures qu'elle était plongée dans un sommeil si profond qu'elle paraissait ne devoir jamais en sortir. Comme si, poussés par l'ennui du voyage, ses gènes de serpent lui avaient rappelé comment hiberner.

66

Blanche et Jean-Jean s'étaient échangé plusieurs fois la place du conducteur.

Durant un incalculable nombre d'heures, la petite voiture avait filé sur des autoroutes aussi sombres et rectilignes que des pistes d'atterrissage. Accompagnés par des troupeaux de camions énormes, ils avaient quitté l'Allemagne par la Pologne qu'ils avaient traversée en une seule journée, s'arrêtant seulement pour mettre de l'essence et acheter des sandwichs insipides qu'ils mangeaient en route.

À la fin du jour, le relief s'aplatit et ils arrivèrent en Lituanie où ils traversèrent des espaces agricoles qui avaient l'air infinis. Ils firent halte quelques heures dans un motel pour routiers où ils dormirent dans des lits exhalant un parfum de pétrole puis, alors que le jour se levait à peine, ils repartirent encore.

Ils passèrent quelques heures en Lettonie où une pluie d'une eau presque salée tomba sur la route en grosses gouttes collantes. Enfin, alors qu'un soleil chétif essayait de percer les nuages, ils arrivèrent en territoire russe. Des paquets de neige sale, résidus de l'hiver, s'accrochaient à la vie dans les petits fossés bordant la route et l'air, soudain plus froid, se chargea d'un parfum de chou et de saumure.

Ils roulèrent encore.

Un jour se termina, un autre commença et les températures baissèrent si vite qu'on aurait dit que la terre se rapprochait du vide spatial.

Autour d'eux, le paysage changeait : il se fit lentement plus mouillé, et plus spongieux : des rivières sortaient de trous forés depuis des siècles dans la roche par des eaux chétives mais obstinées, elles serpentaient à travers des bois de conifères et puis se perdaient dans l'ombre, sous un humus brun foncé. Des lacs aussi, du dernier bleu sombre avant le noir, des lacs aux formes bizarres d'embryons en formation, des lacs qui trouaient la terre et à travers lesquels, s'était dit Jean-Jean, depuis le fond du monde, des créatures les observaient sans doute.

Et puis, au bout d'une route étroite fissurée par le gel, ils arrivèrent devant une construction faite de béton et de bois.

— C'est ici ? demanda Jean-Jean.

— Oui, dit Blanche, radieuse. C'est là !

67

Marianne était seule, au bord d'une route sans nom qui serpentait en lacets entre des conifères d'un vert tirant sur le brun. Elle avait froid, personne ne venait et elle détestait ce qui était en train de lui arriver.

Marianne n'avait jamais aimé les voyages, des jours coûteux et inutiles passés dans des pays inconfortables remplis de pauvres et de sauvages. Marianne avait toujours préféré rester chez elle et, quand le règlement idiot de sa société la contraignait à prendre congé, elle restait chez elle et elle relisait ses dossiers.

Debout au bord de la route, Marianne repensait à ces dernières heures et elle serra les poings en imaginant le travail qu'elle aurait pu abattre durant ce laps de temps : ces heures de voiture, les loups parlant à peine, ce paysage si morne qu'il avait l'air dessiné au feutre noir par un demandeur d'emploi et puis, il y avait eu la panne.

Du moteur de la Peugeot 505, on avait d'abord entendu un grincement, Gris avait dit que ce n'était rien. Et puis le grincement s'était mué en une sorte de sifflement évoquant la plainte d'un chameau à l'agonie. Enfin, après quelques claquements secs et quelques soubresauts, le moteur s'était arrêté et l'habitacle s'était chargé d'une irrespirable odeur de plastique brûlé.

— Merde ! avait fait Gris.

— C'est quoi ? avait demandé Noir.

— C'est la courroie, avait analysé Blanc qui semblait s'y connaître en grincements-sifflements, claquements et soubresauts.

Suivis par Marianne qui sentait bouillir en elle la colère et la frustration, ils étaient sortis de la voiture et ils avaient examiné le moteur d'où s'échappait une épaisse fumée grise.

— C'est foutu, avait dit Noir. C'est foutu, c'est FOUTU, FOUTU, FOUTU, FOUTU !!! Il s'était mis à répéter ça en boucle en accompagnant son propos de coups de poing contre la carrosserie.

— On va trouver quelque chose, tu verras, on trouve toujours ! avait essayé Gris.

— ON EST EN LITUANIE, PUTAIN, EN LITUANIE ! IL N'Y A RIEN EN LITUANIE, C'EST FOUTU, FOUTU, FOUTU !!!! avait hurlé Noir.

— En fait, ce n'est pas foutu… On est juste retardés… Je crois qu'il faudrait faire du stop, nous sommes sur une espèce de nationale, il doit y avoir du passage. Et puis, nous sommes en Russie, pas en Lituanie, lui avait gentiment dit Blanc

— DU STOP ? DU STOP ? DU STOP ? EST-CE QUE TU CROIS QUE LES LITUANIENS VONT S'ARRÊTER POUR PRENDRE UNE BANDE DE LOUPS EN PANNE ?

— Des Russes… lui avait fait remarquer Gris.

— C'est Marianne qui va faire du stop. Tout le monde s'arrête pour une fille.

— Marianne ? avait demandé Gris.

Noir s'était calmé, il avait pris l'air de quelqu'un qui réfléchit et analyse toutes les options possibles pour se sortir d'une situation compliquée. Puis il avait dit :

— C'est une bonne idée ! On va faire ça !

— Non mais, on pourrait me demander mon avis ! avait protesté Marianne

— C'est vrai, lui avait répondu Blanc avec douceur, mais on ne va pas le faire. Tu es notre seule chance de sortir d'ici, alors tu vas faire ce que je te dis. Plus tard, quand tout ça sera fini, je te demanderai ton avis sur des tas de choses, mais pas maintenant.

Quelque chose d'agréable avait vibré à l'intérieur de Marianne, quelque chose qui aimait qu'on lui parle avec autorité. Elle s'était dit qu'il faudrait qu'elle analyse ça plus attentivement, plus tard, quand elle aurait le temps. En attendant, elle avait répondu à Blanc :

— D'accord.

C'était il y avait plus d'une heure, les trois loups qui attendaient tapis dans le fossé qui bordait la route faisaient si peu de bruit qu'elle était certaine qu'ils s'étaient endormis.

C'était il y avait plus d'une heure et Marianne commençait à croire que personne ne passait jamais sur cette route, ou alors une fois ou deux par semaine, tout le temps nécessaire pour mourir de faim et de froid.

Alors qu'elle commençait à se dire qu'elle allait réveiller les loups pour leur ordonner de trouver autre chose pour les sortir de là, Marianne entendit un bruit. Un petit bruit de moteur qui s'approchait. D'abord elle ne vit rien, puis, à travers l'air brumeux apparurent clairement deux cercles jaunes, pareils à deux yeux d'insecte.

— Une voiture ! Une voiture ! dit-elle à l'adresse des loups qu'elle ne voyait pas. Elle espérait sincèrement qu'ils avaient entendu.

Marianne se posta au milieu de la route, essaya d'avoir l'air à la fois vulnérable et sexy, ce n'était pas facile, elle réfléchit un peu et l'image de Jessica Lange dans le *King Kong* de John Guillermin s'imposa à son esprit : elle avait froid, elle était seule, quelque chose de terrible la menaçait et elle offrirait son corps à qui la sauverait.

Pendant que la voiture approchait, un petit engin noirâtre et crachotant, elle se tortilla en essayant de correspondre à son image mentale. Arrivée à sa hauteur, la voiture ralentit. À l'intérieur, un homme à l'air contrarié et, sur le siège arrière, deux petits visages curieux surmontés de cheveux d'un blond presque doré : des enfants.

L'homme sortit, dit quelque chose en russe que Marianne ne comprit pas. Elle se contenta d'indiquer la Peugeot 505 en panne.

L'homme dit encore quelque chose, elle crut comprendre, sans être certaine : « Peugeot caca », les enfants émirent deux petits rires clairs qui firent comme cinq notes jouées sur deux claviers minuscules, l'homme lui indiqua le siège passager. Sans doute voulait-il la conduire quelque part.

Marianne sourit.

Elle ne voyait pas vraiment ce qu'elle aurait pu faire d'autre.

Ensuite, tout alla assez vite : les trois loups sortirent du fossé, crasseux, couverts de terre, l'air farouche. Même Marianne qui les connaissait eut peur. L'homme écarquilla les yeux, proféra un mot qui devait être un juron et les enfants, pareils à deux petites créatures voyant s'approcher la mort, se ratatinèrent de terreur dans le fond des sièges arrière.

Blanc saisit l'homme à la gorge et lui arracha la trachée d'un coup sec. Gris ouvrit la porte arrière et attrapa les deux enfants. Avec force, il frappa les deux petites têtes blondes contre la carrosserie, ça fit un bruit de tambourin, du sang coula, les cheveux presque dorés s'inondèrent de rouge.

Marianne pensa à un bijou Chanel.

Entre les pattes de Gris, les enfants ne bougeaient plus.

C'était fini.

Marianne crut qu'elle allait vomir, un voile noir passa devant ses yeux, elle perdit l'équilibre mais se retint à la voiture.

— Ça va ? demanda Blanc.

— Ça va.

— On n'avait pas le choix.

— Je sais.

Marianne se demanda combien de temps il allait lui falloir avant d'oublier le visage de ces deux enfants.

— Monte, lui ordonna Blanc en lui indiquant le siège arrière.

Elle monta, Blanc se mit à côté d'elle.

Elle tremblait, elle se trouvait nulle de trembler comme ça. Blanc la prit dans ses bras et l'embrassa.

Cette grande langue de loup s'enroulant autour de la sienne lui fit retrouver ses esprits.

Elle comprit qu'elle oublierait vite.

68

Malgré son apparence de vieille ruine oubliée, la maison n'était pas en si mauvais état. Bien entendu, il faisait glacial. Bien entendu une piquante odeur de moisi flottait dans l'atmosphère et ce qui jadis faisait office de peinture n'était plus que de grandes pelades maladives semblant dessiner sur les murs la carte d'un monde étrange. Mais sinon, ça allait. Blanche s'était occupée d'une petite chaudière électrique qui avait miraculeusement daigné se mettre en route.

— Matériel soviétique, avait-elle dit avec des accents de fierté, ces trucs étaient conçus pour fonctionner plusieurs siècles et résister à un hiver nucléaire.

— Et l'électricité ? s'était étonné Jean-Jean.

Blanche avait souri à nouveau et lui avait indiqué une petite construction de béton bâtie entre les arbres, à une centaine de mètres.

— Nous ne sommes pas loin de la côte et, après la chute du Mur, ma grand-mère a récupéré un petit générateur nucléaire sur un phare abandonné au bord de la mer de Kara. Ça aussi, c'est construit pour durer.

— Elle était débrouillarde, ta grand-mère…

— En Union soviétique, tout le monde était un peu ingénieur, tu sais.

À l'intérieur, la température montait doucement. Blanche ouvrit grand les quelques fenêtres et laissa entrer l'air de la forêt.

Ils passèrent une bonne partie de la journée à dégager le premier niveau de la petite maison des objets vermoulus, rouillés, rongés par des années d'immobilité humide qui l'encombraient : des boîtes en fer, une chaise bancale dont le revêtement en caoutchouc s'était couvert de champignons, un seau rempli de détritus divers… Vers la fin du jour, ils disposèrent près des tuyaux en fonte noircis d'un radiateur le grand matelas de camping qui traînait au fond du coffre de la voiture.

Jean-Jean s'allongea près de Blanche, ils étaient épuisés, il faisait vraiment chaud à présent. Elle se serra contre lui. Jean-Jean regarda son visage, la lumière électrique donnait à sa peau une jolie couleur miel, il lui caressa la joue.

— Tu ne dois pas t'inquiéter, dit-elle, pour manger il y a tout un potager à dégager juste derrière. Il y a des lacs remplis de poissons. Et puis, quand tu en auras assez, il y a une ville à deux heures de route…

— Je ne m'inquiète pas du tout. Je n'ai jamais été aussi peu inquiet.

Elle l'embrassa.

— Tu ne regrettes rien de ton ancienne vie ?

— Mon ancienne vie n'avait pas grand-chose pour elle.

— Pas de regret, pas d'inquiétude ?

— Non. Rien de tout ça.

— C'était si horrible que ça ?

— Non, ce n'était pas horrible… C'était… Jean-Jean réfléchit un moment… C'était comme si tous les jours, tu mettais un pantalon et un gilet à carreaux. Tu travailles, tu croises des gens, tu vis ta vie, mais tu sens qu'il y a quelque chose qui ne va pas. Et puis, un jour, tu te rends compte que c'est bêtement que tu n'aimes pas les carreaux et alors, tu te changes.

— Ça a l'air tout simple, fit Blanche.

— C'était peut-être un mauvais exemple, mais je suis fatigué.

À son tour, il l'embrassa.

Puis, discrètement, la nuit tomba sur la forêt. Légèrement lumineuse, parce que le cercle polaire n'était pas loin et que c'était déjà le printemps.

69

Pendant un moment, Blanc avait cru que tout était fichu.

La panne de la Peugeot leur avait fait perdre un temps précieux et la voiture de la fille du service Synergie et Proaction qu'ils suivaient avec tant de soins depuis trois jours semblait bel et bien avoir disparu.

Les avoir perdus était une catastrophe, il savait que Marianne ne le comprenait pas vraiment, mais elle ne comprenait pas vraiment non plus l'enchevêtrement de pulsions qui habitait l'esprit de Noir, ni le fragile équilibre liant encore Gris à la meute, ni l'importance vitale que cette meute représentait pour lui. Les avoir perdus, cela voulait dire que le feu qui grillait l'âme de Noir depuis la mort de leur mère ne s'éteindrait jamais et que ses flammes carboniseraient toute réalité, eux compris, à brève échéance.

Blanc, presque dégoûté par lui-même, sentait le désespoir tracer son chemin aussi sûrement qu'une tumeur, la certitude que c'était la fin de tout commençait à s'installer en lui, prenant tant de place qu'il aurait presque pu se mettre à pleurer. Puis, alors que la petite voiture volée à la famille russe avançait à faible allure au milieu d'une interminable et épineuse forêt qui semblait s'étendre à l'infini et alors que Blanc sentait, pareil au magma surchauffé d'un volcan, monter la nervosité de Noir qui s'était mis au volant, Gris avait soudain crié :

— Stop.

Noir avait freiné brutalement, Gris lui avait demandé de couper le moteur et, aussitôt, un calme écrasant était tombé sur cette partie du monde.

Gris était sorti, les yeux mi-clos, entouré par la brume indigo du crépuscule. Noir l'avait suivi, apparemment incrédule, puis Blanc avait vu un sourire se dessiner sur le visage de son frère.

— Viens ! lui avait ordonné Noir.

Blanc avait obéi et à son tour il était sorti de la voiture.

Ça faisait du bien de se dégourdir les jambes et de sentir l'air frais du crépuscule caresser son visage. Au-delà de la route, depuis l'obscurité touffue de la forêt, il entendait les mille bruits délicats de la vie nocturne : de petits rongeurs détalant sous un lit de feuilles mortes, un rapace noctambule se posant sur une branche, un scarabée à la recherche de déjections à modeler.

Blanc ferma les yeux : bon sang, qu'est-ce qu'il se sentait bien. Quelque chose là-dedans parlait exactement le même langage que ses gènes de loup et c'était délicieux.

Alors, au milieu du parfum de fermentation qui flottait, invisible, tout autour d'eux, Blanc perçut quelque chose : comme une petite fausse note au milieu du concert d'un orchestre symphonique, une légère rugosité olfactive, quelque chose d'un peu écœurant qui tranchait avec la luxuriance qui l'entourait. Il comprit ce qu'avaient senti Gris et Noir : ils les avaient sentis, la fille et le garçon.

Ils étaient loin, à quelques kilomètres, mais ils étaient là.

Il n'y avait aucun doute à avoir.

Il avait été réveiller Marianne qui dormait en boule sur le siège arrière.

— On les a retrouvés, viens.

Marianne avait gémi, boudé, mais elle était sortie de la voiture.

— Il fait froid !

— On va marcher. Ça va te faire du bien.

Abandonnant la voiture sur le bas-côté, ils s'étaient mis en route, coupant droit à travers la forêt.

Sous leurs pas, la terre humide était aussi molle qu'un ventre de vieille femme. Marianne, qui ne voyait rien dans cette obscurité, se prenait les pieds dans les ronces et les branches mortes et trébuchait en jurant.

— Donne-moi la main, avait dit Blanc.

Ils marchèrent pendant plus d'une heure. Marianne avait d'abord beaucoup râlé sur le froid, sur ses chaussures, sur l'absurdité de la situation. Blanc l'avait entendue maugréer des reproches, des avertissements et des blâmes en tout genre, puis comme il n'avait pas réagi et qu'il s'était contenté de lui tenir la main, elle avait fini par se taire.

Ils avaient encore continué et Blanc, presque surpris, se rendait compte que la forêt, la nuit et la traque d'un gibier dont il flairait la piste, il adorait ça.

Il espéra que ce ne serait pas la dernière fois.

Il se promit que ce ne serait pas la dernière fois.

Finalement, alors que cette bizarre nuit septentrionale semblait toucher à sa fin en virant du bleu foncé au gris clair et que la piste olfactive se faisait à présent aussi nette qu'un coup de sabre, ils arrivèrent à l'orée d'une large clairière.

Devant eux, à moins de cent mètres, une maison à peu près en ruine semblait les attendre.

Ils y étaient arrivés.

70

Marianne en avait plus que super marre de toutes ces conneries. Elle l'avait dit et répété pendant que Blanc la tirait par la main à travers cette forêt glaciale et puante et puis, comme elle commençait à avoir mal à la gorge et que, de toute façon, Blanc ne lui répondait pas, elle avait fini par se taire et mettre un pied derrière l'autre.

Ils avaient marché pendant plusieurs heures et elle commençait à fatiguer. L'avantage d'être fatiguée, c'est qu'elle réfléchissait moins et que moins elle réfléchissait, moins elle râlait. La fatigue, ça la résumait à la plus simple expression d'elle-même : un organisme en train d'agir pour maintenir sa structure.

— J'ai très froid, s'entendit-elle dire à un moment.

Blanc s'était arrêté, il avait touché son cou et ses mains.

— Tu es gelée.

Il lui avait donné son sweat et sa veste. Dans l'obscurité, son pelage avait presque l'air luisant.

Ça avait été la seule halte. Après ça, ils avaient encore marché, avec devant eux Gris et Noir dont elle entendait les pas furtifs mais qu'elle ne voyait pas.

Et puis, ils étaient arrivés à la clairière.

Et elle avait vu la maison.

Noir n'avait pas dépassé la limite des arbres, il était resté en retrait, caché par la pénombre de la forêt. Derrière lui, Gris et Blanc réfléchissaient.

— On va y aller. Ils sont deux, on est trois. On a des armes et on est forts.

— Oui, avait dit Blanc.

— Oui, avait dit Gris.

71

Jean-Jean avait ouvert les yeux et il avait vu une énorme gueule de loup blanc penché au-dessus de lui.

Il avait ouvert la bouche pour crier mais l'énorme main qui lui serrait la gorge l'en empêcha.

Et ça faisait mal.

Il aurait donné beaucoup pour pouvoir respirer.

Derrière le loup qui lui serrait le cou, il en vit un autre, noir comme la mort, et à côté de ce loup noir, encore un autre : gris comme du schiste.

Et puis, à côté de ce loup gris et de ce loup noir, il distingua une silhouette féminine.

Malgré les larmes qui lui montaient aux yeux et le manque d'oxygène qui lui brouillait l'esprit, il reconnut Marianne.

Alors il comprit.

Et il commença à avoir peur.

72

Au début, ça avait été facile.

Blanc, Noir et Gris étaient rentrés dans la maison. Se tenant prudemment quelques mètres derrière eux, Marianne qui avait l'air curieuse.

La maigre lumière du jour qui se levait entrait par un volet en bois vermoulu et éclairait l'intérieur misérable de l'endroit.

Dans un coin, sur un matelas gonflable, sous le tas bleu roi d'un sac de couchage se dessinaient les contours de deux silhouettes humaines.

Derrière lui, il entendit Marianne jurer, il supposa que la vue de son mari couché contre une autre fille ne lui faisait pas plaisir.

En quelques pas, Blanc fut au-dessus du matelas et il saisit l'homme à la gorge.

Pourquoi avait-il fait ça alors qu'il aurait été infiniment plus simple d'achever ce couple à coups de couteau ou de revolver sans même les réveiller ? Pendant que le regard terrorisé de l'homme croisait le sien, Blanc se posa brièvement cette question. Sans doute voulait-il que cet homme le voie, lui le loup blanc qui aimait sa femme comme il n'avait jamais su le faire, lui le loup qui avait compris à quel genre de bonheur on pouvait prétendre en partageant sa vie avec une fille comme Marianne, lui le loup blanc qui avait toujours été relégué au bord du monde des humains, lui le loup blanc dont personne n'avait jamais été amoureux, ni les petites vendeuses du centre commercial, ni les putes suicidaires de la cité. Pourquoi avait-il fait ça ? Sans doute voulait-il sentir mourir cet homme sous la pression de sa main droite autour de son cou. Sans doute voulait-il ne rien perdre de la sensation de lui ôter vie ? Sans doute était-ce là une façon de marquer une fois pour toutes que Marianne était à lui. C'était sans doute idiot, mais c'était quelque chose de très profond et de très fort qui l'avait poussé à faire ça. C'était une sorte de cérémonie dont il avait besoin pour marquer le tournant qu'avait pris son destin.

Au bout de son bras, pareil à un poisson sorti de l'eau, l'homme gesticulait sans émettre un son, il n'allait pas tarder à mourir.

Certainement moins d'une minute.

Noir s'était jeté sur la femme à l'instant où elle s'était réveillée, Blanc eut la vision fugitive d'un corps nu, d'un blanc tirant esthétiquement sur le doré. Il s'était dit qu'elle était jolie, pas aussi jolie que Marianne bien entendu, mais jolie quand même. Bizarrement, Blanc sentit que la chose très profonde et très forte qui le poussait à étrangler l'homme devenait encore plus forte et encore plus profonde.

Et il serra plus fort encore.

Il n'avait jamais serré aussi fort de toute sa vie.

Le visage de l'homme prenait une drôle de couleur magenta.

On aurait dit un fruit exotique.

À côté de lui, Noir grogna.

Sans lâcher sa prise, Blanc jeta un coup d'œil et vit une chose très étrange.

Une chose totalement inattendue.

La jolie femme nue avait ses deux pouces profondément enfoncés dans les orbites de Noir et Noir ne bougeait plus, comme figé par la surprise d'avoir deux pouces de femme aussi proches de son cerveau. Le long des avant-bras de Blanche de Castille, glissant sur sa jolie peau dorée, le sang du loup dessinait des rayures rouges.

Blanc eut à peine le temps de se dire que les employés du service Synergie et Proaction avaient vraiment reçu une excellente formation que Gris tira Noir en arrière. Noir, les orbites défoncées, tomba, lourd et inerte, comme un sac de gravats. Gris, toutes griffes dehors, saisit la jeune femme à la gorge.

Blanc tenait toujours l'homme par la gorge et cet homme, à présent, ne bougeait plus du tout. Gris, lui, tenait la femme. Blanc se dit que si quelqu'un était passé avec un appareil photo, ça aurait pu faire une belle image, très symétrique.

Mais la jeune femme fit un drôle de mouvement, rapide et souple à la fois, une espèce de prise de self-défense qu'elle avait dû répéter mille fois pendant sa formation : elle déplaça le poids de son corps sur la droite, positionna sa hanche contre celle de Gris et frappa à la trachée, main ouverte.

Gris tomba en arrière, incapable de respirer. Une lame brilla dans la main de la jeune femme et, avant que Blanc n'ait le temps de se demander comment elle était arrivée là, elle trancha la gorge de son frère.

73

Marianne en avait vraiment marre. Elle trouvait ces loups complètement nuls.

Dans le sac que Noir avait laissé tomber, elle trouva une arme.

Elle ne s'était jamais servie d'une arme, mais vu le nombre de crétins qui s'en servaient tous les jours, ça ne devait pas être très compliqué.

Elle visa cette conne de Blanche de Castille Dubois. Elle visa sa bête tête de poupée qu'elle avait détestée dès le premier jour.

Elle tira.

La balle atteignit son but.

Cela conforta la certitude de Marianne, n'importe qui savait tirer.

Troisième partie

1

Avec un peu de surprise, mêlée de résignation et d'une tristesse aussi profonde qu'une mer profonde, Jean-Jean se rendit compte qu'il était mort.

La violente douleur de cette main griffue serrant son cou cessa brusquement et c'était bien la seule consolation qu'il trouva à ce qui lui arrivait. Comme s'il était dans un film, il vit la scène de l'extérieur : son corps inerte entre les pattes de ce loup blanc, Blanche qui tranchait la gorge du loup gris, Marianne qui cherchait dans un sac de sport et qui en ressortait une arme…

Ensuite, la chose qui devait lui servir d'âme (il supposa que c'était ça) s'éleva au-dessus de la maison, lui offrant une jolie vue aérienne sur la clairière puis, à mesure qu'il s'élevait, sur la forêt tout entière. Il passa l'épaisse couche nuageuse qui recouvrait, à cette heure et en cette saison, le Grand Nord russe. Très loin vers l'ouest, il aperçut la nébulosité caractéristique d'un océan en légère évaporation et, plus au nord, l'éclat neigeux d'une chaîne de montagnes.

Son ascension s'accéléra, au-dessus de lui le ciel noirci laissant apparaître ses milliards d'étoiles dont l'éclat le surprit autant qu'il l'enchanta, même si l'enchantement lorsqu'on vient de mourir est une notion toute relative. L'horizon terrestre se courba et, pareil à la représentation d'une fractale incroyablement complexe, le contour crénelé des continents se précisa. Il n'avait aucune idée de l'altitude à laquelle il se trouvait, mais il était certain d'avoir quitté l'atmosphère.

À cette altitude, s'était-il dit, il valait sans doute mieux être mort.

Mais c'était triste d'être mort, très triste et il se serait volontiers laissé aller à verser quelques larmes quand il pensa à ceux qu'il ne verrait plus jamais : à son père qui serait certainement très affecté et qui, désormais seul au monde, s'abandonnerait plus encore à son existence virtuelle, à Blanche qui lui avait offert ces quelques journées d'éclatant bonheur, au directeur des ressources humaines qui devait, il l'espérait, être sorti du coma…

Après un moment, alors qu'il se faisait à l'idée que son destin avait pris un tour tragique, il vit devant lui cette fameuse lumière dont parlaient ceux qui avaient miraculeusement échappé à la mort.

Il fut presque déçu, comme si l'histoire soudain manquait d'imagination, la mort c'était donc comme on l'avait toujours écrit : une lumière, un long tunnel et au bout, sans doute, des anges à la voix de cristal.

À mesure qu'il s'approchait, la lumière se fit plus intense, il put même sentir qu'elle dégageait une chaleur agréable. Il s'approcha encore et son éclat devint si aveuglant qu'il ferma les yeux (ce qui le surprit également car il n'était plus certain d'avoir un corps).

Un instant plus tard, il sentit qu'il touchait le sol.

Et il ouvrit les yeux.

Devant lui, une longue rangée de caisses enregistreuses derrière lesquelles des femmes de tous les âges s'affairaient à scanner des achats.

Des clients allaient et venaient, chargeant de grands caddies plats de caisses en carton, lampes, vases, boîtes colorées et objets décoratifs en tout genre.

Jean-Jean, chancelant, se mit debout.

Il ne s'était jamais senti aussi perdu.

Un homme en chemise jaune et pantalon bleu s'approcha de lui.

— Bonjour, bienvenue chez Ikea, je m'appelle Wolf je suis là pour vous accueillir, dit l'homme sur un ton mécanique.

— Ikea ?

— Oui. Enfin… Disons que l'endroit est vraiment tout neuf, avant ce n'était pas comme ça.

— C'était comment avant ?

— Ça je ne sais pas. Moi, je suis mort il y a à peine une semaine. J'étais sur un bateau de pêche qui a coulé. Une tempête en plein dans le Pacific Trash Vortex, là où les courants marins apportent tous les détritus possibles et imaginables, des milliers et des milliers de sacs en plastique et de bouteilles vides qui volaient dans tous les sens, c'était vraiment horrible… Enfin bref, quand je suis arrivé, c'était déjà comme ça…

— Excusez-moi… je ne comprends pas. Pas du tout.

— Ils ont tout racheté. Un gros investissement, mais un marché colossal. Enfin… C'est ce qu'on m'a dit.

— Ikea a racheté… la vie après la mort ?

— Oui, c'est ça, vous imaginez un peu la zone de chalandise ?

Jean-Jean se souvint des paroles que Theo Eichmann avait prononcées quelques jours plus tôt : « Le vivant n'est qu'une étape et d'autres choses se passent à très très haut niveau ! » L'homme continuait à parler.

— … Tout n'est pas terminé, apparemment le plus compliqué c'est de mettre en route une vraie économie. Mais les gens sont assez motivés, si vous êtes un peu débrouillard, vous pouvez passer des examens et monter dans l'organigramme. Si ça vous intéresse, il faudra voir ça avec le service qui s'occupe des formations.

— Tous les… morts… arrivent ici ?

— Oui, tous, ça fait du monde. Heureusement, ils sont dispatchés selon les compétences, en fonction des cv…

Devant lui, à quelques dizaines de mètres, en train de s'entretenir avec un autre homme en tenue jaune et bleu, Jean-Jean aperçut les lourdes silhouettes du loup gris et du loup noir. Wolf dut lire le désarroi dans son regard car il déclara :

— N'ayez pas peur, ils vont être affectés au déchargement. Vous n'allez pas les croiser souvent.

Jean-Jean se souvint des dernières images de sa vie terrestre : Marianne sortant une arme d'un sac de sport et visant Blanche, un geste dont l'issue était malheureusement évidente.

— Est-ce que vous savez si une jeune femme… Blanche de Castille Dubois, est arrivée récemment ? demanda-t-il.

L'homme hocha la tête :

— Il y a beaucoup de monde qui arrive tous les jours vous savez et je ne suis pas le seul. Normalement il faudrait voir ça avec le service du personnel mais ils sont débordés par ce genre de questions alors ils ne s'en occupent que quand ça les arrange. Avec leur mauvaise volonté, ils sont en train de se mettre tout le monde à dos.

Jean-Jean se demanda combien de temps il lui faudrait pour la retrouver. Cela dit, s'il avait bien compris la situation, il avait beaucoup de temps devant lui.

Puis, il comprit qu'un jour ou l'autre Marianne aussi finirait par arriver et il ressentit ce détestable sentiment d'inquiétude qui lui serrait le ventre chaque fois qu'il pensait à elle.

Comme une tique, elle s'accrochait à un coin de sa tête.

Il finirait bien par parvenir à l'arracher.

En attendant, il espéra que sa vie terrestre serait la plus longue possible.

2

Blanc avait enterré ses deux frères à quelques centaines de mètres de la maison, sous les premiers arbres de cette grande forêt qui entourait la clairière.

Les corps de l'homme et de la femme, il se contenta de les déposer dans une anfractuosité faite de racines et de terre, au pied d'un mélèze sans âge, dont les aiguilles brunâtres trahissaient la maladie.

Puis, crasseux et tellement puant qu'il était incommodé par sa propre odeur, il avait retrouvé Marianne à l'intérieur et il l'avait baisée jusqu'au crépuscule.

Malgré l'épuisement, il n'était pas parvenu à trouver le sommeil. Le film de ces derniers jours passait inlassablement dans son esprit, lui offrant contre sa volonté des ralentis sur quelques scènesclés : l'annonce de la mort de leur mère par Jacques Chirac Oussoumo, le discours de Noir, l'assassinat des parents de Marianne, la rencontre avec Marianne et l'amour qui, immédiatement, lui avait perforé le cœur. La mort de Brun, la longue route à travers l'Allemagne et la Russie, la mort de Gris et de Noir.

Il savait que dans le coffre de la voiture, il y avait un grand sac noir avec, à l'intérieur, une considérable somme d'argent, fruit de l'attaque du fourgon blindé. C'était étrange, cet argent qui avait représenté tant de choses pour lui, la fin d'une vie qu'il n'aimait pas, le début d'une autre qu'il aimerait mieux, ne représentait à présent plus rien.

Il aurait bien pu le brûler, ça ne lui aurait rien fait.

En se disant ça, il s'était redressé. Il voulait vérifier.

Il était sorti, nu dans la nuit claire, il avait frissonné de plaisir en sentant le vent glacé caresser son pelage, il avait humé le parfum avarié de la taïga, y devinant mille choses intéressantes, il avait marché jusqu'à la route, il avait retrouvé la voiture sur le bas-côté et il avait pris le grand sac noir dans le coffre. Puis, le sac sur le dos, il était retourné vers la clairière et il l'avait vidé sur le sol : quelques dizaines d'épaisses liasses tenues par des ganses violettes.

Il versa dessus le contenu du bidon de secours et jeta un briquet sur le tout.

Le feu prit d'un coup, jaune et malodorant.

Blanc ne ressentit rien.

Il revint à la maison et s'endormit profondément.

Le matin, Marianne le réveilla en hurlant. Elle était sortie, elle avait vu le petit tas de cendres à côté du grand sac noir, elle avait compris ce qu'il avait fait. Il ne l'avait jamais vue comme ça, elle avait l'air complètement désespérée, elle répétait que « tout était perdu », qu'elle « n'avait plus rien », qu'il lui avait « foutu sa vie en l'air ».

Blanc n'avait pas répondu, il n'avait pas envie de parler, il s'était levé, il était nu, il savait l'effet qu'il faisait quand il était nu comme ça, avec ses muscles saillants et avec ses poils drus, il alla vers elle, la prit dans ses bras et l'embrassa.

Il sentit qu'elle tremblait, elle était dans cet état fragile qu'il y a juste avant les larmes.

Il lui prit la main et l'entraîna à l'extérieur.

Le ciel s'était dégagé durant la nuit et un vent vif et froid, chargé de quelques cristaux de glace tout droit descendus de ces montagnes qui n'avaient pas de nom, le fit frissonner.

— On va vivre ici, tous les deux. On va vivre ici et on va faire des enfants...

Marianne l'avait regardé, il ne savait pas si c'était avec surprise ou avec terreur. Sans doute les deux.

C'était normal.

— Je suis certain que tu pourras tomber enceinte, je te baiserai chaque soir et chaque matin, je te ferai manger de la viande.

Marianne regardait par terre, elle avait l'air complètement sonnée. Il allait lui falloir du temps mais il était certain qu'il la rendrait heureuse.

Il se mit à quatre pattes, renifla l'herbe drue de la clairière : des animaux étaient passés par là durant la nuit, des gros rongeurs, des taupes, un raton laveur, peut-être un castor. Il était certain qu'il trouverait facilement du plus gros gibier.

— Je vais chasser. Je serai de retour dans quelques heures, dit-il.

Et sans attendre la réponse de Marianne, il partit en trottinant.

3

Marianne resta seule.

Elle se demanda si elle était heureuse ou non.

Ce n'était pas une question facile.

En attendant de trouver la réponse, elle se dit qu'elle allait faire un peu de rangement.

Dans cet état, l'endroit était vraiment invivable.

Au diable vauvert

Littérature française
Extrait du catalogue

ALEX D. JESTAIRE
Tourville, roman
AÏSSA LACHEB
Plaidoyer pour les justes, roman
L'Éclatement, roman
Le Roman du souterrain, roman
Dans la vie, roman
Scènes de la vie carcérale, récit
Dieu en soit garde, récit (à paraître)
LOUIS LANHER
Microclimat, roman
Un pur roman, roman
Ma vie avec Louis Lanher, nouvelles
Trois jours à tuer, roman
TITIOU LECOQ
Les Morues, roman, Prix du premier roman du
Doubs, Prix du Baz'Art des Mots
ANTOINE MARTIN
La Cape de Mandrake, nouvelles
Le Chauffe-eau, épopée
ROMAIN MONNERY
Libre, seul et assoupi, roman
Amour, gloire et pas chassés, roman (à paraître)
XAVIER DE MOULINS
Un coup à prendre, roman
Ce parfait ciel bleu, roman
NICOLAS REY
Treize minutes, roman
Mémoire courte, roman, Prix de Flore 2000
Un début prometteur, roman
Courir à trente ans, roman
Un léger passage à vide, roman, Prix roman-ciné
Carte Noire 2010
L'amour est déclaré, roman
La Beauté du geste, chroniques (à paraître)

Régis de Sá Moreira
Pas de temps à perdre, roman, Prix Le Livre Élu 2002
Zéro tués, roman
Le Libraire, roman
Mari et femme, roman
La vie, roman

Coralie Trinh Thi
Betty Monde, roman
La Voie Humide, autobiographie

Cécile Vargaftig
Fantômette se pacse, roman
Les Nouveaux Nouveaux Mystères de Paris, roman

Littérature étrangère
Extrait du catalogue

Paolo Bacigalupi
La Fille automate, roman, Prix Nebula, Hugo,
Locus, Campbell 2010, Prix Bob Morane, Prix
Planète-SF des Blogueurs, Prix Une autre terre,
Grand Prix de l'Imaginaire 2013
Ferrailleurs des mers, roman, Prix Michael
Printz jeunes adultes 2011, Prix Locus du
premier roman jeune adulte
Les Cités englouties, roman

Viken Berberian
Le Cycliste, roman

Poppy Z. Brite
Self made man, nouvelles
Plastic Jesus, roman
Coupable, essais
Petite cuisine du diable, nouvelles

Cet ouvrage a été imprimé
en octobre 2013 par

FIRMIN-DIDOT

27650 Mesnil-sur-l'Estrée
N° d'impression : 119981
Dépôt légal : juillet 2013

Imprimé en France

Composition :
L'atelier des glyphes